KB093277

Fantasy Library XXIX

마술여행

마술여행 ⓒ 들녘 2002

지은이 · 마노 다카야 / 옮긴이 · 신은진 / 펴낸이 · 이정원/펴낸곳 · 도서출판
들녘 / 초판 1쇄 발행일 · 2002년 6월 29일/초판 2쇄 발행일 · 2006년 1월 17
일 / 등록일자 · 1987년 12월 12일/등록번호 · 10-156 / 주소 · 경기도 파주시
교하읍 문발리 파주출판단지 513-9 / 전화 · (마케팅) 031-955-7374, (편집) 031-
955-7381 / 팩시밀리 · 031-955-7393 / 홈페이지 · ddd21.co.kr / 값은 뒤표지에
있습니다. 잘못된 책은 구입하신 곳에서 바꿔드립니다.

ISBN 89-7527-318-0 (04830)

마술여행

마노 다카야 지음 / 신은진 옮김

들녘

들어가는 글

마술. 왠지 수상쩍은 이미지를 풍기는 말입니다. 그 이유를 생각해봤습니다. 마술이란 단어를 대사전에서 찾으면 '마력으로써 행하는 불가사의한 술(術)'이라고 나와 있습니다. 유감스럽게도 이것만으론 아무것도 알 수 없습니다. 마술의 내력을 생각해본다면 이는 부당한 평가라 할 수 있을 것입니다.

고대인들은 마술과 과학을 구별하지 않았습니다. 그들은 약초를 채취해 그 효과를 조사하거나, 천체의 움직임을 관찰하거나, 바람이나 비 같은 자연 현상이 갖는 의미에 대해 생각했습니다. 넓은 의미에선 신전이나 사원에서 기도하는 일이나 터부, 징크스 또한 마술의 범위에 들어갑니다.

그 가운데 합리적으로 의미를 찾을 수 있거나 재현 가능한 것들이 '과학'이란 이름으로 정리되었습니다. 그것이 과학적이라고 여겨진 것입니다. 그러나 여기에서 밀려난 것들도 여럿 남았습니다. 합리적인 정신으론 해명할 수 없고, 실험실에서도 재현·증명할 수 없는 것들뿐이었습니다. 과학은 그런 것들을 모두 버렸던 것입니다. 그러니 과학적 사고를 철저히 훈련받은 우리 현대인이 마술이란 말을 왠지 수상쩍게 생각하는 건 당연한 일입니다.

이해하기 쉬운 과학은 금세 사람들의 지지를 받고 '과학의 진보야말로 인류의 진보'라 여겨지게 되었습니다. 그러나 20세기가 되자 그런 생각에도 그늘이 드리우게 되었습니다. '과학의 발전이 사람들의 행복을 약속'할 수 없게 된 것입니다. 전 세계적으로 환경오염이 확산되고 그 결과 여러 가지 병이 나타났습니다. 핵무기 개발로 인해 인류 전체가 위기에 몰린 적이 몇 번이나 있었습니다. 물론 현대 과학이란 것이 완벽하지 않음은 두말할 나위가 없습니다. 그러나 중요한 것에 관해선 무엇 하나 분명히 밝히지 못하는 과학을 비난하는 목소리도 있습니다. 예컨대 '생명이란 도대체 무엇인가? 어디에서 와서 어디로 가버리는가?'라는 근본적인 질문에도 과학은 대답해주지 않습니다.

어쩌면 마술이 그 답을 줄 수 있을지도 모릅니다. 마술은 종교 속에서 이슬 같은 생명을 지켜왔습니다. 이 책에도 몇몇 종교가 소개되어 있습니다. 종교에는 과학에 속박되지 않는 '우주관', '세계관'이 있습니다. 우주에는 의지가 있고, 인간은 그 의지를 실현하기 위해 지상에 보내졌다는 사고방식입니다. 마술은 그런 우주의 의지, 체계 구조를 충분히 이해한 사람들에 의해 이루어지는 것이라 여겨집니다. 이것은 '1+1=2'라는 발상의 세계가 아닙니다. 번뜩임이라든가 이미지, 영감 속에서 발견되는 것입니다.

그러나 이런 사항은 좀처럼 '언어'로는 전해지지 않습니다. 마음의 영역이기 때문입니다. 게다가 마술 연구자들은 연구 성과를 잘 공표하려 하지 않습니다. 그래서 실제로 마술을 본 사람들 중에서도 유연한 사고의 소유자만이 마술의 매력을 느낄 수 있는 것입니다.

이 책은 마술과 이를 둘러싼 여러 공간에 관한 책입니다. 물론 픽션이며 실재하는 인물, 장소, 종파, 조직과는 아무런 관련도 없습니다. 그렇다고 해서 황당무계한 내용만을 쓴 건 아닙니다. 마술에 관련된 다양한 서적을 기반으로 해서 마술의 매력과 그 불가사의한 세계를 소개하고자 했습니다.

그리고 많은 자료와 각주를 게재했습니다. 이는 이야기로서 즐기는 것뿐만 아니라 관련 종교와 사상, 사회적 배경 등의 객관적 데이터를 제공함으로써 마술 세계에 관한 이해를 더하기 위한 의도입니다. 이 부분에 관해선 가능한 한 충실히 소개코자 노력했습니다. 마술 연구 · 역사 · 종교 · 신화 · 전설 · 고대 과학서 등을 참고로 했습니다. 실제로 마술에 관심이 있고 연구를 하고 싶은 독자에겐 이 자료와 주석이 참고가 될 것입니다.

이 책의 중심이 이야기(픽션)인 것은, 마술이란 것이 스케일이 큰 세계를 대상으로 하는 덕분에 장대한 로망으로 가득 찬 매력을 내포하고 있다는 것을 이해해주셨으면 해서입니다. 이 책을 계기로 마술과 그 세계에 흥미를 가져주신다면 기쁠 것입니다.

마술을 실제로 행사하기 위해서는 충분한 예비지식과 주도면밀한 준비가 필요합니다. 정신과 육체의 단련이 있어야 비로소 마술이 가능해지는 것입니다. 그러니 일반 독자들은 부디 흉내내지 마시기를…….

차 례

1장

근대 마술의 발상지로 알려진 이집트. 이 땅에는 카발라 마술의 루트로 알려진 이시스 신을 비롯한 많은 신들을 숭배한 사람들의 역사가 살아숨쉰다. 게다가 영원의 수수께끼를 숨긴 피라미드들이 있다.

이런 전통에 힘입어 마술을 제 것으로 만들려는 다양한 시도가 이뤄졌다. 사안, 부적, 피라미드 파워, 공중비행, 분신술, 소환술…….

SCENE 1
이집트로의 초대

◆── 시스트럼

고등학생인 켄은 성적이 늘 중간이며, 적극적인 성격도 아니고 그렇다고 소심하지도 않다. 아주 평범한 학생이다. 학교에서도 집에서도 공기 같은 존재다. 그런 켄이기에 어느 날 갑자기 이 세상에서 모습을 감춘다 해도 아무도 눈치채지 못할지 모른다……

여름방학을 앞둔 어느 날 켄에게 한 통의 편지가 도착했다.

시모다 켄 씨께

지난번 저희 회사에서 실시한 '여행 퀴즈'에 응모해주셔서 감사합니다. 엄선 추첨한 결과, 귀하가 1등상 '이집트 8일 여행'에 당첨되었습니다.

그러므로 7월 29일 오후 2시, 나리타공항 북쪽 날개 출발 로비로 나와주시기 바랍니다.

여행에 관한 상세한 내용은 별첨한 스케줄 표를 봐주십시오.

또한 여권을 준비해주시기 바랍니다.

7월 3일 다이닛폰(大日本) 여행사 홍보부

이런 걸 청천벽력이라 할까? 공짜로 이집트 여행에 초대받다니, 이 얼마나 행운인가! 켄은 하늘을 날 듯이 기뻤다. 여권은 작년 봄에 가족들과 홍콩을 여행할 때 만들어놨고, 여행 예정일은 여름방학이므로 아버지도 반대할 이유가 없다. 하지만 마음에 걸리는 게 없지는 않다. 켄은 이 여행사의 퀴즈에 응모했던 적이 없다. 아마 동생이나 친구가 켄의 이름으로 응모했을지도 모른다. 어쨌거나 이 초대장은 켄 앞으로 왔다. 누구에게도 불평 따위를 들을 이유는 없는 것이다.

눈 깜빡할 사이에 이집트 여행을 하는 날이 다가왔다. 나리타 공항의 지정된 장소로 가자 여행사 깃발을 든 남자가 친절히 맞아준다.

"이야, 안녕하세요. 당신은 정말 운이 좋은 분입니다. 신비로 가득한 오리엔트 여행을 즐겨주세요. 자, 이게 비행기 탑승권이고, 이건 저희 회사 배지입니다. 반드시 가슴에 달아주세요. 그렇지 않음 현지 스태프가 모를 테니까요."

켄의 질문을 들으려고도 않고 여행사 남자는 이쪽을 향해 걸어오는 젊은이에게 달려갔다. 켄과 또래로 보이지만 키가 더 크다. 두 사람은 잠깐 동안 말을 주고받은 후 켄에게 다가왔다.

"자, 이제 모두 모였습니다. 출발 시간도 별로 안 남았으니 서둘러 수속해주세요."

시스트럼(Sistrum)
고대 이집트의 타악기. 금속으로 만든 악기의 일종으로 여신 이시스가 갖고 있다고 알려져 있다. 이것은 대지의 여신이 연주하며, 그 소리는 '만물은 늘 운동을 계속한다'라는 자연의 섭리를 상징한다. 근대의 카발라 마술학과 연금술에 따르면 탄생과 죽음의 반복이라는 자연의 이치에 거스르지 않고 그 속성을 충분히 이용하는 것이 마술의 본모습이다.

"잠깐만요. 모두라는 게 우리 두 사람뿐입니까?"

"예, 뭐가 잘못됐나요?"

"아뇨, 저는 이삼십 명쯤 되는 단체가 갈 거라고 생각했거든요."

"아닙니다. 초대한 건 당신들 두 분뿐입니다. 좋지 않습니까? 저흰 단체여행 따위의 실례되는 초대는 하지 않습니다."

켄은 무심결에 동행하는 젊은이를 쳐다봤다. 그 또한 어리둥절한 듯했다. 아무튼 여행사 남자의 재촉을 받으며 몇 가지 수속을 마친 뒤 두 사람은 비행기에 올라탔다. 동행하는 젊은이의 이름은 류라고 했다. 켄과 같은 고등학생이지만 학년은 켄보다 한 학년 위로 검도부 주장이라고 한다.

카이로 도착. 공항은 먼지와 열기로 가득 차 있었다. 입국 수속을 마치고 로비로 나가자 호객 행위를 하는 짐꾼들, 거지들이 두 사람을 에워쌌다. 모두 뭐라 지껄이고 있지만, 두 사람은 무슨 말인지 도통 알 수가 없었다.

"이거 난처한걸, 가이드가 어서 와주면 좋으련만."

류가 머리를 긁적이며 중얼거렸다. 켄은 들고 있던 배낭을 뺏기지 않으려고 안간힘을 써야 했다. 여기저기서 손을 뻗어 그들의 짐을 가져가려 했던 것이다. 그러나 가이드로 보이는 인물은 도무지 나타나지 않았다. 두 사람은 로비 한가운데서 현지인들에게 둘러싸인 채 불안한 시간을 보냈다.

1시간이나 지났을까. 울타리처럼 에워싸인 인파 속에서 갑자기 검은 손이 뻗어나와 켄과 류의 팔을 잡아끌었다.

"여어, 많이 기다린 것 같군요. 아무튼 카이로에 잘 왔습니다. 이제부터는 내가 안내하죠."

켄과 류는 자신도 모르게 서로 얼굴을 마주봤다. 켄의 어깨에도 안 닿을 만큼 작은 키에 몸집도 왜소한 남자가 서 있는 것이다. 손목, 발목까지 감춘 흰

장의를 입고 머리에 터번을 두른 모습은 끈질기게 달라붙는 짐꾼들과 별반 다를 게 없다. 부스스한 머리카락과 수염, 게다가 옷도 더러웠다. 그뿐 아니라 매우 수상쩍은 분위기가 풍겼다. 두 사람의 기분을 알아챘는지 몸집이 작은 남자는 이상스레 수선을 떤다.

"저런, 저런. 이 나라엔 위험한 패거리들이 많지만 날 두곤 걱정 안 해도 됩니다. 그렇지, 이걸 보세요."

남자는 품속으로 손을 집어넣더니 너덜너덜해진 명함 한 장을 꺼냈다.

"당신이 가이드인가요? 그럼, 다이닛폰 여행사의 의뢰를 받아서 왔겠군요."

켄의 질문에 남자는 씩 웃으며 고개를 끄덕였다.

"맞아요. 미스터 켄과 미스터 류죠? 앞으로 이 다시몬이 두 사람을 책임지죠. 자, 큰 배를 탔다 생각하고 안심하세요."

류가 짓궂은 웃음을 지으며 켄의 얼굴을 바라본다. 이런 거지 사기꾼같이 보이는 남자를 따라가야 한다니 어떻게 안심할 수 있겠는가. 그런 기분으로 서 있는 켄에게 류가 말했다.

"정말 멋지고 큰 배군. 뭐, 공짜 여행이니까 어쩔 수 없잖아, 켄? 이 다시몬 씨에게 부탁할 수밖에."

이집트 정부 관광국 공인 가이드
다시몬 아리

켄 역시 이 카이로 변두리에서 달리 의지할 만한 사람이 있는 것은 아니다. 이 수상쩍은 다시몬에게 의탁하는 것 외에는 다른 방도가 없다.

공항을 나와서 카이로 시내의 복잡한 노천 시장으로 발을 들여놓았다. 사람들은 활기가 넘친다. 짐을 실은 당나귀를 피하면서 앞으로 나가다가 한 호텔에 투숙하기로 했다. 호텔이란 것도 이름뿐, 상인들을 상대로 하는 싸구려 여인숙이라고 하는 편이 정확할 것이다. 두 사람을 앞에 두고 다시몬은 이상하게도 기분이 좋아 보였다.

"우선은 낮잠을 자세요. 요즘 낮 기온이 40도나 돼요. 난 두세 시간 지나면 돌아올 겁니다. 그후에 카이로 시내를 안내하기로 하죠."

다시몬의 말대로 켄과 류는 시트도 깔려 있지 않은 엉성한 침대에 드러누웠다. 베니아판 한 장 너머의 옆방에서 이집트 상인의 고함소리가 들려왔다. 거래에 무슨 문제라도 있는 걸까. 긴 여행의 피로 탓인지 두 사람은 금세 잠에 빠져들었다.

◆─ 예지몽

켄은 기묘한 꿈을 꿨다. 눈앞에 광대한 사막이 있었다. 마치 새를 타고 있는 것처럼 켄은 공중에서 사막을 향해 급강하하고 있다. 피라미드가 몇 갠가 보였다. 자신은 그 중 가장 큰 피라미드를 향하고 있다. 보니까, 그 정상에 중세 기사를 연상시키는 두 젊은이가 있다. 둘 다 갑옷으로 무장한데다 검을 갖고 있다. 점차 얼굴 생김새가 뚜렷이 보이기 시작했다. 그런데 놀랍게도 한 명은 류이고 또 다른 한 명은 켄 자신이 아닌가. 두 사람은 무척 긴장한 모습으로 공중을 향해 싸울 태세를 취하고 있다. '앗' 하는 사이에 공중에 떠 있던 켄은 피라미드 위의 켄에게 빨려들어 갔다. 그때 시커먼 덩어리가 두 사람을 덮쳤다. 새의 일종일까? 날개를 펼치면 10미터는 될 것 같은, 온몸이 새카만 괴물

예지몽(Precognition in Dream)

꿈속에서 일어났던 일이 며칠 뒤에 현실로 나타났던 경험이 있는 사람은 의외로 많다. 육친이 나타나 이별을 고하는 꿈을 꾼 직후에 그 사람이 죽었다는 통보를 받거나, 사고가 나는 꿈을 꿔서 여행을 취소했는데 실제로 사고가 일어나서 결과적으로 꿈 덕분에 목숨을 건지게 된 사례도 있다. '꿈은 예지 능력을 가진다'는 믿음은 현대보다 고대사회에서 더 강했다. 꿈은 신이나 정령이 인간과 교신하는 장이라고 여겨졌다. 일본에도 '하쓰유메(初夢)'나 '마사유메(正夢)'라는 말이 있다. 꿈의 예지 능력은 특히 성서 속에서 강조됐다. 요셉은 꿈에서 가족과 함께 이집트를 탈출하라는 계시를 받고 실제로 그렇게 했다. 또한 예수가 사형을 선고받기 전 재판관 빌라도의 아내는 남편에게 이렇게 말했다.
"저 옳은 사람에게 아무 상관도 하지 마옵소서. 오늘 꿈에 내가 그 사람으로 인하여 애를 많이 썼나이다."
또 소크라테스는 "덕 있는 혼을 가진 사람의 꿈은 고결하고 예언적이며, 나아가 병자가 꿈속에서 신에게 치료 요법을 듣길 원하면서 신전에서 자면 그대로 된다"고 주장했다. 20세기에 이르자, 프로이트나 융이 꿈의 중요성을 깨닫고 그 상징적 의미를 고찰하면서 꿈의 해석은 과학적 측면을 갖게 됐다.

새였다. 이빨을 드러낸 늑대 같은 얼굴은 광포함 그 자체다. 켄과 류는 필사적으로 괴물새의 공격을 피했다. 기껏해야 상대의 공격을 피하는 게 고작일 뿐 좀처럼 공격엔 나설 수도 없을 것 같다. 어느 틈엔가 괴물새의 수는 늘어나 있었다. 두 마리, 세 마리, 먼 하늘은 비행기 편대와 같은 괴물새의 무리로 가득하다. 도저히 피할 수 없을 것 같은 위기의 순간이다. 이제 팔이 마비되어 칼을 들 힘조차 없다. 그때 등뒤에서 괴물새가 그들을 덮쳤다. 강력한 날개의 일격을 받고 켄과 류는 피라미드의 경사면을 구르며 떨어져갔다⋯⋯.

켄은 비명을 지르며 침대에서 벌떡 일어났다. 온몸이 땀에 흠뻑 젖어 있었다. 문득 보니 류도 멍한 표정으로 켄을 바라보고 있었다.

"이상한 꿈을 꿨어."

켄이 중얼거리자 류가 대답했다.

"나도 무서운 꿈을 꿨어. 아마 비행기를 계속 타서 피곤한 탓인가봐."

옆방에선 여전히 고함소리가 들려왔다. 개가 짖고 있다. 이윽고 누군가에게 얻어맞았는지 깨갱 하는 개의 비명소리가 들리더니 멀어져갔다. 어디선가 코란을 외우는 소리가 들린다.

SCENE 2
불가사의와의 관계

다시몬이 데리러오자 세 사람은 거리로 나갔다. 제일 처음 간 곳은 타흐리르 광장에 면한 이집트 박물관. 토산품 가게의 극성스런 호객 행위를 피해 안으로 들어간 켄 일행은 먼저 2층 진열실로 향했다. 그곳엔 유명한 투탕카멘[1]의 부장품(副葬品)이 있었다. 이 박물관의 대표적 진열품이다. 전시품에 대한 설명을 듣고 싶었지만, 가이드인 다시몬은 전혀 관심이 없는 듯 소파에서 한참 선잠을 자고 있다. 켄은 어쩔 수 없이 영어가 능숙한 류의 도움을 받아 해설문을 읽었다.

1층 홀은 석상의 전시실인데, 중정 형식으로 천장까지 뚫려 있었다. 많은 석상들 중에서도 특히 정면에 있는 석상은 거대한데, 제18왕조의 아멘호테프 3세 왕과 왕비라는 기록이 있다. 켄은 8미터나 되는 그 크기에 압도됐다. 그때 목 언저리에 모래 가루가 떨어지는 느낌이 들었다. 문득 위를 보자, 2층 테라스에서 한아름이나 되는 돌 화분이 켄과 류의 머리 위로 떨어지고 있었다.

"앗, 위험해!"

---

1 Tutankhamen(기원전 1371~1352년경) 고대 이집트의 제18왕조 말의 소년 왕. 카이로의 이집트 미술관에는 그의 얼굴을 본떠서 만든 '황금 마스크'를 비롯해 부적이나 생활용품, 나이프 등 다양한 부장품이 전시되어 있다.

너무 갑작스런 일이라 몸을 움직일 수가 없었다. 비명을 지를 여유도 없이 머리가 부서지겠구나, 라고 생각한 순간 누군가에게 떠밀렸다. 화분은 켄의 발 근처에 떨어져 산산조각이 났다. 켄을 떠민 사람은 바로 조금 전까지 자고 있던 다시몬이었다.

"휴, 덕분에 살았어요, 다시몬."

◆──부적(스카라바이우스 · 앙크)

켄은 바닥에서 일어나 다시몬에게 감사 인사를 했다.

"뭘, 이 거리에선 자주 있는 일인데. 이거, 방심하면 안 되겠는걸. 그렇지! 자네들에게 좋은 걸 주지."

다시몬은 주머니를 뒤지더니 더러워 보이는 목걸이 두 개를 내밀었다. 가죽끈 끝에 풍뎅이를 본떠 만든 푸른 돌이 붙어 있고, 그 뒷면에는 상형문자가 새겨져 있다. 또 다른 목걸이는 십자가 윗부분에 매듭 같은 고리가 붙어 있는 모양이다.

"뭐죠, 이건?"

류가 관심을 보이며 물었다.

"스카라바이우스. 고대 이집트에선 부와 재생의 상징으로 숭배받았어. 그리고 이 별난 모양의 십자가는 앙크. 불사의 상징이야. 둘 다 부적으로서 아주 효과적이라 알려져 있지. 그렇죠, 다시몬?"

켄의 설명에 다시몬이 만족스러운 듯이 고개를 끄덕였다.

"자네 말대로야. 잘 알고 있는데, 그래……. 아, 켄은 2층 전시실에서 부적 컬렉션을 봤나 보군?"

"맞아요. 그런데 정말로 여기에 수호의 힘이 있나요?"

켄은 진지한 표정으로 다시몬에게 물었다. 바로 조금 전에 무서운 일을 당했

탈리스만(Talisman : 부적)

어디든지 사람이 사는 곳이라면 부적이란 것이 존재한다. 고대 일본에선 곡옥(曲玉 : 끈에 꿰어 목에 거는 구부러진 옥돌 - 옮긴이)이나 동으로 만든 거울 등이 악령 퇴치와 마물 제거라는 특별한 의미를 가졌다. 오늘날은 신사의 부적 등이 대표적이라 할 것이다. 원래 부적은 '사고를 당하지 않는다'든가 '병에 걸리지 않는다', '시험에 합격한다'는 식의 방어적 의미가 강한데, 이런 것들을 서양에선 아물렛(Amulet)이라고 해서 더 적극적인 의미를 갖는 탈리스만과 구별하는 경우가 많다. 탈리스만은 그것을 소지하는 인간에게 이른바 마술적 파워를 부여해주는 것이다. 따라서 마술사에게 부적의 제작은 매우 중요한 의미를 갖는다. 특정 정령을 소환할 때는 그 정령의 상징을 디자인하거나 재료를 마술적 이론에 따라서 준비하는 등 비밀리에 제작된다.

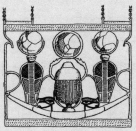

스카라바이우스(scarabaeus)

투구풍뎅이의 일종으로, 똥을 동그랗게 만들고 그 속에 알을 낳아 뒷발로 굴려서 저장 장소로 운반하는 습성이 있다. 고대 이집트에선 비단벌레처럼 빛나는 몸 때문에 숭배의 대상이 됐으며, 똥을 둥글리는 모습을 본 사람들은 이 벌레가 태양을 이동시킨다고 생각했다. 또 벌레의 형태가 인간의 심장과 비슷하다고 여겼던 데서 '영원한 생명'을 기원하는 부적으로 중시되었고 목걸이, 반지 등 장신구 디자인에 많이 이용됐다.

양크(Ankh)

십자가의 일종으로 고대 이집트에선 생명, 건강, 진실, 대우주, 풍작을 상징했다. O와 T 부분으로 이뤄져 있는데 O는 수호 여신을, T는 생명을 만들어내는 적극성을 나타내는 것으로 해석된다.

제드 기둥(Jed)

원기둥 혹은 사각기둥의 형태를 하고 있다. 본래는 오시리스 신의 남근을 상징했으나 얼마 후에는 오시리스 신의 선골(성스러운 뼈)을 의미하게 됐다. 즉, 오시리스 신의 은혜를 받기 위한 부적이란 의미가 있다. 일설에는 고대의 건축물을 상징하는 것이라고 하기도 한다. 건축물이란 신전을 가리키며 거기에 진좌되어 있는 신격(神格)을 숭배하는 의미가 있다고 여겨진다.

부메랑, 나이프

둘 다 고대 이집트에서 가장 친근한 무기로서 병용됐다. 소유자가 늘 옆에 두고 애용하는 물품에 특별한 의미를 두는 것은 예나 지금이나 마찬가지다. 물품은 소유자의 신체 일부처럼 여겨지다가 곧이어는 분신적 의미를 갖는 부적이 된다. 그런 면에서 무기는 부적으로서 가장 적합하다고 할 수 있다.

으니 정색을 하는 것도 무리는 아니었다. 다시몬 또한 진지한 얼굴로 대답했다.

"물론이야. 카이로 공항에서 만났을 때, 이 거리는 위험으로 가득 차 있다고 말했었지. 그러니까 자기 몸을 지키기 위해 이걸 사용하는 거지. 효과가 있는지 어떤지는 자네들 기분에 달려 있어."

"무슨 뜻이죠? 우리가 믿으면 이것도 효과가 있다는 말인가요?"

류는 어렴풋이 납득이 가는 모양이었다.

"맞아. 부적은 지닌 사람의 기분에 따라서 효과가 있을 수도 있고, 전혀 없을 수도 있어. 그냥 단순한 돌로 남을지 목숨 다음으로 소중한 게 될지는 자네들 자신이 결정하는 거지. 아무튼 목에 걸어두도록 해.

부적에는 옛 시대의 지혜가 담겨 있어. 세계에는 여러 종류의 부적이 있는데 그 목적은 호신용 또는 행운의 주술이지. 그 중에서도 이집트의 부적은 소지자에게 적극적인 영력이 깃들게 하는 효과가 있다고 알려져 있어."

다시몬의 설명은 설득력이 있었다. 켄과 류는 약간 신묘한 기분으로 고대 이집트에서 전해내려 오는 부적을 받아들었다.

◆ 사안과 사안 퇴치

카이로를 방문하는 관광객 대부분이 그렇듯이, 켄 일행은 이집트 박물관 다음으로 기자의 피라미드 구경을 나섰다. 대개는 택시나 관광용 마차를 이용하지만 켄 일행은 승합 버스를 탔다. 아마도 다시몬의 주머니 사정과 관련 있는 듯했다.

"모르는 곳을 알려면 그곳에 사는 사람들과 피부로 접하는 것이 중요하다고."

켄은 쓴웃음을 지으며 류를 쳐다봤다. 그런데 류는 버스 뒤쪽에 서 있는 한 남자를 바라보고 있었다.

"무슨 일이야, 류?"

"저 남자 팔을 봐."

건달 분위기가 나는 남자였다. 멍하니 창 밖 풍경을 보고 있다. 화물 선반의 파이프를 잡고 있는데 팔에는 문신이 있었다. 언뜻 보기엔 박쥐 같았지만 머리 부분은 오히려 늑대와 비슷했다. 켄은 점심때 꿨던 꿈을 떠올렸다. 심장의 고동이 빨라졌다. 류가 켄에게 고개를 끄덕여 보였다.

"그럼, 너도 같은 꿈을 꿨구나."

"그런 것 같아. 그런데 저 문신의 동물은 대체 뭘까?"

두 사람을 보면서 다시몬이 웃었다.

"저건 악마새야. 더 정확히 말하면 악령의 상징이라고 하지. 저 사람은 악령에게 자신을 판 모양이군."

세 사람의 관심을 눈치챘던 걸까? 남자가 이쪽을 돌아다봤다. 매의 눈을 연상시키는 날카로운 시선이다. 켄과 류는 총부리에 겨냥당한 듯 옴짝달싹할 수가 없었다. 몸이 경직되면서 차가워지는 듯한 감각이 발 밑에서 심장을 향해 내달렸다.

"스카라바이우스를 꽉 쥐어!"

귓전에서 다시몬이 중얼거린 듯한 느낌이 들었다. 켄은 움직이지 않는 오른손을 필사적으로 뻗어서 가슴에 매달린 스카라바이우스를 쥐었다. 셔츠 위에 있는데도 청석의 스카라바이우스는 따뜻하게 느껴졌다. 그 따뜻함은 오른손을 통해 몸속으로 퍼져갔다. 그와 동시에 마비됐던 몸에 뜨거운 혈액이 다시 흘렀다. 순간 그들을 보고 있던 남자의 눈은 날카로움을 잃어버린 듯했다. 이윽고 남자가 버스 정류장에서 내리자 켄은 온몸에서 땀이 솟아났다.

"뭐죠, 지금 이건?"

다시몬은 이마의 땀을 터번 끝으로 닦으면서 대답했다.

"사안(邪眼)이야. 이 나라에선 '호루스의 눈'이나 '우자트'라고 말하지. 자

사안(Evil Eye)

사시(邪視), 흉안(凶眼), 오버룩(Over Look)이라고도 한다. 어떤 종류의 시선이 사람이나 물체에 재앙을 가져온다는 생각은 세계 각지에 퍼져 있다. 특히 그런 믿음은 지중해 지역, 중근동, 남아시아에서 뿌리깊다. 사시는 신이나 동물(뱀, 여우 등) 외에 인간이 지니고 있는 경우도 많은데, 사시를 소유한 걸 스스로 깨닫지 못하는 경우도 적지 않다. 예를 들어 가축이 병사한다거나 이유를 알 수 없는 흉작이라거나 사람이 어떤 힘으로 인해 상처를 입는다거나 돌연사 등과 같은 예측할 수 없는 사태가 일어나면 '누군가의 사시에 겨냥'된 것이 원인으로 여겨져 사안을 막는 부적을 준비하거나 역으로 공격하는 것이 일반적이었다.

『사안』(F. T. 엘워즈 지음)에는 "고대인들은 질투나 분노를 품은 사람의 눈에서 투사된 적의에 찬 영향력이 대기를 오염시키고, 생명 있는 것이든 없는 것이든 그 몸을 관통해서 해친다고 굳게 믿었다"고 적혀져 있다. 대개 사안을 지닌 자는 그 지역 사람이 아니라 여행자나 거지, 떠돌이 장인(匠人)인 경우가 많다고 알려졌다.

사안을 막는 부적으로 일반적인 것은 소금, 재, 마늘이다. 그 외에도 자패(紫貝), 거울, 양의 눈 등이 사용됐다. 이것들은 장신구로도 이용했으며 집 입구에 걸어놓기도 했다.

네들은 처음 해본 체험인가?"

"물론이죠. 그런데 '사안'이란 게 뭐예요?"

"설명해주지. 자네들도 누군가 자신을 쳐다보고 있는 듯한 느낌이 든 적이 있을 거야. 인간의 시선에는 일종의 에너지가 있어. 어떤 인간이라도 말야. 그런데 그 에너지를 연마하면 강력한 무기가 되지. 쏘아보는 상대가 손가락 하나 못 움직일 정도로 말야. 방금 경험했을 거야. 경우에 따라선 반신 불수가 되거나 죽게 되는 경우도 있어. 물론 선의를 위해 사용되는 경우도 있지. 죽은 자의 재생을 돕는 '성안(聖眼)'이란 것이 우자트의 의미야."

"하지만 녀석은 왜 우릴 노렸던 걸까?"

류는 사안 공격을 당한 이유를 이해할 수 없었다. 그것은 켄도 마찬가지였다.

호루스의 눈(Horus Eye)
호루스는 고대 이집트 신들의 하나로서, 왕권을 상징하는 천공 신이다. 대지 위를 날아가는 매의 이미지에서 만들어졌으며, 그 날카로운 시선은 사안의 소유자에게 어울린다. 사안에 대한 가장 좋은 방어책은 신의 강력한 사안으로써 대항하는 것이다. 호루스가 사안의 소유자로 여겨지게 된 것엔 이유가 있다. 신화에 따르면 천계의 통치자인 태양신 오시리스는 당나귀 머리를 가진 세트 신에게 살해당한다. 오시리스의 아들로 태어난 호루스는 세트 신을 죽여 원수를 갚음으로써 아버지 오시리스의 환생으로서의 역할을 다한다. 호루스의 눈을 사안이라고 여기는 것은 아버지의 원수인 세트 신에 대한 증오의 표현이다.

마노 피카(Mano Fica)
'무화과나무의 손'이란 뜻의 이탈리아어. 오른손의 엄지가 검지와 중지 사이로 살짝 보이게끔 움켜쥐는 방법이다. 이는 세계 각지에서 나타나는데, 일반적으론 여자의 성기를 상징하며 경멸이나 외설을 의미한다. 이탈리아에선 사안의 소유자에게 몰래 이 동작을 함으로써 사안을 피할 수 있다고 믿는다.

7요일의 아물렛(Amulet of the week)
그노시스파(1~3세기 그리스·로마세계에서 유행했던 종교사상 운동)의 7요일을 본떠 만든 부적. 신의 상징으로서 일요일엔 사자, 월요일엔 붉은 사슴, 화요일엔 전갈, 수요일엔 개, 목요일엔 천둥, 금요일엔 올빼미, 토요일엔 뱀을 그려넣고 그 가운데에 사안을 둠으로써 사안을 봉인한다는 뜻을 담은 부적. 장신구로 사용하거나 신전을 장식했다.

"바로 그거예요, 알 수 없는 게. 방금 전 일도 그렇고 박물관에서 있었던 일도 우연이라고 하기엔 너무 이상해요. 게다가 우리가 이집트에 온 지 아직 하루도 채 안 지났다고요. 누구한테 원망을 산 일 따윈 전혀 없는데……."

"글쎄, 그 이유는 나도 모르겠는걸."

다시몬은 더 이상 아무런 대답도 해주지 않았다.

"기우일지도 몰라, 켄. 우리가 좀 신경질적인 상태일지도……."

"그렇담 좋겠지만. 그래도 어쩐지 이번 여행은 이상한 일투성이라 기분 나빠."

◆─ 피라미드 파워

푸른 하늘 밑에 황토색 융단을 깐 듯한 사막이 펼쳐져 있다. 그 일각에 사막과 같은 색의 피라미드가 있다. 그림엽서나 포스터에서 익히 보았던 풍경이 눈앞에 있는 것이다.

"묘한 기분이야. 피라미드 앞에 서다니, 상상도 못했던 일이야."

류가 대답했다.

"맞아. 처음 보는데도 아주 반가운 기분이 들어."

다시몬이 만족스런 표정으로 끄덕거렸다.

"그렇지? 믿기지 않겠지만 지금 자네들이 보는 건 진짜 기자 피라미드야. 4천5백 년 전 이집트인의 지혜와 땀의 결정, 인류가 자랑하는 고대 오리엔트문명의 상징이지."

다시몬은 그제야 본래의 직무를 떠올린 듯 설명을 하기 시작했다.

"이 중에서 가장 큰 피라미드를 한 번 보라고. 세계 최대인 쿠프 왕 피라미드야. 막 완성됐을 때는 깨끗한 석회암이 표면을 덮고 있었어. 한번 상상해봐. 거울처럼 반짝반짝 빛나는 피라미드 표면에 푸른 하늘과 구름이 되비치는 모습을……. 정말 멋진 광경이었지."

피라미드 파워(Pyramids Power)

피라미드라는 사각추 형상은 뭔가 특수한 영력이 있는 것으로 여겨진다. 최초로 피라미드 파워의 존재를 발견한 것은 피라미드를 조사했던 과학자였다. 내부에 놓여 있던 쓰레기통 안의 것들이 썩지 않고 미라화되어 있었던 것이다. 또한 미지의 영력과 비슷한 힘이 피라미드 내부에 작용한다는 증언도 있다. 과학자인 에릭 마크르한은 기자 피라미드를 정확하게 축소한 모형을 만들어 다양한 실험을 했다. 일례로, 내부에 달걀과 고기를 두고 몇 주일 동안 방치해도 부패하지 않았다고 한다. 게다가 면도칼을 두었더니 예전보다 날이 더 잘 들었다고 한다.

이런 점들을 근거로 피라미드 파워가 존재한다고 여겨지게 됐다. 오늘날에는 기자 피라미드의 축적대로 만든 텐트 같은 모형이 시판되고 있다. 사람이 그 안에 들어가 명상하면 체내에 피라미드 파워의 영향을 받아, 보다 깊은 명상을 할 수 있거나 초자연적 힘을 얻을 수 있다고 한다.

"다시몬, 꼭 실제로 본 것 같은 말투네요."

류가 놀리자 순간 다시몬의 눈이 반짝 빛났다.

"그런데 자네들 이 피라미드가 만들어진 이유를 알고 있나?"

류가 대답했다.

"왕족의 무덤이죠. 물론 파라오(왕)의 부와 권위의 상징이기도 했을 테고요."

다시몬은 고개를 저었다.

"이집트에 있는 대부분의 피라미드는 자네가 말한 대로야. 그러나 이 쿠프 왕의 피라미드는 다르다고. 그렇게 단순한 게 아냐."

여기에는 켄이 대답했다.

"알고 있어요. 일본에서 공부하고 왔거든요. 해시계나 달력, 천문대 역할까지 한 것으로 추정되고 있죠?"

"맞았어. 이 피라미드는 왕의 무덤인 동시에 천문대였지. 하지만 그뿐만이 아냐. 4천5백 년 전의 이집트인이 온갖 뛰어난 지혜를 다 짜내 완성한 거라고. 아무리 현대인이라도 그렇게 간단히 모든 목적을 이해할 순 없는 법이지."

다시몬은 자랑스럽게 커다란 코를 문질렀다.

"피라미드 파워를 말하는 건가요? 어디선가 읽은 기억이 나요. 피라미드 내부에 불가사의한 힘이 있다는 설이죠. 음식물이 썩지 않거나 생명력이 강화되거나 하는 거죠? 한때는 일본에서도 붐이 일었어요. 미국에선 피라미드 모형이 통신 판매되고 그 안에서 명상하는 사람도 있다는데요."

"그것도 있어. 하지만 그런 발견은 유치한 거야. 아직도 비밀의 실마리에 지나지 않거든. 내게 묻는다면, 피라미드는 우주적 규모의 지식을 가진 다목적 건축물이라 말하겠어. 곧 자네들도 알게 될 때가 올 거야. 그런데 혹시 피라미드 안에 들어가고 싶진 않나?"

류가 즉각 반응했다.

"그야 물론 들어가고 싶죠. 하지만 지금은 유적 보호 때문에 피라미드에 올라가는 것조차 금지됐잖아요? 무리예요."

"글쎄, 그래도 자네들이 원한다면 방법은 있거든. 내 어떻게든 해보지."

"정말예요? 안에 들어갈 수 있는 방법이 있다면 가르쳐주세요. 경비원을 매수하는 일 따윈 안 돼요. 그렇게 돈을 많이 갖고 있진 않으니까."

켄의 눈이 빛났다. 피라미드 안에 들어가다니, 아주 높은 사람이나 고명한 학자가 아니고선 불가능한 이야기다. 그 정도 상식은 켄도 류도 갖고 있었다. 그러나 다시몬이 아무렇지도 않게 한 말은 묘하게 설득력이 있었다. 두 사람이 흥분하는 것도 무리는 아니었다.

다시몬은 두 사람의 반응에 만족스러워 하는 듯했다.

"좋아, 데려가주지. 나는 이래봬도 가이드로선 일류니까. 자, 큰 배를 타자고……."

SCENE 3
피라미드에서

세 사람은 밤이 깊어지길 기다렸다. 다시몬에 의하면, 쿠프 왕의 피라미드에는 숨겨진 입구가 있고 그것을 아는 일부 사람들은 자유롭게 출입한다고 한다. 다만 위법이므로 밤이 되어야만 입구를 이용할 수 있다.

해가 떨어지고 달이 올라왔다. 관광객들과 호객꾼들이 모두 가버리자 죽음의 세계를 떠올리게 하는 정적이 찾아왔다. 만월이었다. 칠흑 같은 밤하늘에 푸른 달이 반짝이고 있다. 달빛이 비친 피라미드는 아주 로맨틱해 보였다.

"굉장해, 마치 아라비안 나이트의 세계 같아."

감탄한 켄이 중얼거렸다.

"……만월 아래선 모든 것이 진실의 모습을 보이는 법이지. 자, 갈까?"

켄과 류, 그리고 다시몬이란 기묘한 3인조는 사막의 경사진 면을 내려갔다. 이윽고 스핑크스 앞에서 다시몬이 멈춰섰다.

"미끄러우니까 조심해서 가야 해. 그리고 내가 좋다고 할 때까진 절대 말을 해선 안 돼, 알겠지?"

두 사람은 고개를 끄덕였다. 류가 군침을 삼키는 소리가 들렸다. 다시몬은 기묘한 행동을 했다. 스핑크스 상을 향해 선 채 입에 손가락을 넣어 소리를 냈다. 새 울음 같은 소리가 길게 이어졌다. 그러자 스핑크스의 이마 부분에서 구

멍이 빠끔히 열렸다. 아니, 잘 보니 그 부분의 돌이 소리도 없이 들어간 것이었다. 어두운 내부에서 불빛이 보였다. 램프를 든 작은 남자가 이쪽을 향해 손짓하고 있다. 즉시 다시몬이 구멍으로 들어갔다. 켄과 류는 황급히 그 뒤를 쫓아갔다. 구멍 안에는 작은 계단참이 있고 지하를 향해 계단이 뻗어 있었다. 켄은 입구를 열어준 남자의 얼굴을 보고 숨이 멎는 듯했다. 다시몬과 완전 판박이였던 것이다. 쌍둥이라도 이렇게 똑같진 않을 것이다. 얼굴 생김새뿐 아니라 머리카락이나 수염이 뻗은 모양, 장의의 더럽혀진 부분까지 쏙 빼닮은 것이다. 류도 입을 헤 벌리고서 작은 남자를 바라보고 있다.

"이쪽이야."

다시몬이 손짓을 했다. 생각보다 긴 계단을 내려가자 다음에는 완만한 오르막 경사의 복도가 나타났다. 주위 벽에는 이집트의 상형문자가 여럿 새겨져 있다. 바닥엔 부서진 석상의 파편이 굴러다니고 있다.

'이 복도도 4천5백 년 전에 만들어진 걸까?'

켄은 걸으면서 생각했다. 10분쯤 걸었을까? 넓은 방이 나타났다.

◆── 이집트의 신들

"이제 입을 열어도 괜찮아."

벽에 걸려 있는 램프에 불을 붙이면서 다시몬이 말했다. 불빛으로 방 안 전체의 윤곽이 드러났다. 예상했던 것보다 꽤 넓은 방이었다. 주위 벽에는 고대 이집트 신들이 부조로 새겨져 있었다. 아까 이집트 박물관을 견학한 덕분에 켄은 몇몇 신상의 이름을 이해할 수 있었다. 수호 여신 이시스, 풍요의 신 오시리스, 학문의 신 세트, 묘지의 수호신 아누비스…… 그들의 부조는 마치 방금 전에 새겨진 것처럼 아름답게 채색되어 있었다. 흠집이나 벗겨진 부분은 전혀 눈에 띄지 않았다.

류는 감탄한 듯 한숨을 내쉬었다.

"굉장해. 그런데 정말 여기가 피라미드 내부인가요? 이거 도저히 4천5백 년 전에 만들어졌다곤 생각할 수 없겠는데요."

"정확하게는 쿠프 왕의 현실(玄室 : 고분 안에 있는, 관을 안치하는 방)에서 바

이집트의 신들과 마술

고대 이집트에서는 자연, 동물, 추상적 인격 등 많은 것들을 신으로 여겼다. 기원전 14세기에 아톤(Aton)이라는 일신교가 지배했던 시기를 제외하면, 실로 다양한 신들이 숭배되었다. 나일 신 하피, 악어 신 세베크, 고양이 신 바스테트 등은 특이한 신이다.

이집트인들의 최대 관심사는 사후세계였다. 태양신이 사라지는 방향, 즉 서쪽은 사자(死者)의 세계로 여겨졌으며 사자를 가리켜 '서방인(西方人)'이라고 불렀다. 인간은 죽으면 사자의 세계로 향한다. 이때 마물이나 신들은 여러 가지를 물어보는데, 사자는 잘 대답하면 '영원한 생명'을 얻는다. 이를 위한 안내서가 그 유명한 『사자의 서』다. 죽음에 관련된 신들이 깊은 신앙의 대상이 됐던 것이다.

이시스(Isis)

모든 생명의 어머니인 이시스는 고대 이집트뿐만 아니라 그리스·로마세계에서도 신앙의 대상이었다. 이집트 왕 파라오의 왕좌는 그 자체가 이시스로 여겨졌다. 대대로 파라오들은 그녀의 무릎에 앉고 그녀의 날개와 팔로 수호되는 것으로 여겼다. 이시스 신앙은 유대교의 비밀의 가르침인 카발라(Kabbala)에도 크게 영향을 미쳤으며, 카발리스트라고 불리는 중세의 마술사들이 주목했던 신들 중의 하나다.

로 아래로 10미터쯤 되는 위치야. 몇 세기 동안 학자들과 도굴꾼들이 이곳 저
곳을 파냈지만 여기만큼은 발견할 수 없었지."

　다시몬과 판박이처럼 닮은 작은 남자가 대답했다. 목소리까지 다시몬과 똑
같았다. 켄과 류는 커다란 방에 압도되어 이 작은 남자의 존재를 잊어버리고
있었다. 다시몬이 단순한 가이드가 아니란 건 이미 눈치채고 있었다. 그러나
다시몬과 똑같이 생긴 이 남잔 대체 뭐란 말인가?

　"그렇지. 자네들에겐 아직 소개 안 했군. 이 남자는 내 사촌 나킨이야."

　다시몬이 소개하자 나킨이라고 불린 남자가 두 사람에게 미소를 지어 보
였다.

　"우리가 똑같이 생겨서 놀랐지? 실은 여기서 1천 킬로미터쯤 남쪽에 우리

오시리스(Osiris)
죽은 자가 영원한 생명을 갖게
끔 해주는 신 오시리스는 이집
트인의 구세주 같은 존재다.
이시스 여신의 남편인 오시리
스는 다른 많은 신들을 스스로
흡수하여 2백 개 이상의 이름
을 가질 정도로, 깊은 숭배를
받았다.

토트(Thoth)
따오기 머리를 가진 이 신은 학문
의 창시자, 언어의 발명자다. 고대
이집트 마술은 언어를 매우 중요
하게 취급했기 때문에 주문(呪文)
과 서기(書記)를 전업으로 하는 토
트 신은 마술의 수호자로서 군림
했다. 나중에는 그리스세계의 헤
르메스(마술·문학·의학·오컬
트를 주관하는 신)와 동일시됐다.

아누비스(Anubis)
재칼의 머리를 한 이 신은 명계의
신이며 미라를 만드는 신으로서
사후세계의 행복을 약속한다. 그
는 때로 '위대한 개'로 불렸다. 고
대 이집트에서 개는 숭배의 대상
이었으며, 개의 숭배자들은 독자
적인 비밀의식을 가지는 것으로
여겨졌다.

마을이 있어. 거기서는 외부 사람을 결코 가까이하지 않지. 다시 말해 먼 선조 대부터 쭉 혈통을 지켜왔다는 얘기야. 그러니까 마을사람들은 모두 우리와 똑같은 얼굴을 하고 있는 셈이야. 할아버지도 아버지도 아들도, 그리고 보다시피 사촌형제까지 다 똑같이 생겼지."

"외부 사람을 왜 안 들였는데요? 뭔가 비밀이라도 있나요?"

류가 재빨리 물었다.

"맞아. 우리 일족만의 비밀이 있지. 이 방을 한번 잘 보라고. 비밀의 일부 거든."

"아, 알았어요. 당신들 선조는 이 방을 도굴꾼이 파헤치지 못하게 하란 명령을 받았군요? 명령한 사람은 아마 피라미드를 만든 쿠프 왕이었을 테고……."

류가 흥분해서 말했다. 나킨이 고개를 끄덕이며 말을 이었다.

"정답이야. 반뿐이지만……. 우리 일족이 받은 명령은 고대 이집트의 비술을 전승하는 거야. 현대 언어론 '마술'이라고 하나?"

켄과 류는 어안이 벙벙해졌다. 4천5백 년 전의 명령을 지금까지 지켜온 일족이 있다니 기적 같은 일이다. 게다가 그 명령이 고대 이집트의 마술을 전승하는 것이라니 더욱 놀라웠다.

"설마! 우릴 놀리는 거죠? 도저히 믿어지지 않아요."

류는 애가 탔다. 켄은 이 두 사람이 미친 게 아닐까 생각했다.

"그럴 거야. 의심하는 것도 무리가 아니지. 그렇지만 사실이니까 어쩔 수 없어. 저 신상을 한번 보라고."

다시몬은 벽에 새겨진 신상으로 다가가 설명하기 시작했다.

"이건 이시스. 만물의 어머니로서 숭상받는 여신이지. 그러나 실은 마술의 수호신이야. 고대 이집트 사람들은 이렇게 말하며 숭배했지. '신들의 여왕이여, 날개 있는 몸을 가졌으며, 붉은 장의를 입은 여주인이며, 마법을 주관하는 강력자여'라든⋯⋯. 이 비밀을 그리스인들이 알게 되자 이시스 여신에 대한 신앙이 로마제국 전역에 퍼졌어. 자네들이 받았던 초대장에 별난 무늬가 인쇄되어 있었을 거야. 바로 시스트럼이라고 하는, 이시스 신의 상징이지.

　반면 기독교도는 이 여신을 철저히 배척했어. 이시스 상을 발견하면 '마녀'라든가 '여자 데몬'이라고 매도해 파괴했어. 그만큼 그녀의 힘을 두려워했다고도 할 수 있지. 그녀는 별의 운행을 멈추거나, 태양을 자유자재로 움직이거나, 나일 강의 흐름을 조정할 수 있었어. 기독교도는 세력을 얻자 이시스를 믿는 사람들을 말살하기 시작했지. 그 결과 우리만 남게 된 거야. 쿠프 왕은 그런 시대가 올 것을 예언으로 알고 있었어. 그래서 미리 우리 일족에게 비술의 수호를 명했던 거지. 이해가 되나?"

　"어렵긴 해도 이야기로선 이해할 수 있어요. 그런데 왜 일개 여행자인 우리에게 비밀을 밝히는 거죠? 우린 마술 따윈 본 적도 없는 평범한 고등학생인데요."

　그런 류의 기분은 당연했다. 켄 또한 이집트에서 이런 비밀을 듣게 되리라곤 상상도 못했다.

　"섣부른 선입관은 갖지 않는 게 좋아. 게다가 우리가 자네들을 선택한 건 나름대로 이유가 있기 때문이고."

　"잠깐만요. 지금 '선택'이라고 했나요? 그렇담 우리가 이집트 여행에 당선된 게 처음부터 꾸며진 계획이었단 말인가요?"

　"그런 셈이지. 우린 세계 각지에 동료가 있어. 그러니까 일본 젊은이 두 명을 골라 이곳에 초대하는 일 따윈 간단하다고."

　"하지만 그런 꿈 같은 이야긴 믿기 힘들어요. 도대체 마술 같은 게 정말로 가능한가요?"

켄은 자신도 모르게 흥분하고 말았다. 호러 이야기를 듣고 있다고 생각했던 것이다.

"좋아. 그럼, 우리의 마술을 보여줄까! 뭐, 이시스 여신처럼 방대한 건 할 수 없지만 나름대로의 술법은 터득하고 있다고."

SCENE 4
이집트 마술

◆── 고대 소환술

　다시몬은 나킨에게 눈짓하더니 준비에 착수했다. 먼저 방의 네 구석에 향을 피우고 중앙에 지름이 2미터쯤 되는 원을 그렸다. 그런 후에 두 사람은 바닥에 책상다리를 하고 앉아 주문을 외우기 시작했다. 켄과 류는 전혀 들어본 적이 없는 말이었다. 주문을 외우는 목소리가 점차 열기를 띠자 향에서 나오는 연기가 마치 흰 뱀처럼 공중을 휘어감기 시작하더니 원 중앙으로 모였다. 잠시 후 원 중앙에는 연기 기둥 같은 것이 생겼다. 주문은 더욱 강력해졌다.

　갑자기 연기 기둥에 어떤 형상이 떠올랐다. 그것은 점차 형태가 정돈되더니 이윽고 고대 의상을 입은 여자의 모습이 됐다. 오리엔트풍의 아름다운 여인은 천천히 입을 열었다.

　"……나는 자연이며 만물의 어머니이자 4대 지배자, 시절에 처음 생겨나는 것, 가장 고귀한 신이다. 하늘의 행성을 지배하고, 건강한 해풍이나 명계의 음산한 정적도 나의 뜻에 따른다. 나아가, 나는 마술의 수호자로서 땅 위의 비술을 담당하는 자들을 지켜줄 것을 약속한다. 아테네인은 나를 미네르바라 부르며, 키프로스인은 비너스, 크레타인은 디아나라고 한다. 그리고 이집트인은 나를 본명인 이시스라고 부른다……"

고대 이집트의 소환술

피라미드 안에서 행해진 다시몬의 소환술은 약식인 것으로 생각되지만 향을 사용하는 점 등 현대적인 마술의 요소도 보인다.

고대 이집트에서 행했던 마술의 집행에 관해 소개하겠다. 이것은 주로 신관에 의해 집행됐다. 신을 섬기는 신관은 마술사로서도 유능해야 했다. 때에 따라선 신들을 달래기도 하고 으르기도 하는 기술이 생자를 위해 필요했기 때문이다. 이집트 마술사의 최대 무기는 언어 (주문)였다. 그들은 마술적 효과를 불러오기 위해 마술학원(생명의 집)에서 언어의 정확한 발성(억양, 리듬 등)을 철저히 연구했다. 마술을 실행함에 있어서 그들은 9일간 정결 의식을 행했다. 그리고 나서 몸에 기름을 바르고 정결한 의복으로 갈아입은 다음 입을 탄산소다로 헹구고 혀에 녹색 잉크로 '진실의 기호'인 깃털을 새겼으며 또한 땅 위에 원을 그렸다. 이런 복잡한 의식을 끝낸 다음에야 비로소 주문을 말할 수 있었다. 주문은 기묘한 발성으로 이뤄졌고 말의 의미는 이집트인도 이해할 수 없었다고 한다. 이 이집트 마술은 몇 세기에 걸쳐 전승됐다.

그녀의 목소리는 뇌에 울리는 듯했다. 상쾌하고 부드러운 말투가 두 사람을 매료시켰다. 하지만 류는 머리를 세게 흔들면서 외쳤다.

"아냐, 아니라고! 이건 그저 환상이야. 틀림없이 저 향에 마약이 들어 있을 거야. 그래서 우리가 환영을 보고 있는 거라고. 아니면 속임수거나……. 그래, 레이저 광선을 이용한 홀로그램이나 영사기가 숨겨져 있는 거야. 속지 않아, 난!"

다시몬이 침착한 어조로 대답했다.

"환상이라고 여긴다면 이시스님의 손에 키스해봐. 자, 무례하게 하진 말고."

이 말을 듣고 류는 뒷걸음질을 쳤다. 그러나 켄은 서슴지 않고 나아가 손을 뻗었다. 이시스는 손을 내밀어 키스를 허락했다. 켄의 입술은 서늘한 이시스의 체온을 느꼈다. 켄은 분명히 인식할 수 있었다. 공중에 뜬 이 여성은 틀림없이 살아 있는 육체의 소유자인 것을……. 결코 환영 따위가 아니었다.

"당신은 켄이죠, 용기 있는 젊은이군요. 그리고 류, 나를 두려워하지 말아요. 두 사람에게 부탁이 있습니다. 내가 전수하는 마술을 터득하세요. 그리고 그걸 당신들의 무기가 되도록 연마하세요. 그럼, 부탁드리겠습니다."

이시스는 온화한 표정으로 말했다.

잠시 동안 켄은 멍하니 선 채로 이시스를 바라보았다. 류도 마찬가지였다. 이런 신기한 일을 겪는다면 누구나 혼란해질 터였다. 그런데 갑자기 이시스의 표정에 미묘한 변화가 일어났다. 고개를 약간 돌려 뒤를 바라보더니 좀 불안한 듯한 표정을 보였다. 여신의 뒤쪽에는 검은 얼룩 같은 것이 있었는데, 급속히 커져갔다. 켄은 섬뜩했다. 아까 낮의 꿈속에 나타났던 괴물새, 버스에서 본 남자의 팔에 새겨져 있던 악마새였던 것이다. 악마새는 기분 나쁜 날개 소리를 내며 방의 허공을 빙빙 돌았다. 틈만 나면 공격하려는 태세였다. 순간 이시스가 입을 조금 벌려 높고 날카로운 소리를 길게 내뱉었다. 그러자 소리가 닿은 부근 바닥에 황색 덩어리가 만들어지기 시작했다. 덩어리는 점차 동물의 형태로 되어갔다. 스핑크스였다. 날개 있는 사자, 신들의 수호동물이라 알려진 스핑크스는 공중을 날아다니는 악마새에게 포효하며 공격의 기회를 노렸다. 악마새는 여러 차례 스핑크스를 위협했으나 공격할 기미는 없어 보였다. 잠시 후 악마새는 선회하면서 작아지더니 원래와 같은 검은 얼룩이 되어 사라졌다. 모두의 긴장이 풀렸다. 이시스 신은 발 밑에 누운 스핑크스를 부드럽게 어루만지고 있었다. 그리고 연기 기둥이 옅어지더니 이시스 신과 스핑크스는 모습을 감췄다.

◆──분신술 · 공중비행술

다시몬이 이마의 땀을 닦으면서 말을 건넸다.

"이제 알겠지. 지금 자네들이 본 건 진짜야. 뭔가 의심스런 점이라도 있었나? 아무리 이상해도, 또 불합리하게 생각하려 해도 마술의 세계는 존재한단 말씀이야. 이 지구가 의심할 여지없이 존재하는 것처럼 말이지. 사실 우리가 이런 마술을 펼칠 수 있는 것도 이곳이 피라미드의 중심이기 때문이야. 특수한 자장(磁場)이라고 할까, 이곳엔 우리의 힘을 몇 배로 증대시키는 에너지가 있거든. 예를 들면 이런 것도……."

말이 끝나기도 전에 다시몬의 몸이 미묘히 진동하기 시작했다. 나킨도 같은 상태였다. 마치 화면 상태가 고르지 않은 텔레비전을 보고 있는 것 같았다. 다시몬의 윤곽이 희미해지기 시작하더니 뒤에 있는 벽이 몸속으로 비쳐 보였다. 윤곽의 흔들림이 더욱 격렬해지자 다시몬 바로 옆에 그림자 같은 그의 모습이 나타났다. 그러고는 윤곽의 그림자에 색이 더해지기 시작하더니 순식간에 다시몬과 똑같은 모습이 됐다. 다시몬의 옆에 또 하나의 다시몬이 완성됐던 것이다. 나킨도 같은 마술을 펼쳤으므로 결국 다시몬과 똑같은 남자가 네

명이나 늘어서 있게 됐다.

"이게 바로 분신술이라고 하는 거야. 잘 봐두라고."

두 사람의 다시몬이 스테레오처럼 동시에 입을 열었다. 또 다른 두 사람이 말을 이었다.

"원한다면 더 보여줄까?"

당황한 켄이 대답했다.

"아뇨, 아뇨, 알았습니다. 이제 됐어요. 다시몬과 나킨이 있는 것만으로도 혼란스러운데 네 명이 되어버리면 우리 머리가 분열되고 말 거예요. 부탁이니 원래대로 돌아와주세요."

다시몬과 나킨 옆에 있던 분신들은 각각 본인의 몸으로 돌아갔다. 둘 다 이쪽을 보며 미소 짓고 있었다. 마치 못된 장난을 좋아하는 아이 같은 표정이었다. 문득 그들의 발 밑을 본 켄과 류는 깜짝 놀랐다. 몸이 떠 있는 것이 아닌가. 그들은 180센티미터의 류와 마주보는 위치에 있었다. 류와 그들의 눈높이는 수평이 됐다. 놀란 류를 거들떠보지도 않고 그들은 공중을 돌아다니기 시작했다. 마치 피아노줄에 매달려 있는 것처럼 흔들흔들하며 떠돌았다.

간신히 류가 입을 열었다.

"이게 공중비행이란 마술인가요?"

천장 가까운 데까지 올라가 있는 다시몬이 대답했다.

"바로 맞혔어. 이 마술은 인기가 좋지. 세계의 여러 마술사들이 우리에게 배우러 온다고. 영국, 미국, 인도, 중국, 게다가 자네들 나라 일본에서도 찾아왔었지."

"부탁하면 가르쳐준단 말예요?"

켄이 무심코 물었다.

"물론이야. 단, 아무나 가르쳐주진 않아. 나름대로 재능이 있고 악용하지 않겠단 맹세를 하는 사람에게만 가르치게 돼 있어."

"그럼 내가 부탁해도 가르쳐줄 건가요?"

"좋고 말고, 가르쳐주지. ……하지만 이 정도의 마술에 놀라선 안 돼. 이런

분신술

일본에선 닌자 소설 등에서 흔히 볼 수 있는 술법인데 서양에선 분신술에 관한 기록이 의외로 적다. 18세기 프랑스의 사교계를 뒤흔든 생제르맹 백작(Comte de Saint-germain, 1707경~84)이란 마술사는 이 분신술을 잘 다루어 같은 시각에 여러 장소에 동시에 출현했다고 한다.

재미있는 것은 이 분신술이란 것이 본인의 의사와는 상관없이 일어나는 경우가 있다는 점이다. 중국의 불가사의한 이야기를 모은 『수신기搜神記』(간보 지음)에는 다음과 같은 이야기가 실려 있다.

서로 사랑하는 남녀가 있었는데 이들의 결혼을 여자의 부모가 허락하지 않았다. 남자는 먼
곳으로 부임하게 되자 여자를 집에서 데리고 나갔다. 몇 년 뒤 귀향한 두 사람은 여자의 부모를 찾아가려 했다. 만일을 위해 남자는 여자를 여관에 남겨두고 혼자 찾아 갔다.

그런데 여자의 부모가 미심쩍은 태도로 말했다.

"우리 딸은 오랫동안 병석에 누워 있었습니다. 물론 쭉 이 집에서 지냈죠."

이 말을 듣고 남자가 의아해하며 여관으로 돌아왔다. 그리고 여관에서 기다리고 있던 아내를 데리고 다시 찾아갔다. 그러자 집 안에서 여윈 모습의 여자가 뛰쳐나오더니 남자의 아내와 겹쳐졌다. 순간 두 사람의 몸은 하나가 되었다.

아마도 부모 곁에 있고자 한 효심과, 사랑하는 연인과 함께 떠나고 싶은 마음이 이런 분신을 만들어냈을 것이다.

건 보통 사람의 간담을 서늘하게 할 순 있지만 아주 초보적인 거라고. 게다가 안 배우고 할 수 있는 사람도 있는걸. 하긴 지식도 없는 사람이 우연히 마술을 행사하게 되면 당황하고 공포심이 폭발해서 죽게 되는 경우도 있어. 인간에겐 자신의 능력을 과소 평가하는 버릇이 있거든."

기분 좋은 듯이 떠 있는 다시몬의 말은 묘하게 설득력이 있었다.

"그럼 사람은 모두 마술 능력을 갖고 있단 건가요?"

"그렇지. 사람의 뇌는 10분의 1밖에 사용되지 않는단 얘기 들어본 적 없나? 이해하기 쉽게 말하면, 자네들은 1백 칸의 방을 갖고 있지만 실제로 사용하는 건 기껏해야 10칸 정도뿐이고 나머지 90칸은 전혀 안 쓰고 있단 말이야."

'그런가, 정말로 그만큼뿐인가' 하고 켄은 생각했다.

"그렇지만 안 쓰던 방문을 연다는 건 실제로 아주 힘든 일이지. 열쇠가 발견되지 않거나 녹이 슬어 있기도 하거든. 그렇기 때문에 준비체조, 즉 마술을 수행할 필요가 있다는 거야. 어때, 자네들도 해보겠어?"

두 사람의 눈이 반짝였다. 켄과 류는 완전히 매료당해 있었다. '이곳에서 다시몬의 가르침을 받자.' 두 사람 다 간절한 마음이 생겼다.

그런데 갑자기 방 벽에 균열이 가기 시작했다. 부스스 하는 소리와 함께 벽의 일부가 떨어져 켄의 발 밑에서 굴렀다. 멀리서 지축을 흔드는 듯한 소리가 들려왔다. 이윽고 소리가 점점 커지면서 바닥까지 진동하기 시작했다.

"또 다른 마술을 시작하는 건가요?"

류의 질문에 다시몬이 심각한 표정으로 대답했다.

"아냐. 누군가 이곳을 습격해왔어."

진동은 점점 더 심해져 마치 지진이 일어나는 것 같았다. 켄도 류도 서 있을 수가 없었다. 공중에 떠 있던 나킨이 두 사람에게 말했다.

"자, 자네들도 여기로 올라오라고."

"하지만 우린 어떻게 하면 뜰 수 있는지 모르는걸요."

켄은 거의 우는 듯한 소리로 말했다. 다시몬이 두 사람을 질타했다.

"알겠어? 이제 시간이 없다고. 피라미드에 갇히고 싶지 않다면 내 말대로 하는 거야. 절대 의심해선 안 돼."

"알았어요. 어떻게 하면 되죠?"

"우선 눈을 감아. 발 뒤쪽에서 자신의 체중을 느낄 거야. 그 감각을 조금씩 몸 상부로 끌어올리면 점점 무릎에서 중력을 느끼게 되지. 그러면 좀더 위로 가는 거야. 배, 다음은 가슴까지 끌어올려. 그리고 목을 통해 머리로 갖고 가는 거야. 좋아, 됐지? 이번에는 아주 힘들어. 머리 정수리에 두개골이 합쳐지는 지점이 있는데, 그곳을 통해 중력이 몸밖으로 나가게 해. 잘 안 되면 스카라바이우스를 꼭 쥐고 해봐. 여긴 피라미드 중심인 걸 알고 있지? 인간의 능력을 최대한 이끌어내는 자장이 있다고. 그러니 실패할 리가 없어. 꼭 잘될 거야. 믿으라고, 난 반드시 할 수 있다고……. 좋아, 조금 떠올랐어. 바로 그 상태야. ……됐어! 천천히 눈을 떠."

반신반의의 기분이었다. 켄은 눈을 뜨고 발 밑을 봤다. 바닥에서 50센티미터쯤 떠 있는 게 보였다. 류도 비슷한 높이로 떠 있었다. 하지만 그 와중에도 벽은 무너지고 바닥에는 균열이 생기고 있었다. 갑자기 바닥 중앙이 굉음과 함께 함몰했다. 만일 공중에 뜰 수 없었다면 저 구멍 속으로 떨어졌을 거라고 생각하자 식은땀이 났다.

"자, 피라미드를 탈출한다. 따라와!"

앞장선 다시몬을 따라 긴 복도를 나아갔다. 이곳 상태도 참혹했다. 바닥을 걸어야 했다면 도저히 빠져나올 수 없을 것 같았다. 어쨌든 네 사람은 원래 장소, 즉 스핑크스 상 앞에 도착할 수 있었다.

그들은 그대로 공중비행을 계속해 피라미드가 아득히 보이는 곳에 내려섰다. 만월은 아직 머리 위에서 빛나고 있다. 낮과는 반대로 한기가 살을 엔다. 그러나 사막의 모래에는 아직도 낮의 따스함이 남아 있었다.

켄은 처음 체험한 공중비행 때문에 흥분해 있었다. 태어난 이래 쭉 얽매여 있던 육체가 별안간 자유로워졌다. 그런 해방감이 손끝에서 발끝까지 충만해 있는 것이다. 누구라도 이런 체험을 한다면 자기처럼 기뻐 어쩔 줄 모르게 될

공중비행

새처럼 하늘을 자유롭게 날아다니고 싶은 것은 전 세계 사람들의 꿈이다. 이루지 못하는 꿈의 실현을 지향하는 마술에 있어서 '공중비행'은 그 힘을 시험하기에 알맞은 술법이라 할수 있다. 게다가 고대사회에선 하늘과 땅의 중간인 공중이 하늘의 신들과 교신하는 신성한 장소로 여겨졌으며 새는 신의 사자로서 숭배받았다.

동서양을 불문하고 공중비행을 실현한 마술사들의 예는 많다. 켈트의 마술사 멀린은 자유롭게 공중을 왕래했다고 하며, 인도의 영웅신 하누만에겐 대표적인 장기였다. 중국의 선인(仙人)은 공중을 산책했으며 일본에서도 슈겐도(修驗道) 달인들에 의해 이 술법이 전해졌다.

근대 이후의 신뢰할 수 있는 정보에서도 공중비행의 예는 보인다. 가장 유명한 예는 영국의 마술사 D. D. 홈(Daniel Dunglas Home, 1833~86)의 에피소드다. 그는 많은 입회인 앞에서 공중비행을 해보였다. 공중에 떠올라 창문으로 들락날락하는 모습을 목격한 과학자 W. 크룩스는 이 사건을 친구에게 편지로 써보냈지만 절대 입 밖에 내지는 않았다. 학회에서 추방될 것을 두려워했기 때문이다.

어떤 영국 부인은 티베트에서 라마승의 공중비행을 목격하기도 했다. 그러나 홈과는 달리 라마승은 '마치 고무공처럼 땅 위를 튕기면서 나아갔다'고 한다.

실제로는 공중비행의 종류도 다양하다. 먼저 육체가 공중비행을 하는 경우와, 육체는 그대로 있고 혼만 이동하는 경우로 크게 나눌 수 있다. 정확히는 유체(幽體)란 혼과 육체의 중간에 위치하는 것으로 '성기체(星氣體 : 아스트랄 보디)'라고도 부른다. 보통은 육체로부터 분리되는 일은 없다. 그러나 잠잘 때나 최면 상태일 때 육체에서 떨어져 나와 자유롭게 외계를 다니는 경우가 있다고 한다.

육체에 의한 공중비행에서 도구를 사용하기도 한다. 예전에는 페르시아 세계의 '하늘을 나는 양탄자'나 손오공의 '여의봉', 마녀의 '빗자루' 등이 잘 알려져 있었다. 그러나 마술사의 세계에선 도구에 의지하지 않는 공중비행을 상급으로 간주한다. 다시몬의 공중비행은 도구를 일절 사용하지 않고 육체가 실제로 뜨는 것으로, 홈의 마술과 유사해 보인다.

거라고 퀜은 생각했다. 푹신푹신한 융단을 타고 가고 싶은 방향으로 소리도 없이 이동한다! 그런 꿈 같은 일을 이제 막 실제로 경험한 것이다.

류가 다시몬에게 질문했다.

"그런데 아까 우리를 습격한 자들은 누군가요?"

"'어둠의 군대'라고 하는데, 아주 교활한 녀석들이지. 각각은 별 마력이 없지만 잘 조직돼 있어서 무시 못할 힘을 발휘한단 말야."

류의 의문은 그 정도론 풀리지 않았다.

"하지만 왜 우릴 습격한 거죠? 어떻게 적대 관계가 됐는데요?"

"좋은 질문이야. 마술이란 지구를 뒤집어버릴 정도로 강력하지. 사람의 기분을 바꾸는 것도 강의 흐름을 막아버리는 것도 농작물의 수확을 좌우하는 것도 가능해. 국가를 몰락시키는 일 따윈 보통일 정도지. 마술 그 자체는 선도 악도 아냐. 말하자면 양날을 가진 칼인 셈이지. 그러나 어떤 시대에도, 어떤 세계에도 이 지상 최강의 무기를 손에 넣고 싶어하는 무리는 있게 마련이야. 어둠의 군대는 마술을 독점하려고 한다고. 성공하면 이 지구는 그들의 생각대로 되거든. 그래서 우리가 저지하려는 거야. 마술은 특정 권력과 결탁되어선 안 된다고 우린 생각하거든. 안타깝게도 우리 쪽이 불리해. 그래서 자네들 힘을 빌리고 싶은 거야, 알겠나?"

"우리란 건, 당신들 일족을 말하는 건가요?"

"설마, 우리 일족의 힘이라고 해봐야 뻔한걸. 세계 각지에 우리와 뜻을 같이하는 사람들이 있어."

그렇게 말하는 동안, 푸르게 빛나는 만월에 구름이 덮이기 시작했다. 심장의 고동을 느끼게 하는 듯한 불길한 구름이었다. 다시몬은 하늘을 올려다보고 퀜과 류에게 명령조로 말했다.

"자네들은 즉시 런던으로 가게. 여기도 위험해진 것 같아. 이번에 공격당하면 아까처럼 그냥 피할 순 없을 테니까."

켄과 류는 일이 어떻게 돼가는지 이해하지도 못한 채 다시몬에게 떠밀려 런던행 준비를 하게 됐다. 물론 여행가방을 준비하거나 비행기 예약을 하는 건 아니었다. 다만 만월을 등지고 서서 양손을 가슴에 포개고 눈을 감으라는 명령을 받았을 뿐이다. 다시몬의 목소리가 들렸다.

"됐지, 결코 두려워해선 안 돼. 런던의 동지에겐 이미 연락해놨어. 저쪽에 가면 그 동지의 지시에 따를 것, 알겠지?"

대답할 틈도 없이 묘한 감각이 덮쳐왔다. 제트코스터에 탄 것처럼, 끝없이 낙하하는 엘리베이터에 탄 것처럼 등이 근실근실한 감각이었다. 텔레포테이션²⁾ 같은 걸까? 만약 이집트 사막에 누군가가 있었다면 참으로 기묘한 광경을 목격했을 것이다. 꼿꼿이 선 두 명의 청년 양옆으로 장의를 입은 작은 남자 둘이 무릎을 꿇고 알라신에게 비는 듯한 자세를 취하고 있는데, 다음 순간 청년들의 모습이 희미해지고 두 개의 빛다발이 되는가 싶더니 서쪽 하늘을 향해 이상한 스피드로 사라져갔던 것이다.

---

2 **Tele-Portation** 순간적으로 물체 혹은 사람이 장거리를 이동하는 것. 밀실에 있는 물건이 갑자기 사라지거나 혹은 갑자기 출현하는 현상도 이 텔레포테이션에 의한 것이다. 염력(PK)에 의한 작용이라고 여겨진다.

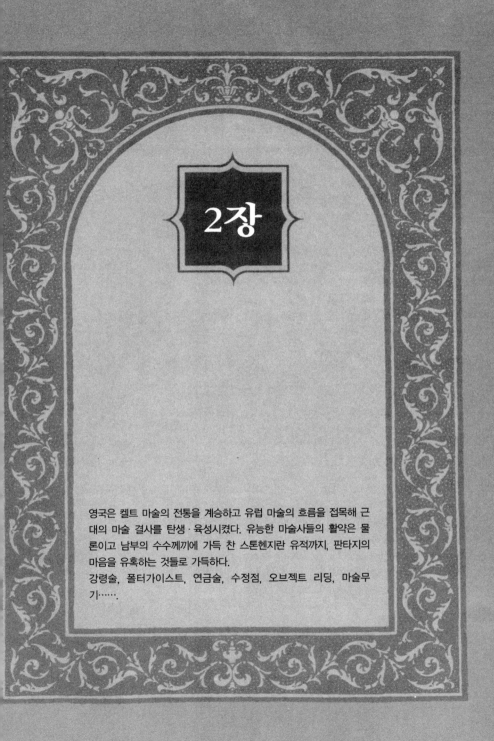

2장

영국은 켈트 마술의 전통을 계승하고 유럽 마술의 흐름을 접목해 근대의 마술 결사를 탄생·육성시켰다. 유능한 마술사들의 활약은 물론이고 남부의 수수께끼에 가득 찬 스톤헨지란 유적까지, 판타지의 마음을 유혹하는 것들로 가득하다.

강령술, 폴터가이스트, 연금술, 수정점, 오브젝트 리딩, 마술무가……

SCENE 5

도사의 저택

    몇 분 뒤인지 몇 시간 뒤인지 시간의 감각을 잃은 채 켄과 류는 의식을 되찾았다. 그들은 편안한 소파에 앉아 있었다. 방에는 마호가니제의 클래식한 가구가 놓여져 있었으며 서양풍의, 그것도 상류계급으로 느껴지는 분위기를 풍기고 있었다.

    "괜찮나? 두통이 있으면 브랜디 한 잔을 주겠네."

    부드러운 어조로 말을 걸어온 상대는 언뜻 봐도 영국 신사임을 알 수 있는 풍모의 남자였다. 큰 키에 바느질이 잘된 신사복을 입고, 약간 긴 듯한 머리는 단정하게 빗질했다. 몸에서는 오데코롱과 파이프 담배 향이 섞인 냄새가 났다.

    "어디입니까, 여기는?"

    류가 신사에게 물었다.

    "영국의 런던. 정확히는 베이커가 221번지[3]네."

    "그럼 당신이 다시몬의 동지인가요?"

    "그렇다네, 난 왓슨[4]이라고 하지. 여기선 도사(구르)라고 불리지만……."

    공손한 인사에 당황한 류가 자기 소개를 하고 난 뒤 켄을 소개했다. 도사는

---

3 명탐정 셜록 홈스의 하숙집이 있는 거리.
4 셜록 홈스의 동료인 퇴역 군의관.

상냥하게 끄덕였다.

"그런데 이제부터 강령회를 시작하려는 참인데 입회해보지 않겠나?"

"강령회라뇨?"

켄과 류는 무심결에 서로의 얼굴을 바라보았다.

몇 갠가의 방을 가로질러 가서 양쪽으로 열리는 문을 열자 신사 숙녀로 보이는 남녀가 열 명 정도 둥근 테이블에 앉아 있었다. 대머리 신사가 왓슨 도사에게 말했다.

◆── 소령술

"도사, 슬슬 시작해주시겠습니까? 모두 기다리고 있었습니다."

"알겠네. 여러분, 오늘은 귀한 손님이 참가합니다. 동양의 신비의 나라, 일본에서 오신 류 군과 켄 군입니다. 잘 부탁합니다."

인사도 하는 둥 마는 둥 하고 강령회 준비가 진행됐다. 커튼이 닫히고 호화로운 샹들리에의 불빛이 꺼진 뒤 작은 램프 하나만 테이블 중앙에 켜졌다. 모두 착석한 다음 테이블 위에 손을 얹고 양옆 사람들과 손을 맞잡았다. 도사가 장엄한 목소리로 말했다.

"이번엔 코난 도일[5] 경을 소환하겠소. 그럼 정신을 집중시켜 마음속으로 경을 생각해주십시오."

모두 눈을 감았다. 켄과 류도 얌전히 따랐다. 기침소리 하나 들리지 않는 방 안에는 긴장감이 흘렀다. 이윽고 바람도 없는데 테이블의 램프 불빛이 흔들거렸다. 그러자 왓슨 도사의 몸이 앞뒤로 크게 흔들리면서 지금까지와는 전

---

5 Arther Conan Doyle(1859~1930) 셜록 홈스 시리즈로 유명한 탐정소설가. 원래는 의사로, 1902년에 기사 작위를 받았다. 말년에는 심령술에 심취하여 『심령술의 역사』(1926) 등의 저서를 남겼다.

소령술(召靈術)

강령(降靈), 교령(交靈)이라고도 불리지만 큰 차이는 없다. 다만 영을 소환하는 방법으로선 초보적이며 어느 정도 오락적인 요소가 있는 것을 강령이라 칭하는 경우가 많다. 소령의 경우 불러내는 영이 강력한 힘을 갖고 있는 경우가 많아 참가자를 위험에 빠트리는 일이 적지 않다.

한편 영국에선 19세기 후반의 빅토리아 시대에 강령회(Seance)가 활발히 행해졌다. 대개는 상류계급이 빈번히 개최하는 파티의 여흥이었는데, 때로는 본격적인 소령술을 실시하기도 했다. 강령회는 5~10명의 소규모로 행해지며, 참석자는 테이블을 둘러싸고 앉아 서로의 손을 잡는다. 조명을 어둡게 하고 모임의 주최자인 영매가 특정 영의 말을 듣는 형식이다. 영매가 없는 경우, 즉 영의 메시지를 이해할 능력을 가진 자가 없을 때엔 '영응반(靈應盤)⁰'이라는 도구가 사용됐다. 이것은 예, 아니오 같은 간단한 문자가 적힌 쟁반으로, 참석자 일동은 컵 위에 손가락을 놓고 그 컵의 이동에 의해 영의 말을 이해하는 것이다. 이런 것을 자동기술(自動記述)이라 하기도 한다.

본문 중에 나오는 강령회는 영매적 존재인 왓슨 도사의 능력이 높고, 단순한 강령의 영역을 넘어 본격적으로 영을 소환시키는 것이므로 소령술이라고도 할 수 있는 수준 높은 경우다.

향로
정신을 가라앉히고 명상의 효과를 높이기 위해서 자주 사용된다. 종교의식에서 향로를 사용하거나 향을 피우는 습관은 대부분의 종교단체가 채택하고 있다. 향로에서 피어오르는 한 가닥 연기도 소령의 효과가 있다. 거기에 정신을 집중할 수 있기 때문이다.

램프
조명을 어둡게 하고 램프나 촛불을 사용하는 것은 영이 출현하기 위한 환경을 만드는 데 효과적이기 때문이다. 인도나 티베트에서는 특수한 의식을 행할 때 램프의 연료로 죽은 사람의 몸에서 채취한 기름을 사용하기도 한다.

테이블
일반적으로는 둥근 테이블이 적당하다. 테이블 위에서 참가자들이 서로 손을 잡음으로써 영을 소환하는 에너지가 증폭된다고 한다. 또한 둥근 테이블은 마법진의 역할도 한다.

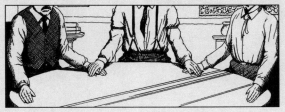

혀 다른 목소리로 말을 시작했다. 쉰 목소리로 헐떡이는 왓슨 도사.

"누군가, 나를 부른 이는……. 그래, 여느 때와 같은 제군이군. 좋아, 꽤 열심히 연구하고들 있군……."

켄은 등줄기가 서늘해졌다. 도사는 목소리는 물론 표정까지 다른 사람이 된 듯했다. 코난 도일이라고 하면 셜록 홈스 이야기로 알려진 탐정소설가로 1930년에 사망한 사람이었다.

"제군, 생전엔 혹독한 비방을 받았으나 내 설이 이렇게 해서 입증된다는 건 기쁘기 그지없네. 사후세계는 틀림없이 존재한다네. 내 연구를 제군이 계승해주고 있지. 이, 나의 저택을 충분히 이용해주게…… 이…… 나…… 의……."

라디오 채널이 고장난 것처럼 코난 도일 경의 영은 물러갔다. 참가자들은 만족스러운 모습으로 도사에게 찬사를 쏟으며 자리에서 일어났다. 부드러운 표정으로 되돌아온 왓슨 도사가 두 사람에게 말했다.

"어떤가, 강령회를 처음 경험한 감상은? 오늘의 참가자는 모두 상류사회 사람들이고, 조금 전 강령회는 이른바 파티의 여흥 같은 거였네. 그러니 별로 감탄하지 말게나. 방금 소환했던 코난 도일 경에 대해 설명하는 게 좋을 듯하군. 경이 심령학에 빠진 건 제1차 세계대전에서 자식을 잃고 난 뒤의 일이지. 세계 각지에서 출판된 탐정소설의 인세를 모두 쏟아부었어. 영국이 근대 마술의 메카가 된 것도 경의 영향이라고 볼 수 있지. 사실을 말하면, 내가 이 저택에서 마음껏 마술 연구를 계속할 수 있는 것도 경의 유산에서 연구비가 나오는 덕택이야. 자, 군들에겐 서둘러 공부를 가르쳐야만 하네. 다시몬에게 부탁받은 대로 말야."

---

6 Ouija board Ouija는 '예'를 뜻하는 프랑스어 'oui'와 독일어 'ja'를 합친 것이다.

◆ 폴터가이스트

켄이 질문하려고 하는 순간 테이블이 삐걱거리는 것 같은 소리를 냈다. 그 소리는 점점 더 커져갔다. 마치 누군가가 테이블을 흔들고 있는 듯했다. 샹들리에가 소리를 내며 흔들렸다. 벽의 그림이 기우뚱하고, 아무도 앉지 않은 의자가 쓰러졌다. 누군가가 바닥을 두드렸다. 혼란은 더욱 심해졌다. 창문 유리에 균열이 생기고 돌풍이 들이닥쳤다. 장식 선반의 도자기가 원반처럼 공중을 날아 둘을 습격했다.

"지진인가요?"

켄의 질문에 도사가 고개를 흔들었다.

"그럼 어둠의 군대 짓인가요?"

"그것도 아니네. 폴터가이스트인 것 같군."

"뭐죠, 그게?"

" '유령이 소동을 부리는' 현상이지. 누군가의 영력이 작용하고 있는 것 같아. 아까 했던 강령회와도 관계없네. 본인의 의지와는 전혀 관계없이 영적 에너지가 날뛰는 현상이라네. 가만 있자……."

도사는 켄과 류의 얼굴을 들여다봤다. 두 사람 다 긴장을 감출 수 없었다.

"그래, 류. 자네 지나치게 긴장한 것 같군."

류가 당황하며 대답했다.

"내, 내가 원인이란 말인가요? 하지만 대체 어떻게 하면 좋을지……."

폴터가이스트(Poltergeists)
독일어의 'Poltern(소란스럽다)', 'Geis(유령)'이 어원이다. 물리적 에너지의 관여 없이 돌연 방 안에 있던 것이 굴러떨어지거나 허공에 떠 있는 현상이다. 또한 문이나 벽을 두드리는 것 같은 소리가 나는 경우도 있다. 아이나 사춘기 청년에게 일어나는 경우가 많다. 즉, 그들의 불안감이나 마음속 긴장이 무의식중에 영적 에너지를 방출하게 하여 사물에 작용하는 것이 아닌가 추측된다. 실제로 폴터가이스트 현상은 특정한 집에서 계속 일어나는데, 대부분 아이가 성장함에 따라 소멸한다.

"괜찮아, 걱정 안 해도 되네. 내 손을 잡아보게."

류는 도사의 손을 잡았다. 크고 두터운 손의 온기를 느끼자 점차 기분이 가라앉았다. 그러자 지금까지 살아 있는 것처럼 날뛰던 테이블이 얌전해졌다. 소란스럽게 흔들리던 샹들리에도 멈추고 바닥의 요란스런 소리도 멎었다.

"그것 보게, 이제 진정됐잖나. 류, 자네가 걱정할 필요는 없네. 이런 현상은 영력이 강한 청년에게 쉽게 일어나는 일이니까."

류는 이마에 맺힌 커다란 땀방울을 닦았다. 켄은 이상한 생물을 보는 것 같은 눈으로 그를 보았다. 인간의 잠재능력이 얼마나 무서운지 알 것 같았다.

◆─ 연금술

도사를 따라 지하실로 들어갔다. 과학 실험실을 연상케 하는 도구들 뒤에서 한 청년이 얼굴을 내밀었다.

"도사님 아니십니까, 오랜만입니다. 마침 좋은 때 행차하셨군요. 어떤지 좀 봐주세요."

청년은 후미진 곳에 있는 책상으로 세 사람을 안내했다. 책상 위에 커다란 유리 플라스크가 놓여 있고, 그 속에 진홍빛 장미 한 송이가 들어 있었다. 청년이 플라스크의 고무마개를 빼자 장미 색깔이 급속히 옅어지더니 어렴풋이 사라져갔다. 다시 마개를 닫고 가스 버너를 이용해 조금 데웠다. 그러자 사라졌던 장미가 모습을 드러내고 다시 진홍빛을 띠어갔다. 도사는 상냥하게 말했다.

"앤디, 겨우 성공한 것 같군. 그런데 자네 일을 이 두 젊은이에게 설명해주겠나?"

도사는 청년에게 두 사람을 소개했다.

"신인이군요. 잘 부탁해."

싹싹한 태도의 호감 가는 청년이었다. 그는 **빠른 어조**로 설명하기 시작했다.

"난 16세기 마술만 연구하고 있어. 주로 파라켈수스[7] 박사의 문헌을 실증하는 거지만. 너희들이 지금 본 건 '장미의 유령'이란 마술이야. 먼저 특수한 방법으로 장미의 유령을 플라스크에 가둬놔. 그 플라스크를 데우면 장미의 유령이 나타나고 차게 하면 사라지지. 어때, 재밌지 않아?"

"사람의 유령이라면 알 것 같은데……. 사실 식물에도 영이 있는 줄 몰랐어."

류가 감탄한 듯이 말했다.

"좋아, 그럼 파라켈수스 박사의 최고 걸작을 소개하지. 이쪽으로 오라고."

앤디의 안내를 받아 검은 커튼으로 덮여 있는 곳으로 갔다. 앤디가 목소리를 낮췄다.

"알겠지, 큰소리를 내선 안 돼. 그들이 놀라거든."

커튼 끝이 살짝 젖혀졌다. 열대어 수조와 같은 유리 케이스가 있고, 그 속에 미니어처 사이즈의 침대, 테이블, 책상 등의 가구가 놓여 있었다.

"헬로, 베티!"

앤디가 작은 소리로 말을 걸자 조그만 문이 열렸다. 밖으로 나온 건 키가 10센티미터도 안 되지만 완전한 인간, 그것도 여자의 모습을 한 생물이었다. 어깨까지 닿는 금발에 단정한 얼굴, 풍만한 가슴에다 아주 날씬한 허리를 가졌다. 실로 완벽한 여성이었다. 자기도 모르게 켄은 비명을 지를 뻔했다. 류 또한 꿈이라도 꾸는 듯한 기분이었다. 엄청나게 작은 사이즈의 여성, 베티가 입을 열었다.

"안녕, 앤디. 어머나, 오늘은 귀한 손님이 함께 왔네. 처음 뵙겠어요, 나는

---

7 Paracelsus(1493~1541) 독일의 연금술사 겸 의사, 철학자.

연금술(Alchemy)

고대 이집트가 발상지이다. 과학의 전 단계라고도 할 수 있는 유사 과학의 요소가 강하고 마술적 요소도 크다는 점 때문에 근세 유럽에서 대유행했다. 연금술의 당초 목적은 문자대로 비금속(산화되기 쉬운 금속. 귀금속의 반대어)에서 '금(金)'을 만들어내는 것이었으며 수은이나 유황이 중요한 역할을 차지했다. 그러나 중세 이후에는 정신적인 의미가 커졌다. 연금술은 '비술'적인 요소가 강하고 상징적 표현이나 불가사의한 기술(記述), 우의(寓意)를 즐기는 것으로 신비적 색채를 더욱 늘렸다. 연금술사가 금의 합성에 도전하는 것은 현세적 이익을 추구하는 게 아니라 금이 우주에 있어서 완벽함을 상징하기 때문이었다. 덧붙여 비금속을 금으로 바꾸는 힘을 가진 물질을 '현자의 돌(엘릭시르)'이라 칭했다.

한편 중국에서는 고대로부터 연단술(鍊丹術)이 연구되었다. 이것은 약초, 광물학의 연구 등에서 발전하여 '불로불사'의 영약을 만드는 것이 목적이었다. 이런 사고방식은 유럽 대륙에도 전해져 '현자의 돌'이 단순히 비금속을 금으로 변환하는 힘을 가졌을 뿐만 아니라 인간에게 영원한 생명을 보증하는 것으로 여겨지게 됐다.

이 학문은 10세기에 아라비아가 주도했으나, 12~13세기에 들어서면서 기독교회에 속하는 유능한 성직자들이 차례차례 연금술 사상에 심취하게 되었다. 예를 들면 로저 베이컨(R. Bacon, 1214~1292경), 알베르투스 마그누스(Saint Albertus Magnus, 1193~1280경) 같은 사람들이었다. 이는 그리스 철학을 계승한 아라비아인이 그 지식을 라틴어로 번역한 것에 크게 힘입었다. 유럽인은 기독교에 의해 일시 중단된 그리스 철학을 다시 받아들이게 되었다.

그리고 16세기에 연금술을 과학으로 비약시킨 파라켈수스 박사가 출현했다. 그와 그 신봉자들은 "연금술의 목적은 황금을 만들어내는 것이 아니라 인간의 병을 치료하는 의약을 만드는 것에 있다"며 연금술의 방대한 축적을 의학에 결부시켰던 것이다.

현재 연금술이라고 하면 사기꾼 같은 안 좋은 인상이 드는 건 분명하지만, 근대 과학의 모체로서 또 마술학의 발전상 헤아릴 수 없는 커다란 공적을 갖고 있음도 사실이다.

장미의 유령(Ghost of Rose)

프랑스 발몽의 수도원장 피에르 드 로렌느(1649~1721)는 "식물이나 동물이 재생하는 것처럼 죽은 사람 또한 재생할 수 있다"고 말했다. 그리고 그것을 실증하기 위해 '장미의 유령' 실험을 되풀이했다고 한다. 장미의 생명의 근원인 씨앗에서 소금을 빼내고, 태양 광선과 아침 이슬이란 생명 유지를 위한 요소를 이용해 키움으로써 장미를 재생할 수 있다고 생각했던 것이다.

호문쿨루스(Homunculus)

직역하면 라틴어로 '작은 사람'이란 뜻. 파라켈수스는 『물질의 본성에 관해』란 책에 그 제조법을 상세히 기록해놓았다. 인간의 정액을 증류병에 밀폐, 발효시킨 뒤에 말의 태내와 같은 온도로 해줌으로써 소인이 탄생한다고 한다. 이는 40일이 걸리는데, 이 시점에선 아직 육체는 완성되지 않고 투명한 상태. 그래서 다음 40주 동안은 인간의 혈액을 영양분으로 하여 키운다. 이렇게 해서 소인은 완전한 육체를 얻을 수 있다는 것이다.

작은 병의 악마(Devil in the Phial)

비교적 영력이 강한 악마를 병에 가둬놓고 사역하는 마술이 있다. 금요일 한밤중에, 바닥에 지름 2미터쯤 되는 원 안에 펜타그램을 그린 마법진(정령을 소환할 때 사용된다)의 중앙에서 양날 단검을 들고 주문을 외우는 방법으로 악마를 작은 병에 가둘 수 있다. 파라켈수스도 인스브루크에 체류할 때 책략을 써서 악마를 붙잡아 자신의 하인으로 삼았다고 전해진다.

베티 홈. 태어난 지 1년밖에 안 됐죠."

마치 새끼고양이가 우는 듯한 목소리였다. 그러나 모조품에는 절대로 없는 생명의 빛이 느껴졌다.

"베티, 이쪽은 켄과 류. 일본에서 왔어."

켄과 류는 겨우 인사만 했을 뿐 놀란 나머지 만족스런 대화는 할 수 없었다. 앤디는 베티 집에서 좀 떨어져 선 채 설명했다.

"저건 파라켈수스 박사가 창조한 인공 생명을 재현한 거야. 호문쿨루스라고 부르지. 인간의 정액을 말똥과 함께 플라스크에 밀폐하고 40일이 지나면 생명이 발생해. 하긴 몸이 투명하고 너무 약해서 아직 완전한 생명이라곤 할 수 없는 상태지. 그래서 다시 40주 동안 인간의 혈액으로 자라게 해줘. 그게 아까 본 베티야. 신체 크기를 빼면 완벽한 인간이지. 박사가 마술사, 연금술사로서의 재능뿐 아니라 의사로서도 비범했기 때문에 가능한 일이었어. 근사하지, 안 그래?"

어리둥절한 채 아무 말도 못하는 두 사람에게 앤디는 자신의 성과를 더욱 늘어놓았다. 그는 술병에 가둔 생물을 보여주었다. 켄 일행이 피라미드 신전에서 본 악마새와 비슷하지만 날개가 없고 크기도 조금 작았다. 꼭 카멜레온과 쥐 사이에서 태어난 새끼 같았다. 하지만 얼굴 생김새는 사악한 흉계를 감추고 있는 것처럼 일그러져 있었다.

"이 녀석은 악마야. 붙잡는 건 의외로 간단하지. 마법진의 중심에서 주문을 외우고 있으면 제멋대로 병으로 뛰어들거든. 뭐 나름대로의 마술 지식이 없으면 무리지만 말야. 사실 저급한 악마밖에 가둘 수 없는 게 단점이지. 이 녀석을 이용해서 할 수 있는 건 주사위 숫자를 바꾸는 것 정도야. 한번 해볼까?"

앤디는 주사위를 꺼내 악마에게 명령했다. 악마는 넉살 좋게 끄덕이더니 주사위를 향해 뭔가 중얼거렸다. 주사위의 숫자가 앤디의 지시대로 나왔음은 물론이다.

"도박꾼이라면 이 녀석으로 만족하겠지만 우리에겐 별 쓸모가 없지. 그냥 참고나 하라고."

앤디가 차례차례 설명하는 것들에 켄과 류는 압도됐다. 왓슨 도사가 두 사람에게 말했다.

"마술이 어려운 건, 아무리 조건을 갖추고 한다 해도 반드시 같은 결과를 얻을 순 없다는 점이네. 그러니까 기적이라든가 비술이라 불리게 된 거지. 과학자가 마술을 비난하는 것도 같은 이유에서라네. 예측이 불가능하거든. 물론 이 점은 우리가 연구 부족이고 역부족이라고 생각하는 부분이네. 하지만 결국은 극복되리라 믿네. 이 저택에선 다양한 마술 연구가 이뤄지고 있는데 '마술의 합리적 해명'이 큰 테마라네."

간신히 켄이 입을 열었다.

"나는 마술이란 것이 훨씬 더 어려운 거라고 생각했어요. 하지만 이렇게 여러 가지를 보게 되니 생각이 바뀌네요. 내가 지금까지 이런 세계를 전혀 몰랐구나 하는 생각이 들어요."

"그렇지. 일반인이 마술의 세계사를 안다면 인류사가 크게 바뀔 거네. 혼란이 일어날 게 틀림없어. 그렇기 때문에 우리가 한정된 사람들에게만 연구를 공개하는 거라네. 그럼 다음 방으로 가볼까? 앤디, 저녁식사 때 보세."

◆── 수정점 · 타로

계단을 오르고, 또 몇 개의 방을 가로질렀다. 왓슨 도사가 걸어가면서 다음에 볼 마술에 대해 설명했다.

"이제 수정점이란 걸 보여주겠네. 연구하는 사람은 이 저택에서 최고 노장인 잉게 씨로, 집시의 피가 섞여 있지. 자, 그분이 놀라지 않도록……."

도사는 복도 맨 끝의 문을 열었다. 어두컴컴한 실내에는 향이 피워져 있고, 중앙의 작은 테이블 앞에는 한 노파가 오도카니 웅크리고 있었다. 해골에 가죽만 붙은 것 같은 주름투성이의 옆얼굴. 그 중 매부리코가 유독 크게 보였다. 몇 겹이나 두른 목걸이와 반짝반짝한 귀고리가 눈에 띄었다. 노파는 도사에게 인사도 하는 둥 마는 둥 테이블 위의 수정구슬에 소금을 흩뿌리고 그걸 검은 빌로드 천으로 닦고 있었다. 노파는 켄과 류를 보자 알겠다는 듯이 고개를 끄덕였다. 그러고는 쉰 목소리로 중얼거렸다.

　"왓슨, 그리고 두 분, 잘 봐주시게. 이 정도로 선명한 비전을 얻을 수 있는 경우는 드물다네."

　세 사람은 수정구슬을 바라보았다. 잘 닦여진 구슬 표면은 처음엔 방 안의 엷은 불빛을 반사했으나 곧이어 미묘한 변화가 일어났다. 구슬 속 중앙 부분에 안개 같은 것이 보이기 시작했다. 안개는 구슬 내부를 뒤덮을 정도로 퍼졌다가는 다시 사라졌다. ……잠시 후 구슬의 내부가 아주 맑아지기 시작했다. 그러더니 영상이 나타났다. 몇 사람인가가 우왕좌왕하고 있는 것처럼 보였다. 잘 보니 화면에 나타난 사람들은 놀고 있는 게 아니라 싸우고 있었다. 수정구슬의 비전은 너무나 선명했다. 켄은 텔레비전 화면을 즐기는 것 같은 기분이 들었다. 그러나 만약 이것이 텔레비전이라면 대단히 최첨단 기술을 구사해야 한다는 걸 깨달았다. 즉, 비전의 한 부분을 더 자세히 보고 싶다고 생각하면 저절로 클로즈업이 됐던 것이다. 화면의 끝 부분이 보고 싶다고 생각하면 영상 또한 그쪽으로 이동했다. 다시 말해 보는 사람이 비춰지는 화면을 받아들이는 것이 아니라 직접 카메라맨의 역할을 하는 셈이었다. 마치 보는 쪽의 의지에 자동카메라가 민감하게 반응하는 것 같았다.

　"젊은이들……."

　노파의 목소리에 켄과 류는 순간 화면에서 눈을 돌렸다.

수정점(Scrying)

미래를 투시하기 위해서는 구체적인 비전(환영)을 볼 필요가 있다고 한다. 그 때문에 반사하는 성질이나 투명도가 높은 물질, 예를 들면 조용한 호수면이라든가 용기에 넣은 물, 거울, 수정 등을 스크린으로 이용하는 일은 고대사회부터 세계 각지에서 행해져왔다. 그 중에서 특히 효과적인 물질은 수정으로 알려져 있다. 수정에 의한 투시술은 크리스털로먼시(Crystalomancy)라고 부른다. 그런데 왜 하필 수정일까? 수정이란 순수한 결정 그 자체가 영 능력을 높이고 실력 이상의 힘을 발휘하게 한다는 사실이 경험적으로 알려져 있기 때문이다.

수정구(球)를 구입할 땐 몇 개를 늘어놓고 직접 손으로 더듬어 감촉을 확인하는 과정이 꼭 필요하다고 한다. 술자와 수정구와의 상성(相性) 등이 투시력을 크게 좌우하기 때문이다. 게다가 정기적으로 깨끗하게 해줘야 한다. 이를 위해 소금(가능하면 자연산 암염)을 조금 묻혀서 닦는데, 그렇게 함으로써 수정구는 늘 청정함을 유지한다. 또 향을 피우는 것도 효과적이다.

그러나 수정구를 응시하는 것만으로 누구나 비전을 얻을 수 있는 건 아니다. 역시 술자의 영시(靈視) 능력에 달려 있는 것이다. 하지만 일반인이라도 훈련을 어떻게 하느냐에 따라 상당한 비전을 볼 수 있다고 한다.

수정구를 응시하면 처음엔 그 안이 안개로 뒤덮인 것처럼 뿌옇게 되고, 잠시 그런 상태가 계속되다가 갑자기 비전이 출현한다. 추상적인 비전의 경우, 그것을 해독하기 위한 기술이 필요하다. 예컨대 색채로 말하면 백·녹·청색은 행운의 징조이고 흑·적·황색은 불길한 조짐을 뜻한다.

"이 사람들을 더 잘 봐둬야겠네. 보라고, 한가운데에 있는 건 바로 자네들이야."

이 말을 듣고 깜짝 놀란 두 사람은 다시 화면을 쳐다봤다. 그들의 기분이 바로 전달되어 영상은 싸움의 중심 인물을 클로즈업했다. 그랬다. 분명히 그곳에서 켄과 류가 싸우고 있었다. 두 사람 다 중세 갑옷과 투구를 쓰고 검을 휘두르며 방패로 적의 공격을 막고 있었다. 그래, 이 장면은 본 적이 있어. 분명 카이로에서 낮잠 잘 때 꿨던 꿈이랑 같아. 그렇게 생각한 켄은 류를 쳐다봤다. 류도 켄을 보며 큰소리로 말했다.

"켄, 이 장면은 내가 카이로에서 꿨던 꿈과 비슷해. 왜 이런 영상이 보이는 걸까?"

"류, 나도 그래. 하지만……."

말이 나오지 않았다. 하긴 상세한 부분에서는 카이로의 꿈과 꽤 달랐다. 우선, 싸우고 있는 장소가 피라미드 정상이 아니라 폐허 같은 장소였다. 게다가 적의 모습이 전혀 달랐다. 상반신은 사람이고 하반신은 말의 몸뚱이를 한 켄타우로스 같은 녀석을 비롯해, 대부분이 동물과 사람이 합체된 기묘한 생물들이었던 것이다. 모두 무척 괴기스럽고 잔인한 얼굴들을 하고 있다. 보고 있는 동안, 괴물이 날카로운 이빨로 켄의 오른팔을 물어뜯었다. 선혈이 팔을 타

타로(Tarot) 점

영적 능력이 뛰어난 집시와 타로 카드를 사용한 미래 예지는 불가분의 관계이다. 타로 카드는 트럼프의 원형이라고도 할 수 있으며, 22장의 그레이터 아르카나(Greater Arcana : 아르카나는 라틴어로 '비밀'이란 뜻)와 56장의 레서 아르카나(Lesser Arcana)로 되어 있다.

우의(寓意)가 담긴 카드 그림은 그 발생 또한 신비적 베일에 싸여 있다. 일설에 의하면, 고대사회에서 경이적인 장서를 자랑하던 알렉산드리아 도서관이 파괴됐을 때 '세계의 비밀'을 담은 책 한 권이 반출됐다고 한다. 유랑민인 집시들은 78페이지로 된 이 책을 한 장씩 나눠 갖고 뿔뿔이 흩어졌다. 이것이 카드로 만들어져 전해져왔다는 것이다. 따라서 이것들을 짜맞추면 잃어버린 고대의 지식이 복원된다고 한다.

고 흘러내려 꽉 쥐고 있는 칼끝에서 뚝뚝 떨어졌다. 화면에서 켄의 신음소리가 들려오는 듯했다.

말문이 막혀버린 켄에게 노파가 말했다.

"오늘 아침부터 몇 번을 봤는데도 이 비전만 보이네. 타로 카드로도 점쳐봤지만 같은 결과였어……. 자네들을 습격하는 건 사악한 악마들. 그것도 보통 악마가 아냐. 만만찮은 녀석들뿐이라네."

왓슨 도사도 역시 걱정스런 모습이었다.

"잉게 할멈, 대체 어떤 의미인가? 두 사람에게 설명해줄 수 있겠나?"

"물론이지. 이 할멈의 생각으론 며칠 뒤에 실제로 악마들의 공격을 받을 것 같네. 그런데 몇 번을 봐도 알 수 없는 건 이 싸움의 결과란 말야. 마지막이 되면 갑자기 비전이 희미해져서 어느 쪽 승리인지 읽을 수가 없거든. ……필시, 지금 시점에선 결과가 나올 수 없는 걸 거야. 한번 보게, 당신들은 지독한 열세에 몰려 있어. 보통 때라면 패전의 비전이 보일 법한데 말야."

"어둠의 군대는 지금까지 전면 대결은 걸어오지 않았다. 교활한 수단으로 방해 공작을 폈을 뿐이지……. 그래, 녀석들이 총공격에 나설 생각인가 보군. 안 좋은데, 그때까지 우리 준비가 끝나지 않을지도 몰라."

신음소리처럼 흘러나온 도사의 말에 류가 끼어들었다.

"무슨 말씀인가요? 어둠의 군대에 질지도 모른다는 건가요?"

"그럴 가능성이 있네. 1대 1 싸움이라면 우리 동지들의 마술 쪽이 뛰어나다네. 그 점은 적들도 알고 있지. 그러나 총력전이 되면 그들의 힘은 두세 배가 되는데다가, 마술사 중엔 독불장군이 많아서 결사가 어렵다네. 또 적들에게 붙은 마술사도 적지 않고. 아무튼 서둘러야 하네. 그래, 자네들에게도 무기를 줘야겠군."

◆─마술무기

켄과 류는 도사의 독촉을 받으며 잉게 할멈의 방을 뒤로 한 채 저택의 최상층으로 향했다. 이윽고 다락방에 도착했다. 넓은 방에는 비좁으리만큼 많은 갖가지 물품이 놓여 있어서 마치 고물상 창고 같았다. 도사가 안에다 대고 말을 했다.

"이보게, 오트, 있나?"

대답이 없다. 도사는 커다란 물품 앞으로 나아가 덮어놓은 천을 벗겨냈다. 그러자 높이가 2미터는 족히 될 것 같은 거울이 나타났다. 정교한 조각으로 된 테두리는 매우 고전적인 느낌이 들었다.

도사는 거울 정면에 서서 양손을 가슴에 포개고 낮은 목소리로 뭔가를 중얼거렸다.

그러자 거울에 비쳤던 도사의 모습이 일그러지더니 전혀 다른 인물이 나타나기 시작했다. 50대 정도의 우람한 남자였다. 그는 이쪽을 들여다보듯이 둘러보고 빙긋 웃더니 거울에서 뛰쳐나왔다.

"왔슨 도사님, 여전히 좋아 보이는군요. 약초를 찾으러 잠깐 아프가니스탄에 가 있었습니다. 기다렸나요?"

"아니네. 너무 성급한 것 같지만, 이 두 사람에게 뭔가 무기를 골라줬으면 싶어서 왔네."

도사는 두 사람에게 남자를 소개해주었다.

"이 사람은 오트라고 하는데 마술무기의 대가지. 물론 뛰어난 마술사이기도 하네. 방금 전 마술을 보고 알았겠지만."

오트가 입을 열었다.

"이 풋내기들에게 무기를 준비해주란 말입니까? 제가 보기엔 별로 신통찮은 마술 능력을 가진 것 같은데요. 너무 강력한 무기를 주면 오히려 본인이 파

거울 마술(Mirror Magic)
사물의 형태를 정확히 비춰주는 특성으로 인해 거울은 고대로부터 마술적 대상이 되어왔다. 따라서 거울을 이용한 마술도 여러 가지다. 서양에선 거울이 깨지는 것을 불길한 징조로 여긴다. 또 거울을 마주보고 그 중앙에 섰을 때 13번째로 비친 모습이 자신이 죽었을 때의 얼굴이라고 믿는다. 거울 맞은편에 또 하나의 세계가 있다고 생각하는 건 앨리스가 아니라도 가능하다.

괴당할 위험이 있단 말입니다."

"알고 있네. 그러나 사태가 심각하네. 실력은 뒤에 키울 예정이야. 그러니 리액션이나 피드백이 적은 무기가 적당할걸세."

"알았습니다. 즉시 찾아보죠."

오트는 방 안을 이리저리 찾아다녔다. 잡동사니로 보이는 물건들 속에서 뭔가를 끄집어내서는 좀 생각하고 고개를 갸웃하더니 내던져버린다. 그런 동작을 몇 번인가 되풀이한 뒤에야 한 자루의 꾀죄죄한 칼을 찾아냈다.

"있었군. 이 녀석은 켄, 네게 주지. 평범한 칼이라고 생각하면 큰 오산이야.

칼날은 다마스쿠스 공정, 칼자루는 사벨 타이거의 송곳니를 사용했다고. 한번 보게."

켄은 칼을 받아들었다. 작은 칼이지만 묵직한 중량감이 느껴졌다. 칼날 전체의 파문과 같은 모양이 도드라져 보였다. 오른쪽 면은 아그라(AGLA)란 문자로 장식했고, 왼쪽 면은 왕관을 쓴 뱀이 꿈틀거리는 도안을 새겨넣었다.

"뭡니까, 이 아그라란 건⋯⋯."

"모른단 말인가? 이래서는 보물을 갖고도 썩히겠군. 이 AGLA란 것은 히브리어로 Athah Gabor Leolam, Adonai, 즉 '당신은 강대하며 영원하다, 주여'라는 강력한 주문의 머리글자야. 악마 퇴치와 정령 소환 양쪽에 다 사용할 수

마술무기(Magical weapon)

몸을 지킬 때나 공격을 할 때 무기는 중요한 도구다. 만일 무기에 마력이 더해진다면 그 신뢰성 또한 더욱 증가할 것이란 생각은 당연하다. 마력이 있는 무기, 즉 마술무기는 그런 인간의 욕구로부터 탄생했다. 일본의 도공(刀工)이 칼을 제작할 때 몸을 청결히 하고 부정하다고 여기는 여성을 결코 가까이하지 않는 습관이 있는 것도 칼에 신성한 힘을 담으려 했기 때문이다.

〈마술무기의 제작자〉 철이 아직 사람들에게 알려져 있지 않았던 시대에, 철제 무기의 파괴력은 무시무시했다. 마술무기의 제작자로 알려진 드워프(Dwalf=드베르그)의 에피소드도 그런 배경에서 나왔을 것이다. 북구 신화에 등장하는 드워프는 스칸디나비아의 바위산에 사는, 비정상적으로 팔이 긴 요정이다. 드워프들은 타고난 대장장이로 그들이 만든 무기에는 가공할 마력이 숨겨져 있다고 한다. 그들이 만든 마술무기 가운데 가장 유명한 것은 궁니르라는 창이다. 이는 북구 신화의 주인공 오딘의 것으로, 겨냥한 적은 절대 놓치는 일이 없는 마력이 숨어 있다. 게르만 신화의 영웅 지크프리트 또한 드워프로부터 '태양검' 이라는 마술무기를 전수받았다.

〈영웅과 마술무기〉 영웅과 관련된 마술무기도 각지에 전설로 남아 있다. 예를 들면 덴마크 왕 헤그니의 마검은 인간의 피를 볼 때까지는 결코 칼집에 들어가지 않는 무서운 무기로 알려져 있으며, 잉글랜드 영웅 베오울프의 칼은 피를 뿌려 단련되었다. 그리스 신화에

있지. 그리고 반대쪽 건 바실리스크, 이 도안을 보는 것만으로도 마술 능력이 비약적으로 높아지네."

오트는 또 이것 저것 찾아다니더니 꽤 무거워 보이는 칼 한 자루를 발견했다.

"류에겐 이게 맞겠군. 자넨 키가 크고 칼을 사용한 경험도 있을 테니."

류가 불안한 듯이 대답했다.

"그런 걸 어떻게 아십니까?"

"자네 근육을 보면 알 수 있지. 이 칼은 중국산으로 '칠성검'이란 이름이 붙어 있어. 보게, 칼에 새겨져 있는 일곱 개의 점이 북두칠성의 상징이야. 다른 이름으로 '벽사(辟邪)의 검'이라고도 하지. '사악한 것을 제거한다'는 의미라

나오는 영웅 페르세우스가 메두사의 목을 자를 때 사용한 것은 지구상의 어떤 금속보다도 견고한 날을 가진 신월도(新月刀)였다. 또한 켈트 신화에 기록된 즈프타프의 창은 싸움의 징조를 느끼면 화염을 내뿜으며 혼자서 전장을 향해 간다는 호전적인 무기. 한편 영웅이 사용함에 따라, 또 격렬한 전투를 되풀이함에 따라 후천적으로 마술 능력을 갖추게 된 무기도 있다.

칠성검(七星劍)
도교를 신봉하는 중국에선 오늘날에도 도교 의식을 치를 때 주술 도구로 칠성검을 사용한다. 도교에서 북두칠성은 인간의 생사를 주관하는 신이며 그 문양이 들어간 검은 악령 봉쇄에 절묘한 효과를 발휘한다고 한다.

아그라의 소검(knife of AGLA)
칼에 주문 등의 문자를 새기는 일은 자주 있다. 이 칼의 다마스쿠스 공정이란, 색이 다른 여러 개의 금속을 겹쳐 단조(鍛造)함으로써 아름다운 물결 형태 혹은 나뭇결 같은 모양을 도드라지게 만든 것을 말한다. 카발라 마술의 영향이 짙은 마검이다.

바실리스크(Basilisk)
그리스어로 '작은 왕'을 의미하는 바실리스크는 머리에 왕관 모양의 얼룩이 있는 작은 뱀이다. '살해', '천적'을 상징한다.

네. 자, 한번 휘둘러보게."

류는 칠성검을 양손으로 잡고 휘두르면서 상당한 중량감을 느꼈다. 오트가 말했다.

"괜찮은가, 류? 이 검을 한 손으로도 다룰 수 있게 매일 훈련하라고. 그리고 보통 땐 이렇게 해서 몸에 지니면 좋다네."

오트는 검을 가슴 부근에 대고 손잡이 끝을 엄지손가락으로 눌렀다. 그러자 무척 단단해 보이던 검이 채찍처럼 가늘고 부드러워졌다.

"어때, 놀랐나? 이런 장치의 검이 3천 년이나 전에 중국에서 만들어졌다니 놀랄 수밖에 없지. 게다가 영력도 아주 뛰어나거든. 소중히 다뤄주게."

류는 들은 대로 검을 벨트 대용으로 허리에 둘렀다. 만족스러운 듯 보고 있던 왓슨 도사가 입을 열었다.

"고맙네, 오트. 나도 익히 듣긴 했지만 실제로 이런 명품을 보긴 처음이군. 그런데 내친김에 자네의 무기 소장품을 볼 수 있겠나?"

"물론이죠. 보여드리길 기다렸습니다. 제 소장품은 모두 일류뿐이죠. 다 열에서 스물은 되는 악마와 마수를 퇴치한 것들이거든요. 무기에 강렬한 영 에너지를 응축한, 마술사의 피와 땀의 결정체죠."

오트는 자랑스러운 듯 가슴을 펴고 대답하더니 방의 더욱 구석진 곳에 있는 무기창고로 안내했다. 문은 마치 한자처럼 보이는 글자가 적힌 종이로 봉인되어 있었다. 오트는 가슴에 양손을 포개더니 집게손가락으로 봉인을 가리키며 작게 '이얍' 하고 외쳤다. 봉인된 종이의 가운데가 '피직' 하고 찢어졌다.

"자, 들어오시죠."

무기고의 내부는 생각 외로 잘 정돈되어 있었다. 좌우에 늘어선 유리 장식장에는 다양한 무기들이 한 점씩 잘 진열되어 있다. 소검, 칼, 창, 쌍날칼을 꽂은 창, 곤봉, 방패, 투구, 갑옷…… . 그 중엔 어떻게 사용하는지조차 모를 물품도 몇 가지 있었다. 오트는 자랑스럽게 하나하나 설명을 했다.

"지금 보여드릴 수 있는 건 영국과 유럽의 무기들뿐입니다. 이 소검은 켈트의 위대한 마술사 멀린이 사용했던 것으로 전해지죠. 보세요, 이 장검은 그 유명한 엑스칼리버[8], 옆에 있는 게 무기 장인으로 알려진 요정 드워프가 만든 단검입니다. 장식도 아름답지만 성능은 훨씬 멋지죠. 또 저쪽에 있는 소검은 모세가 소지했던 겁니다. 유대 민족을 이끌고 나와 바다를 둘로 나눈 대마술을 행할 때 영력을 줬던 검이죠……. 저쪽 갑옷은 카이사르가 애용했다는 명품으로, 원래는 켈트의 마술 대장장이에게서 뺏은 겁니다. 보통 검으로는 상처 하나 낼 수 없을 뿐 아니라 창의 공격도 방어합니다. 류, 자네 칠성검의 위력을 시험해보겠나? 이 갑옷을 힘껏 쳐보게."

류는 잠깐 머뭇거리다가 검을 잡고 갑옷에 일격을 가했다. 그러자 갑옷은 마치 종이조각처럼 토막이 나버렸다.

"굉장해! 간단히 깨져버렸어."

놀라서 탄성을 지른 건 구경하고 있던 켄이었다. 류는 아연한 표정으로 검 끝을 바라봤다.

"과연 칠성검이군. 류 같은 마술 초보자도 이 정도니. 오트의 선택은 역시 훌륭해."

왓슨 도사의 찬사에 오트는 고개를 숙여 응답했다.

◆── 오브젝트 리딩

"그런데 도사님, 꼭 감지해주셨으면 하는 물건이 있습니다. 강한 영기가 느껴지는데 그 본질을 알 수가 없습니다."

---

8 Excalibur 브리튼의 전설적 영웅인 아서 왕이 소지했다는 마력의 검.

오브젝트 리딩(Object Reading)

인간의 소유물이 그것을 소유했던 사람의 의식이나 역사를 기억한다는 사고방식이 있다. 뛰어난 영 능력자는 물건에 손을 대는 것만으로도 그 소유자의 성격이나 과거에 일어났던 사건, 숨겨진 사실 등을 감지해낼 수 있다. 오브젝트 리딩이란 그런 술법이다. 이 능력은 종종 미궁에 빠진 듯한 범죄 등에 효력을 발휘하곤 한다. 뛰어난 오브젝트 리더(영 능력자)가 경찰의 의뢰를 받아 행방불명자의 소유물을 만진다. 그러면 그 인물이 어떤 경위로 사건에 휘말렸는지, 또 범인의 특징이나 생사까지도 읽어낼 수 있는 것이다. 만일 그 인물이 죽어버렸다 해도 어디에 매장돼 있는지 명쾌한 비전을 얻을 수 있다고 한다.

오트는 폭이 좁은 칼을 내밀었다.

"오브젝트 리딩을 바라는가? 좋아, 알았네."

도사는 칼에 오른손을 대고 조용히 눈을 감았다.

"흐음, 그래. 오트 군, 알았네. 이 칼은 잔 다르크가 애용했던 것이군. 자네가 느끼는 영기는 화형당한 그녀의 원한이 응축된 거네."

76

"역시 그렇습니까? 예상은 했지만 이제 확실히 이해할 수 있겠군요. 고맙습니다. 그나저나 도사님, 시간도 별로 없을 테니 최근 입수한 소장품을 보시죠. ……자, 바로 이겁니다. 프랑스 트루 지방의 마녀 거죠. 그녀는 14세기 사람으로, 마녀사냥 때 처형당했습니다. 목숨을 구한 다른 마녀들이 그녀의 마술 도구를 은밀히 보관했답니다."

그가 가리킨 한쪽 구석에 낡은 빗자루, 후드 달린 검은 망토, 작은 병 몇 개, 마른 약초 다발, 머리카락, 그리고 아주 커다란 쇠냄비가 있었다. 도사가 켄과 류에게 설명했다.

"마녀사냥이란 14~16세기에 일어난 사건인데, 40만 명이나 되는 사람들이 살해당했지. 그 중엔 진짜 마녀도 있었지만 대부분 마술과는 무관한 시민들이었어. 정치권력과 결탁한 기독교도가 자신들 외의 마술을 두려워한 나머지 히스테릭해진 결과였지. 어둠의 군대를 저대로 놔두면 똑같은 비극이 일어날지도 모르네. 자네들이 분발해서 나서주길 기대하고 있네."

"하지만 우린 지금까지 마술 같은 건 전혀 모르고 살아온걸요. 정말로 우리가 도움이 될 수 있을까요?"

도사는 자신 있는 듯 대답했다.

"물론이지. 자네들에게 내 마술 능력을 모조리 전수할 작정이라네. 안심하게."

마녀(Witches)

중세 유럽의 기독교회는 마녀의 존재에 대해 야단스럽게 떠들기 시작했다. 마녀란 악마와 계약을 맺고 마술을 자유롭게 구사할 수 있는 능력을 얻은 여자(남자인 경우도 있다)를 가리킨다. 대신 그녀들은 악마에게 절대 복종을 맹세한다. 그리고 악마의 지시에 따라 전염병이나 기근, 재해 등을 일으켜서 사회를 혼란에 빠트린다고 알려졌다. 그러나 실제로는 기독교회에 폐해를 준다고 여긴 마술이나 민간신앙, 토착종교, 민간 치료나 주술 등이 표적이 되었고 무고한 사람들이 '마녀'라는 누명을 쓰고 살해당했다.

〈마녀의 도구와 시종 악마〉 마녀는 마술의 실행을 위해 각종 도구를 사용한다. 그 중 대표적인 것이 '빗자루'다. 그녀들은 빗자루에 걸터앉음으로써 자유롭게 공중비행을 할 수 있고, 심야에 개최되는 마녀의 연회에도 나갔다. 또한 '마녀의 큰 냄비'도 중요한 도구다. 그녀들은 큰 냄비를 이용해 '마녀의 연고' 만들기에 전념했다고 한다. 연고는 마녀술의 실행을 위해 빠트릴 수 없는 것이다. 그 재료는 두꺼비 지방과 도마뱀 혀, 말의 음부 등 기분 나쁜 것들을 비롯해 협죽도(마삭나무과의 상록 관목 — 옮긴이), 벨라돈나풀, 흰독말풀처럼 마취·흥분 효과가 있는 식물들이다. 한편 마녀에겐 '시종 악마'란 것이 따라다닌다. 조수 역할을 하는 것으로 개, 쥐, 까마귀, 개구리 등이다. 이것들은 악마로부터 받은 선물이라고 한다.

〈마녀의 연회 사바트(Sabbath)〉 하지, 동지 등 일정 시기가 되면 마녀들은 집회를 연다. 심야에 마녀들은 각지에서 빗자루를 타고 숲 속이나 교회 등지로 모여든다. 연회(사바트)의 주최자는 악마이며 그녀들은 악마의 엉덩이에 키스한 뒤 난교 파티를 벌인다고 한다.

〈마녀재판〉 15세기가 되자 기독교회는 마녀를 철저하게 탄압하기 시작했다. 마녀의 신체에는 악마로부터 받은 인이 있는데 그 부분엔 감각이 없다고 한다. 또 강에 처넣어서 떠오르면 마녀라는 판정을 받았다. 이런 여러 가지 증거 아래 마녀들이 투옥, 살해당했다. 마녀재판에선 고문, 협박 등이 다반사였으며, 이웃의 시샘 때문에 고소당한 사람 등을 포함하면 실로 수십만 명이 화형에 처해졌다. 프랑스의 구세주로 여겨지는 잔 다르크(1412~1431) 또한 마녀재판을 받고 화형당했다.

SCENE 6
스톤헨지에서

홍분으로 가득 찬 저택 견학이 끝나자 도사는 켄과 류를 교외로 데리고 나갔다. 그곳은 전 세계에서도 유수한 영력이 가득 찬 장소로, 거기서 두 사람에게 비술을 전수해준다고 했다. 여기에는 저택에 사는 사람들 전부가 동행했다. 적의 눈을 피하기 위해 일행은 몇 대의 자동차에 나눠 탄 채 목적지로 향했다.

1시간쯤 달렸을까. 영국 특유의 구릉지대에 다다르자 자동차가 멈춰섰다.

"안전을 위해 여기서부턴 걷기로 하세."

도사를 선두로 열 명 정도의 일행이 시골길을 걸어갔다. 이윽고 눈앞에 기묘한 건축물이 출현했다.

"스톤헨지군요, 저건."

켄의 말에 도사가 빙긋 웃으며 고개를 끄덕였다. 스톤헨지는 선사시대의 거석 문명을 상징하는 유적이다. 40톤은 족히 될 것 같은 거석이 원형으로 늘어서 있는 광경은 신비한 감명을 준다. 잉글랜드와 프랑스 남부엔 이런 유적들이 여기저기 흩어져 있는데, 특히 스톤헨지는 그 규모와 정밀한 공법 등에서 발군의 존재다. 그러나 대체 무슨 목적으로 만들어진 것인가. 바로 그것이 고고학자들이 몇 세기 동안이나 고민해온 문제였다. 켈트인의 제단, 거인족

스톤헨지와 드루이드(Stonehenge and Druide)

스톤헨지는 영국 남부의 솔즈베리 평원에 있는 고대 유적이다. 거석이 원형으로 배치되어
있는 이 유적은 기원전 3000년경에 착공된 것으로, 그 목적은 아직까지도 수수께끼에 싸
여 있다. 천문대설, 제단설 등 여러 설이 있는데, 최근 J. 호킨스 박사는 '신석기시대의 컴퓨
터'라는 설을 발표했다. 전설에 의하면, 거인족이 이집트에서 가져왔다고도 하고 켈트의 마
술사 멀린이 마술을 써서 아일랜드에서 이곳으로 운반했다고도 한다. 어느 쪽이든지 이 스
톤헨지는 이집트의 피라미드나 일본의 산악신앙 등이 그런 것처럼 장소의 특수성을 무시하
고는 생각할 수 없다. 고대인은 '영적 장소'에 민감했기에 그 장소에서 기도하거나 제사를
지냄으로써 '자장' 에너지를 스스로의 영력으로 만들었던 것이다.

또한 기원전에 이 땅에서 활약했던 켈트인들을 빼놓을 수 없다. 그들은 영혼의 불멸을 믿고
많은 자연신을 숭배했으며 마술을 절대적으로 신뢰했다. 그들의 지도자는 드루이드(사제
계급)라 불리는 성직자로 고도의 마술을 구사했다고 한다. 참고로 켈트군은 로마군의 침공
으로 전멸됐다.

의 무덤, 권력자의 궁전이라는 설들을 비롯해 천체의 거대한 모형도, 드루이
드교도의 집합소, 나아가 고대사회의 컴퓨터, UFO 기지 등과 같은 여러 설들
이 지금도 학회를 떠들썩하게 만들고 있다. 켄에게도 이 정도의 역사 지식은
있었다. 그러나 왓슨 도사가 말한 '전 세계에서도 유수한 영적 자장(磁場)'이
존재하는 장소가 이 스톤헨지였음은 알지 못했다.

◆──카발라 마술 입문

사람들의 눈을 피하기 위해 일행은 해가 저물기를 기다렸다. 석양이 두 개
의 거석 사이로 저물어갔다. 붉은 태양 광선이 불타는 화살처럼 유적의 중심
을 관통했다. 이 광경은 켄과 류에게 평생 잊을 수 없을 것 같은 감동을 안겨
줬다. 이윽고 관광객들이 모두 돌아가자 저택 사람들은 도사의 지시에 따라
제사 준비에 착수했다. 유적을 비추기 위한 횃불이 준비되고, 유적 중앙에는
지름 2미터쯤 되어 보이는 복잡한 마법진이 그려졌다. 새하얀 법의를 몸에 걸
친 왓슨 도사가 켄과 류에게 말했다.

"강력한 자장에 영력이 있는 마법진을 그림으로써 마술 에너지를 훨씬 높일
수 있지. 이곳에서 자네들을 위해 제사를 지낼걸세. 우리의 모든 마술 능력과
연구 성과를 자네들에게 줄 거야. 알겠나. 두려워할 건 없네. 마음 속을 비우
고 겸허하게 받아들이면 돼. 이 의식은 이집트 비밀의식의 흐름을 이어받은
유대 교전, 즉 카발라라고 부르는 마술론을 기본으로 하지만 내가 개량을 거
듭했네. 아마 인류가 생각해낸 마술 중에서도 최강일걸세. 그럼, 시작하지."

켄과 류는 옷을 다 벗고 법의를 걸쳤다. 잉게 할멈은 '성별(聖別)'하기 위해
주석으로 만든 물병을 기울여 그들의 머리에 물을 흩뿌렸다. 앤디는 마법진
의 네 구석에 향을 피웠다. 두 사람은 중앙으로 이끌려나갔다. 저택의 사람들
이 마법진 주위를 에워쌌다.

"그럼, 눈을 감고 내 말에 귀기울이게. ……우주의 지모신인 이시스 신이여. 내 목소리를 들으소서. 언어의 창조를 맡은 토트 신이여, 위광을 널리 알리게 하소서. 나아가 이 우주에 존재하는 모든 선량한 정령들이여, 우리가 계획을 성공리에 끝낼 수 있도록 수호하소서……"

도사가 두 팔을 머리 위로 올리고 주문을 외우자 세계의 모든 생물이 침묵

마법진(Magic-circle)

서양 마술에서 마법진은 매우 중요한 의미를 갖고 있다. 그것은 마술을 실행할 때 특수한 장소로서 기능할 뿐 아니라 정령이나 악령을 불러내기 위한 환경을 만드는 데 가장 중요한 부분이며, 나아가 자신의 몸을 지키기 위한 영역이기 때문이다. 일본에서는 '결계(結界)'나 '금줄(인줄)' 등이 마법진과 같은 의미를 갖는다.

본래 마법진의 원시적인 형태는 단순한 원형이었을 것으로 추정되지만, 중세 이후 서양 마술의 마법진 형태나 디자인은 매우 복잡하게 바뀌었다. 그것은 소환술로 불러내야 할 대상에 의해 결정되었다. 성스러운 정령을 불러낼 땐 그 나름대로의 디자인과 문자를 배치하고, 악마를 불러낼 땐 그 악마의 종류나 명칭에 따라 구별한다는 것이다. 마술사 자신이 마법진을 만드는 방법 여하에 따라 마술의 결과가 좌우되기 때문에 자연히 문헌 등을 의지해 정확한 도형을 그릴 수밖에 없었다.

아그리파의 매직 서클

독일 태생의 마술사상가 아그리파(Heinrich Cornelius Agrippa, 1486~1535)는 르네상스가 낳은 천재 중 하나로, 특히 자연마술의 연구에서 뛰어난 업적을 남겼다. 그에 의하면 수·형태·문자는 보편적인 상징 언어이며, 자연계의 카발라식 해석을 통해 왼쪽 그림과 같은 복잡한 마법진을 생각해냈다.

오망성

오망성(五芒星, Pentagram)은 영력, 계시, 지식 등의 상징으로 알려져 있다. 별명은 '솔로몬의 봉인'. 오른쪽 그림은 프랑스 카발라 마술의 대가인 엘리파 레비(Eliphas Levi, 1810~75)가 만들었으며, 상징으로 가득 차 있는 것을 알 수 있다.

한 듯한 고요함이 유적 전체를 지배했다. 계속해서, 켄으로선 전혀 의미를 알수 없는 말들이 도사의 입에서 흘러나왔다. 낮고 깊게, 신음하는 듯한 어조를 듣는 동안 켄의 뇌리에 점 같은 빛이 나타나기 시작했다. 순백의 빛은 점차 커지고, 이어서 머릿속의 모든 것을 점령할 정도의 크기가 됐다. 순간 공포심이 켄을 덮쳤다. 그러자 빛도 사그라지기 시작했다. 당황한 켄이 공포심을 떨쳐

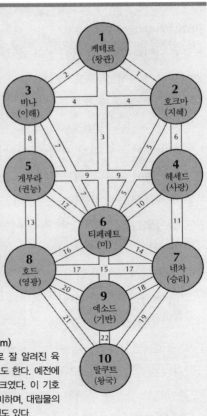

카발라 마술

카발라(Kabbalah)란 히브리어로 '유대교의 밀의'를 가리킨다. 이는 엄격한 수행을 거친 소수의 제자들에게만 구전으로 전수되는 교의다. 구체적으로는 유대교의 우주관을 '생명의 나무'라는 도형으로 나타내고 이를 이론적 근거로 한 마술이 17세기 이후 번성하게 됐다. 카발라 마술은 우주와 인간의 일체화를 목적으로 하며, 매우 복잡한 의식을 통해 그 목적을 달성한다.

오른쪽 그림은 생명의 나무로, '세피로트'라고 부르는 10개의 신성한 숫자와 그것들을 서로 연결하는 22개의 경로가 있다. 술자는 말쿠트(왕국)에서 케테르(왕관)를 향해 마술 여행을 하는 것이다.

성별(聖別, Consecration)

종교 용어로서, 신성한 목적에 사용하기 위해 세속적인 사용과 구별하는 것을 말한다. 향유나 성수를 사용하는 방법이 일반적이다. 육체나 물건에 신성한 것을 뿌림으로써 성별이 되는 것이다.

육망성(六芒星, Hexagram)

이스라엘의 국가 문장으로 잘 알려진 육망성은 '다윗의 별'이라고도 한다. 예전에는 유대인을 인식하는 마크였다. 이 기호는 일반적으로 창조를 의미하며, 대립물의 통일이라는 연금술적 해석도 있다.

버리자 빛은 다시 성장을 계속했다. 다음 순간 불가사의한 역전 현상이 일어났다. 뇌리에 있던 빛이 켄의 몸 전체를 감싼 것이었다. 부드러운 감각. 엄마 품에 안긴 아기 같은 감각이었다. 이윽고 켄은 자신을 덮은 빛이 더욱 강렬해지는 걸 느꼈다.

갑자기 몸이 분해되는 것 같은 충격이 일었다. 우주 저쪽에서 번개가 번뜩이는 것 같은 자극이었다. 그 자극은 머리꼭대기부터 사지를 향해 뭐라 표현할 수 없을 것 같은 바이브레이션을 전달해갔다. 참지 못하고 눈을 뜬 켄은 자신의 손가락 끝에서 에너지가 방출되는 걸 봤다. 푸르스름한 빛이 공중에 방전되고 있었다. ……방전이 점차 약해지면서 주위의 긴장도 풀렸다. 눈앞에 왔슨 도사가 서서 미소 짓고 있다.

"성공했네. 자넨 우리 모두의 에너지를 흡수했네. 이제부턴 자신 있게 마술을 행사할 수 있을 거야. 축하하네."

도사가 내민 손을 잡자 저택 사람들이 찬사를 보냈다. 켄과 류는 쑥스러우면서도 기분이 좋았다. 외관상의 변화는 전혀 없지만 조금 전 봤던 빛의 알갱이들이 가슴 부근에 머물러 있는 것이 느껴졌다. 그 탓일까? 눈앞의 정경이나 귀에 들어오는 말, 게다가 언덕에 부는 시원한 바람까지도 신선하게 느껴졌다. 방금 전까지의 자신과 전혀 다른 새로운 인간으로 다시 태어났음이 실감났다. 계속해서 도사가 말했다.

"그러나 자만해선 안 되네. 자네들은 마술 수행의 입구에 도착했을 뿐이야. 이제부턴 끊임없이 수행을 쌓아야 함을 잊지 말도록. 그럼, 그 방법을 가르쳐주지. 우선, 명상을 할 것. 마음을 공백으로 만듦으로써 정신의 리플레시가 가능하다네. 게다가 이미지를 현실화시키는 에너지를 기를 수도 있지. 다음은, 육안으로 사물을 판단하지 말고 마음의 눈으로 장악할 것. 모습은 단순한 형상일 뿐 본질을 착각하기 쉬운 법이지. 마음의 눈이란, 이른바 영적인 바이브레이션이네. 이것만큼은 숨길 수 없는 거야. 이 두 가지 점만은 평생 절대로 잊지 말게나."

◆── 첫 전투

도사의 말이 둘의 마음에 깊이 스며들었다. 그때 켄은 마음 한구석에 묘한 초조함이 이는 것을 느꼈다. 켄은 마음의 안테나를 펼쳐 감각이 오는 방향을 찾았다. '서쪽 방향에 뭔가 있다' 하고 마음이 경종을 울렸다. 자신의 마음이 이렇게까지 민감해진 것에 놀랐지만, 사태가 급박했다.

"도사님, 서쪽 방향에서 위험이 닥치고 있습니다. 굉장히 사악한 것이 접근하는 게 느껴져요."

도사의 표정이 일변했다.

"제군, 적이 들이닥치는 것 같소. 전투 준비를 하시오!"

즉각 류가 허리에 두른 무기를 펼쳐 양손으로 꽉 쥐었다. 무기 수집가 오트는 특대 곤봉을 쓰다듬었다. 켄이 쳐다보는 걸 눈치챈 오트는 자랑스럽게 무기에 관해 설명해주었다.

"이건 떡갈나무에 기생한 '기생목'으로 만든 걸세. 켈트에 관해선 약간의 지식이 있을 거야. 지도자인 드루이드 신관은 기생목에 엄청난 영력이 깃드는 걸 알고 있었지. 이건 한 드루이드가 만든 곤봉으로 '켈트의 천둥(우레)'이라고 해서 로마군이 두려워했다네."

기생목(Mistietoe)
기생목과의 상록저목. 떡갈나무 등에 기생한다. 켈트인은 기생목을 명계에 접근하는 수단이 되는 '황금의 나뭇가지'로서 존중했다. 드루이드는 낫으로 기생목을 잘라내고 그것이 지상에 떨어지기 전에 흰 천으로 받아내어 제사의 공물로 삼았다. 떡갈나무 자체가 신으로 여겨졌으며, 거기에 기생하는 기생목은 신의 남근이란 의미가 있었다. 또한 일부 기독교도들은 기생목을 '에덴동산 중심에 있는 나무'로 생각했다. 즉 '지혜의 나무'로 여긴 것이다.

갑자기 서쪽 상공에 번개가 쳤다.

"도사님, 나타났습니다!"

시대물에서나 볼 듯한 총을 들고 앤디가 외쳤다. 잉게 할멈은 중얼중얼 주문을 외우기 시작했다. 켄도 '아그라의 소검'을 들었다.

제일 먼저 습격해온 것은 까마귀 대군이었다. 물론 보통 까마귀가 아니었다. 주력(呪力)이 깃든 마수였다. 새빨간 두 눈이 몹시 음험해 보였다. 류가 칠성검을 한 번 휘두르자 수십 마리의 까마귀가 반토막이 났다. 류의 검을 용케 피한 까마귀 한 마리가 날카로운 부리로 잉게 할멈의 어깻죽지를 공격했다. 순간 분노를 느낀 켄이 자신도 모르게 까마귀 쪽에 소검을 대고 '망할 녀석!' 하고 중얼거리자, 칼끝에서 푸른빛이 뿜어져 나오더니 까마귀를 산산조각내 버렸다. 엄청나게 강력한 파워였다. 주위 사람들이 술렁거렸다. 사실 가장 놀란 것은 켄 자신이었다. 잠시 후 까마귀의 공격이 일단락되자, 다음엔 살을 찌르는 듯한 냉기가 엄습해왔다. 모두의 마음에 공포심이 싹텄다.

"조심하라! 이 공포심은 적의 공격이다. 우리의 투쟁심이 약해지길 기다린 뒤에 본대가 돌격해올 것이다!"

왓슨 도사는 그렇게 외치더니 양손으로 펜타그램(오망성)을 쥐고 주문을 외웠다. 그러자 공포심은 말끔히 사라지고 격한 투쟁심이 다시 솟았다. 마침내 적의 본대가 보이기 시작했다. 비린 공기가 대기 중에 떠돌았다. 켄이 카이로의 꿈에서 봤던 악마새 무리가 나타났다. 다른 기묘한 생물들도 보였다. 머리는 산양이고 몸은 사람인 생물, 비정상적으로 작은 귀를 가진 난쟁이, 머리가 둘인 사람 등이 악마새를 탄 채 머리 위로 무기를 쳐들고 습격해왔다. 저택의 동료들은 과감히 맞섰다. 악마새의 비명과 노성이 어지럽게 교차하고 엄청난 피가 유적을 더럽혔다. 시간이 흐르고, 어둠의 군대는 공격을 포기한 채 서쪽 상공으로 다시 돌아갔다. 모두들 몹시 지친 표정이다. 다행히도 오트가

오른팔에 부상을 입은 것 외에는 별 피해를 입지 않았다. 거친 숨을 내쉬며 도
사가 말했다.

"켄, 류. 자네들이 영국에 있기엔 위험이 너무 많네. 앤디를 동행시킬 테니
곧바로 아프리카로 향하게."

두 사람은 유적을 뒤로 하고 앤디와 함께 떠났다.

근대의 마술사들

19세기 말부터 20세기 초에 걸쳐 몇 명의 우수한 마술사들이 세계를 뒤흔들었다. 극도로 발
전한 기계문명과 이를 누리는 인간들의 욕망이 팽배한 시대 속에서 마술사들의 활약은 사치
하는 인간들에게 경종이 되었다. 합리주의, 기계문명의 진보에 대한 무조건적인 찬미는 자연
에 대한 외경을 잊게 하고 인간의 본래 지혜를 은폐시켰기 때문이다.

맥그리거 매더스(S. L. M. Mathers, 1854~1918)

19세기 말 영국에서 만들어진 마술 집단 '황금의 새벽단(Hermetic Order of Golden Dawn)'의
창립자 중 하나. 의식 마술에선 그를 능가할 자가 없을 정도로 정통했던 인물이다. 그는 대영 도서
관에서 연구를 하던 중에 중요한 고대 마술 문헌을 발견하고 이를 영역함으로써 근대 마술에 새로
운 지식을 가져왔다. 고대 그리스의 신이며 마술사들의 수호신인 이시스 숭배를 부활시키고 많은
의식 마술을 고안한 것으로도 알려져 있다. 또한 그의 아내 모이나는 철학자 베르그송의 누이동생
으로, 뛰어난 마술사였다. 그러나 1900년 내부 분열로 교단에서 추방당했다.

알레이스터 크롤리(Aleister Crowley, 1875~1947)

20세기 초 유럽에서 가장 악평이 자자한 남자로 알려져 있다. 전도 목사의 아들로 태어난 그는
황금의 새벽단에 참가한 뒤 인도, 멕시코 등을 여행하며 각지의 마술 지식을 연구했다. 그의 저서
『마술 그 이론과 실전』은 마술 의식이나 주문 등을 일반인이 알기 쉽도록 한 해설서이다. 그는
「요한의 묵시록」에 기술되어 있는 악마의 기호 '짐승의 수 666'이 자신의 것이라고 거리낌없이
공언했다. 또 거울에 비친 자신의 모습을 없애거나 눈에 보이지 않게 하는 술법, 악마의 소환과
같은 고등 마술을 펼쳐보였다.

헬레나 블라바츠키(Helena Petrovana Blavatsky, 1831~91)

러시아 태생의 신비 사상가이며 신지학(神智學)협회의 창립자. 어릴 때부터 영시(靈視) 능력이 뛰
어났던 그녀는 스무 살이 지나자 당대 최고의 영매사로서 미국, 유럽에서 활약했다. 그후 티베트
밀교, 인도 사상, 이집트 마술 등의 연구에 힘쓰다가 티베트 산중에서 만난 마하트마(대사)를 생
애의 스승으로 삼게 된다. 그녀의 사상은 모든 종교 교의의 배후에는 태고부터 동일한 계시가 존
재한다는 것으로, 식물ㆍ동물ㆍ광물ㆍ인간ㆍ정령에 이르는 모든 존재를 우주적 규모로 통일하고
자 했다. 그 사상은 대저 『베일을 벗은 이시스』, 『비밀 교리』에 정리되어 있다.

D. D. 홈(Daniel Dunglas Home, 1833~86)

스코틀랜드 태생의 대표적인 영매사. 공중 부유를 비롯한 영 능력이 널리 알려져 경이의 대상이 됐다. 특히 영국 사교계에서는 강령회 붐을 일으킬 정도로 인기를 끌었다. 그는 많은 과학자들의 입회 아래 영 능력을 선보였다. 그가 능력을 발휘하자 테이블을 두드리는 소리가 나고 방 안의 물건이 허공을 날아다니는 등 이상한 현상이 일어났다. 한번은 손의 영(靈)이 그의 육체에서 떨어져 나가 입회한 신사의 이마에 닿는 일도 있었다. 그는 평생 1백 회 이상 공중 부유를 했다. 그러나 그 자신도 공중 부유가 어떻게 가능한지에 대해선 몰랐으며 부유 중에는 일종의 트랜스(trance) 상태가 됐다고 한다.

에드가 케이시(Edgar Cayce, 1877~1945)

미국 켄터키 태생인 그는 어렸을 땐 평범했다. 스물한 살 때 최면 치료를 받다가 갑자기 숨어 있던 능력이 출현했다. 이후 그는 '버지니아 비치의 잠자는 현인'이란 별명을 얻고, 수면 중에 불치 병자의 치료법을 전수하는 등 눈부신 활약을 했다. 과거사의 증명이나 미래 예지는 적중률 95퍼센트의 경이적인 정확함을 자랑했다. 그의 설명에 의하면, 수면 중에 과거·미래의 모든 기록을 열람할 수 있다고 한다. 이것을 '아카식 레코드(Acasic-Record)'라고 명명했는데, 이른바 우주 전체의 거대한 비디오 센터 같은 역할을 한다는 것이다. 또한 그는 아틀란티스 대륙이나 무 대륙에 관해서도 상세히 설명했다.

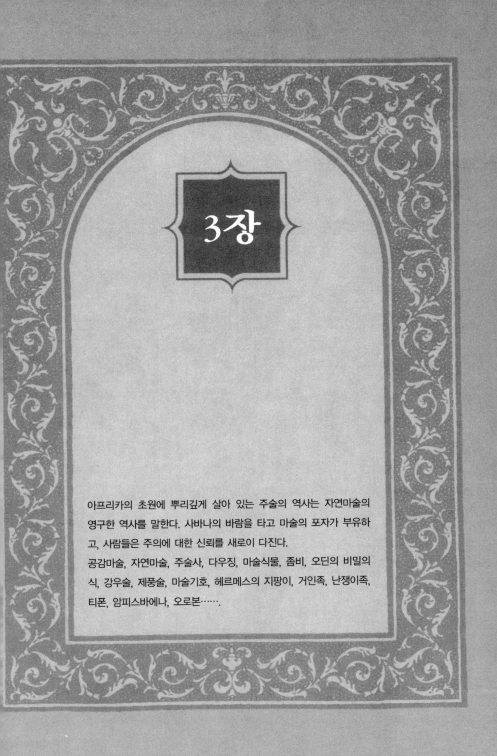

3장

아프리카의 초원에 뿌리깊게 살아 있는 주술의 역사는 자연마술의
영구한 역사를 말한다. 사바나의 바람을 타고 마술의 포자가 부유하
고, 사람들은 주의에 대한 신뢰를 새로이 다진다.

공감마술, 자연마술, 주술사, 다우징, 마술식물, 좀비, 오딘의 비밀의
식, 강우술, 제풍술, 마술기호, 헤르메스의 지팡이, 거인족, 난쟁이족,
티폰, 암피스바에나, 오로본…….

SCENE 7

아프리카의 초원

◆─ 공감마술

켄과 류, 그리고 마술 연구가 앤디는 지금 서아프리카에 있다. 눈앞에 스텝 지대가 펼쳐져 있는데다 야생동물을 보고 있노라니 마음이 깨끗해지는 듯한 해방감을 느꼈다. 이번에는 비행기와 기차, 버스 등을 갈아타고 이동했다. 준비가 안 된 상태에서 마술을 사용하면 적이 눈치챌 위험이 있었던 것이다. 오아시스 옆에 있는 작은 마을에 자리를 잡은 지 일주일. 한가로운 시간을 보내고 있다. 왓슨 도사가 소개해준 주술사를 기다리고 있는 것이다. 앤디에 따르면, 그 남자는 자연마술의 메카인 아프리카에서 현재 가장 뛰어난 마술사라고 한다.

"자연마술이란 게 뭐지?"

켄이 앤디에게 물었다.

"간단히 설명할게. 런던에서 너희가 알게 된 마술은 꽤 복잡한 준비나 의식이 있었을 거야. 그건 고등마술이란 거지. 자연마술은 그 루트로 전해지는데 더 원시적이랄까, 훨씬 단순해. 동물이나 식물 등 자연계가 가진 힘을 응용한 마술이라 할 수 있지."

"그럼, 런던에서 본 마술보다 별것 아니겠네?"

자연마술(Natural Magic)

중세 유럽에서 마술은 신이나 정령을 소환해 초자연적 현상을 이끌어내는 기술이라 여겨졌다. 천사나 선한 영을 불러내는 것을 백마술(White Magic), 악마나 악령의 힘을 빌리는 것을 흑마술(Black Magic)로 분류했다. 그러나 자연마술이란 본질적으로 이들 마술과는 출발점이 전혀 다르다. 영혼의 힘에 의지하는 것이 아니라 의약이나 자력 등 자연계에 존재하는 것을 마력의 원천으로 하는 것이다. 영국의 철학자 프랜시스 베이컨(Francis Bacon, 1561~1626)은 자연마술을 '진정한 마술'이라 불렀으며, 이는 르네상스기의 중핵을 이루는 마술관이 됐다. 그러나 후세에는 정령 소환을 목적으로 한 마술과 동화하는 경향을 보이게 됐다.

"전혀 그렇지 않아. 단순할수록 더 어렵고 마술 효과도 대단한걸. 공부하는 것도 이만저만 힘든 게 아냐."

켄과 류는 앤디의 설명을 이해하기 힘들었다. 두 사람의 불만스러운 모습을 보고 앤디가 제안을 했다.

"어때? 이제부터 너희 둘이 따로 행동하는 거야. 난 류와 함께 마을 외곽까지 가볼게. 켄, 넌 여기 남아서 류만 열심히 생각하고 있을 것. 알았지?"

앤디와 류는 가까운 나뭇가지에 배낭을 걸어놓고 걷기 시작했다. 마을 경계인 강에 다다르자 마침 물소 떼가 강을 건너고 있었다. 대장으로 보이는 물소 한 마리가 앤디와 류를 흥미롭게 쳐다봤다. 코끼리를 연상시킬 만큼 큰 물소의 뿔은 둘레가 2미터는 될 것 같았다. 그런데 갑자기 그 물소의 눈빛이 변했다. 흉포한 시선으로 두 사람을 노려보더니 입에 거품을 뿜으며 돌진해왔다. 게다가 대장 물소 뒤를 따라 물소 떼가 몰려오기 시작했다.

"피해!"

앤디가 달리기 시작했다. 류도 그 뒤를 따라 달렸다. 그러나 물소는 생각 외로 발이 빨라서 류 일행과 간격을 좁히며 쫓아왔다.

"어떻게 하지? 따라잡힌다!"

초조해진 류가 소리쳤다. 앤디는 커다란 나무를 가리키며 외쳤다.

"저 나무로 올라가, 어서!"

공감마술(Sympathetic Magic)

원시적인 마술에서 가장 기본적인 것은 공감마술이다. '예감', '두근거림' 등도 이에 포함된다. 종교가 발생하기 전 단계의 마술이라 여겨지며, 신이나 정령 등 절대적인 힘을 소환하는 마술은 아니다. 명명자인 프레이저(James Frazer, 1854~1941 : 문화인류학의 아버지로 불린다)는『황금가지』에서 다음과 같이 설명하고 있다.

공감마술 ┌─ ① 유감(類感)마술
          │   (Homoeopathic Magic)
          └─ ② 감염(感染)마술
                 (Contagious Magic)

① 유감마술=유사(類似)는 유사를 낳는다' 는 사고방식에 기초한 것으로, 예컨대 적으로 가정한 인형 등을 파괴하거나 해를 가함으로써 적의 신체에 위해를 주고자 하는 것. 수천 년 전부터 고대 인도, 바빌론, 이집트, 그리스 등 각지에서 이런 발상에 의한 마술이 행해졌다. '모방 마술' 이라고도 한다.

② 감염마술=한 번이라도 접촉한 적이 있는 것끼리는 시공간을 뛰어넘은 뒤에도 '공감' 적인 관계를 가진다는 사고방식. 마술사는 적의 머리털이나 치아를 입수하여 그것을 태우거나 찌름으로써 상처를 입힌다. 고대 그리스에서는 누군가를 때린 뒤에 미안하다는 생각이 들 때 자신의 주먹에 침을 바르면 괜찮다고 생각했다. 또 유럽에선 낫에 상처를 입으면 낫을 잘 갈아서 기름을 칠하면 곪지 않는다고 믿었는데 이런 신앙은 오늘날까지 남아 있다.

두 사람이 올라간 순간 물소가 나무와 격돌했다. 물소는 몇 번이나 나무를 들이받았다. 잠시 후 두 사람은 수백 마리의 물소 떼에 둘러싸이고 말았다. 이 정도로 많은 물소 떼에게 겐 류의 검도 별 소용이 없을 것 같았다. 물소 떼가 거대한 몸으로 계속해서 나무를 들이받자 우지직 하는 소리가 났다. 이 상태론 거목이 쓰러지고 우린 밟혀 죽고 말 것이다. 절체절명의 순간, 류는 자신도 모르게 눈을 감았다. 그런데 갑자기 대장 물소가 태도를 바꿨다. 지금까지 가득했던 적의가 눈 깜짝할 사이에 사라지고 휙 옆을 향하는가 싶더니 강으로 돌아갔다. 그리고 수백 마리의 물소 떼도 그 뒤를 이었다.

　"대체 어떻게 된 거지?"

　갑작스런 사건으로 인해 멍한 표정이 된 류가 물었다.

　"사실은 내가 저 물소 우두머리에게 이미지를 보냈거든. 우리가 광포한 독사고, 물소 떼를 습격하는 걸로 말야. 그런데 생각보다 효과가 너무 커서 이렇게 돼버린 거야. 미안해."

　"그럼 네가 한 짓이란 말야?"

　"응. 하지만 이 정도로 무시무시한 공격일 줄은 예상 못했어. ……그렇지만 이제 알았겠지? 우두머리의 의지가 다른 물소 떼에게 전해진 시간이 놀랄 만큼 빨랐던 것을. 그들은 말을 주고받거나 하지 않아. 미묘한 감각을 감지해내는 거지."

　"그게 마술과 관계 있나?"

　"물론. 아주 중요하지."

　"하지만 사람에겐 그런 능력이 없을 텐데."

　"아니, 이제 잘 보라고. 켄이 허겁지겁 찾아올 테니……. 그에게 물어봐."

　앤디의 말대로 곧이어 켄이 왔다. 마을에서 움직이지 말라고 한 말을 들었을 텐데……. 류가 켄에게 물었다.

"켄, 너는 마을에 있기로 했잖아, 어떻게 된 거야?"

"불길한 예감에 가슴이 막 두근거리더라고, 두 사람 짐을 걸어둔 나뭇가지가 꺾여서 말야. 위험한 일을 당하고 있는 듯한 기분이 들어 어쩔 수 없었어. 걱정이 돼서 찾아왔어."

앤디가 만족스러운 듯이 끄덕였다.

"자, 알겠지? '두근거림'이라든가 '예감' 같은 것도 인간 능력의 일부인 거야. 다만 현대인은 여러 가지 정보가 많이 들어오기 때문에 그런 소박한 힘이 점점 쇠퇴하고 말았지. 옛날엔 인간의 그런 능력이 훨씬 잘 발달돼 있었거든. 말을 주고받지 않아도 상대방의 의사를 이해할 수 있고 멀리 떨어져 있어도 뜻이 통했지. 학자들은 이걸 '공감마술'이라고 명명했어."

왠지 이해가 가는 듯한 기분이 들었다. 앤디는 또 다른 제안을 했다.

"여기서 조금 떨어진 마을에 환자가 생겨서 오늘 밤 주의(呪醫, 샤먼 닥터) 의식이 있을 예정이야. 어때, 가볼래?"

두 사람이 찬성한 건 물론이었다.

◆ 주의 · 다우징

해가 지고 마을에 다다랐을 때 막 의식이 시작되고 있었다. 모닥불을 중심으로 마을의 핵심적 사람들이 모여 있었다. 머리카락이 흐트러져 있는 주의(呪醫)가 모닥불에 마른풀을 던져넣으면서 미친 듯이 춤췄다. 그 뒤에선 그의 음악대가 북과 종을 울렸다. 환자는 모닥불을 사이에 두고 주의의 맞은편에 누워 있었다. 가끔 경련을 일으키며 매우 괴로워했다. 마음속까지 울리는 북소리, 타오르는 불꽃, 기묘한 외침……. 낮과는 전혀 다른 세계가 있었다. 어둠 속에서 펼쳐지는 의식은 태고의 시대를 방불케 했다. 아마 원시인들도 이런 의식으로 환자를 치료하거나 악마를 퇴치했을 것이다. 켄은 눈앞에서 벌어지는 광경을 보고 그런 생각을 했다. 앤디가 설명해주었다.

"마술(Magic)이란 말은 고대 페르시아의 의사 승려를 가리키는 마기 (Magi)[9]에서 왔어. 그러니까 주의, 즉 샤먼 닥터란 마술 루트 중의 하나지. 마기는 요술사이기도 해서 여러 가지 독초를 이용해 빙의하여 환자의 몸에 무슨 일이 일어나는지 조사하는 거야."

주의가 모닥불에 마른풀을 던져넣었다. 그 순간 흰 연기가 피어오르고 코를 찌를 듯한 냄새가 주변에 감돌았다. 그 연기를 조금 들이마신 켄은 숨이 막힐 것 같았다.

"방금 모닥불에 던져넣은 게 대마야. 이 근방에선 쉽게 볼 수 있는 풀이지. 마취 성분이 있어서 연기를 들이마시면 편안한 기분이 되거나 행복감에 젖어들게 돼. 그리고 급성 지각 장애, 착각이나 환각 상태가 되지. 다시 말하면 약물을 이용해 정신을 육체에서 분리시키는 거야. 여기선 대마를 이용하지만 멕시코에선 페요테 선인장을 사용하고 안데스에선 코카나무의 잎, 즉 코카인의 원료가 유명하지. 그밖에도 세계에는 마술 효과를 갖는 많은 종류의 식물이 존재해. 일본에선, 식물은 아니지만 가마노 아부라(ガマの油)란 게 사용됐어(일본어로 ガマ란 식물 '부들' 또는 '두꺼비'란 두 가지 뜻을 갖는데, 여기서는 두꺼비를 뜻한다—옮긴이)."

앤디의 폭넓은 마술 지식엔 놀랐지만 가마노 아부라에 관해선 틀렸다고 켄은 생각했다.

"하지만 가마노 아부라는 에도 시대의 약초잖아?"

"아니, 전혀 그렇지 않아. 지각을 마비시키는 극약이지. 두꺼비의 눈알 뒤

---

9 Magi 마기의 뿌리는, 기원전 7세기경에 오늘날의 이란을 중심으로 번영했던 메디아 왕국에서 종교의식을 담당했던 씨족 마구(Magu)이다. 후에 라틴어로 '마기'가 됐을 무렵에는 특히 의술에 뛰어난 마술사를 가리키는 말이 되었다.

주의(Shaman-Doctor)

주술적 방법으로 환자를 치료하는 의사. 의학이 확립되기 이전에는 마술사가 환자의 치료를 맡았다. 병의 원인에 관해서 본인 또는 근친자가 금기사항을 어기진 않았는지 아니면 요술사의 공격 또는 죽은 사람이나 신들이 관여한 건지에 대해 점술, 꿈, 환각, 빙의 등으로 판단하고 그 치료법을 전수하는 것이 주의의 역할이다. 중앙아프리카, 중국 등지에선 아직도 주의가 대중의 지지를 받고 있으며 마을의 지식인으로 대우받는다. 일반적으로 주의는 약초 등에 관해 풍부한 지식을 갖고 있다. 따라서 단순히 인습적인 것으로만 판단하는 건 잘못이다.

독선(毒腺)에서 분비되는 건데, 16세기 마술학자 G. d. 포르타 박사는 『자연마술론』에서 이렇게 소개했지. '두꺼비는 늪지대의 갈대 사이에 서식하는 것이 최상으로, 이것이야말로 가장 이상적인 독약의 원료가 된다'고 말야. 만드는 방법은, 두꺼비와 독뱀 한 마리씩을 납 용기에 넣고 자극을 줌으로써 흥분시켜 독액을 추출해. 그런 다음 수정 분말을 섞어 약한 불에 익혀서 수분을 증

발시키지. 완성된 독물은 무서운 효능이 있어. 한 방울만 마셔도 한 달 동안 이성과 감각을 잃고 말거든. 그렇게 해서 자유자재로 조종하는 거야. 어때, 대단하지?"

의식은 고조되어 있었다. 북소리는 더욱 거세게 울려퍼지고, 가면을 쓰고 전사의 복장을 한 남자들이 원을 만들어 춤춘다. 주의가 신호를 보내자 벌거 벗은 몸에 온통 재를 바른 조수가 튀어나왔다. 그는 Y자 형태의 나뭇가지 양 끝을 쥐고서 주의 깊게 주위를 걷기 시작했다.

"뭘 하고 있는 걸까?"

류의 질문에 앤디가 대답했다.

"다우징이라고 하는 거야. 저 나뭇가지를 이용해 땅 속의 뭔가를 찾는 거 지. 유럽에선 별로 드문 일이 아냐. 지금도 수맥이나 광맥 탐지 때 다우저(다 우징 기술자)를 고용하는 회사들이 있어. 미국 내에는 다우저즈 협회라는 조 직이 있고 회원도 2천 명이나 된다고 해. 면밀한 지질 조사를 하는 것보다 다 우징 쪽이 더 손쉽거든."

이윽고 주의의 조수는 걸음을 멈췄다. 나뭇가지 끝이 아래를 향해 떨리고 있었다. 주의의 신호로 몇 사람이 나뭇가지가 가리킨 지면을 파기 시작했다. 50센티미터나 파들어간 곳에서 동물의 두개골이 발견됐다. 주의는 조심스럽 게 두개골의 흙을 제거한 뒤 물을 뿌렸다. 미친 듯이 춤추는 전사들이 기묘한 고성을 내질렀다.

"과연, 환자는 저 동물을 부주의하게 죽였던 거야. 그래서 동물의 저주를 받아 병에 걸린 거지. 주의가 동물의 저주를 풀어줄 거야."

"하지만 먹으려고 죽였을 텐데 왜 저주를 받지?"

"규칙이 있거든. 예를 들면 피그미족은 사냥할 동물의 그림을 모래에 그리 고, 목 부분에 화살을 쏴. 그런 다음 사냥길에 나서서 실제로 그 동물을 죽이

마술식물(Magical-Plant)

환각을 일으키거나 흥분 작용 성분을 포함한 식물, 또 특정 신과 인연이 있는 식물을 총칭하여 마술식물이라고 한다. 예를 들면 헨루더(강한 향기가 있는 남유럽 원산의 약용식물)는 로마시대부터 악마를 퇴치하는 식물로 알려져 있으며 이걸 갖고 있으면 마녀를 간파할 수 있다고 여겼다. 또한 벨라돈나풀(가지과 벨라돈나속)은 알칼로이드 독성이 강한 식물로 악마가 특히 애용했다고 한다. 마녀는 비행 때 연고의 주재료로 사용하고 때로는 이 풀로 살인을 했다고 한다. 마술식물 대부분은 현대 과학에 의해 그 성분이 해명되어 마취약이나 강심제 등으로 사용되는 것이 적지 않다.

대마

중앙아시아 원산의 삼과 식물로, 자성(雌性) 그루의 꽃차례는 수지(樹脂) 분비가 많고 이것이 마취성(테트라히드로카나비놀)을 갖는다. 옛날부터 이슬람 교도들이 흥분, 도취, 명정제(酩酊劑)로 사용했다. 약효가 최고조에 달하면 환상에 빠져든다. 11세기 이슬람교 시아파의 분파인 니자리 교단은 이 약초를 다용해 젊은이들을 교화했고, '암살 교단'이라는 악명을 떨쳤다. 암살자(Assassin)의 어원은 대마초(Hashish)다.

페요테(Peyote)

선인장의 일종으로 메스칼린을 비롯한 알칼로이드가 포함되어 있다. 예전부터 멕시코 아스텍인이나 아메리카 인디언들이 종교의식이나 자기도취의 약으로 사용했다. '악마의 식물'이란 별명이 있다. 메스칼린의 특징은 명료한 색채 환각을 겪게 하는 것으로, 소리나 음악이 색채로 보인다. 이것을 벨트에 한 조각 붙여놓으면 그 마력으로 곰에게 습격당하지 않고, 사슴도 도망치지 않게 되므로 간단히 잡을 수 있다고 한다. 악마를 막는 강력한 부적이기도 하다.

코카나무

페루, 볼리비아가 원산인 코카과 식물. 안데스의 산악지대에선 기원전부터 이 식물의 잎을 씹었다. 주성분은 코카인이다. 코카인이 체내에 흡수되면 중추신경에 작용한다. 흥분, 마취 상태가 되고 중독되면 정신 착란, 만취 상태, 두통, 현기증 등을 일으킨다. 망상이 일어나면 작은 동작이 거대하게 보이기도 하고 환상적인 괴수가 출현하기도 하며 눈앞의 사람이 동물로 보인다고 한다.

두꺼비 독

두꺼비 눈 뒤에 있는 독선에서 젖 같은 독액이 분비된다. 주성분은 부파긴인데 강력한 진통제, 지각 마비 작용을 한다. G. d. 포르타(1535~1615)는 『자연마술론』에서 '두꺼비는 늪지대의 갈대 사이에 서식하는 것이 최상으로, 이것이야말로 가장 이상적인 독약의 원료다'라고 기록했다. 가마노 아부라(ガマの油), 즉 두꺼비 독은 일본은 물론 유럽, 중남미 등에서 널리 사용됐다.

다우징(Dowsing)

두 갈래로 나뉜 나뭇가지(다우징 로드라고 한다) 등을 이용해 지하 수맥이나 광물 등을 찾는 마술적 기술을 가리킨다. 다우저(탐색자)는 두 갈래로 나뉜 가지의 끝을 각기 양손으로 잡고 수평으로 해서 땅 위를 걷는다. 목적물에 접근하면 가지의 뿌리 쪽이 반응해서 마치 자석에 끌리는 것처럼 어느 지점인지 나타낸다고 한다. 현대 과학으로도 해명할 수 없는 이 기술은 고대부터 잘 알려져 현재까지도 유전을 찾아내고, 경찰에 협력해 살인범을 붙잡거나 자동차의 고장 부분을 알아맞히는 등 각 방면에서 사용되고 있다. 방법은 고전적인 나뭇가지를 사용하는 것에서부터 진자나 금속봉, 또는 손가락 끝만을 사용하는 등 여러 가지다. 그러나 왜 다우징이 효력을 발하는지에 대해선 아직 과학적으로 해명되지 않았다.

지. 돌아와선 동물의 피를 모래 그림에 문질러 칠한 뒤에 화살을 빼는 의식이 필요해. 동물의 영을 위로하기 위해서지. 이 마을에도 그런 규칙이 있을 거야. 그런데 그 룰을 무시했기 때문에 병에 걸렸다고 주의는 판단한 거야."

◆── 살아 있는 사령(死靈)

병의 진단이 끝났으니 슬슬 의식도 끝날 것이다. 타지에서 온 세 사람은 그렇게 생각했다. 그러나 빙의가 된 주의는 더욱 격렬하게 춤추고 무기를 가진 전사들의 우렁찬 함성소리가 계속해서 어지럽게 교차했다. 켄의 뇌리에 불길한 예감이 스쳤다. 낮에 류와 앤디의 위험을 감지했을 때보다 더 강렬한 예감이었다. 북소리가 거세졌다. 갑자기 켄 바로 앞의 지면이 솟아오르더니 진흙투성이의 손이 불쑥 나와 허공을 휘젓는다. 정신을 차리고 보니 지면 여기저기서 같은 현상이 일어나고 있었다. 그때 켄은 땅 속에서 상반신을 일으키고 반쯤 썩은 얼굴로 이쪽을 바라보는 자를 발견했다.

"앤디! 대체 무슨 일이 일어난 거야?"

뼈가 드러난 손에 발목을 붙잡힌 류가 공포에 사로잡혀 외쳤다.

"큰일났다! 여긴 묘지였어. 좀비라고!"

앤디의 대답을 켄은 납득할 수가 없었다.

"뭐가 좀비란 말야? 좀비는 아이티의 부두교에 나오는 사령 아냐?"

"켄! 여긴 아이티에 보내졌던 노예들의 고향이야. 그러니까 결국 좀비의 고향이랄 수도 있다고!"

얼빠진 눈을 한 좀비들이 차례차례 땅 속에서 모습을 드러냈다. 그들은 비틀비틀 기어 돌아다니면서 세 사람을 향해 모여들었다. 류가 칼을 빼내 땅 속에서 튀어나온 팔을 자르고 도망쳐왔다.

"왜 우리가 좀비들의 습격을 당하는 거지?"

"적들이 주의의 영을 조종하는 것 같아. 조심해, 좀비는 아주 위험하다고. 녀석들은 혼이 빠진 육체만으로 움직이기 때문에 마술을 걸 수도 없어."

좀비들은 느릿느릿한 동작으로 세 사람을 에워쌌다. 류가 칼로 베어도 계속해서 다시 일어나 다가왔다. 반으로 토막난 좀비, 하반신만 있는 좀비가 이쪽을 향해 오고 있었다. 등골이 오싹한 광경이었다. 게다가 좀비들은 계속해서 수가 늘어났다. 이대로는 셋 다 좀비의 먹이가 될 판이었다. 좀비의 공격을 피하면서 앤디가 소리쳤다.

"켄! 좀비는 그냥 둬. 주의를 겨냥하라고!"

켄은 앤디의 말대로 모닥불 중앙에서 이쪽을 노려보고 있는 주의를 향해 아그라의 소검을 내밀며 외쳤다.

좀비(Zombi)

'살아 있는 사령' 좀비는 부두(Voodoo) 신앙에서 가장 신비적인 부분이다. 부두교는 서아프리카 토착신앙이 16세기 노예에 의해 카리브해의 아이티로 가게 되고, 로마 가톨릭을 비롯한 각종 교의를 받아들여 오늘날의 형태가 됐다. 부두교에 따르면, 현실세계는 겉으로 꾸며진 것에 지나지 않으며 그 배후엔 중요한 영의 힘이 작용하고 있다고 한다. 병이나 죽음은 우발적으로 찾아오는 게 아니라 악마가 내리는 벌인 것이다.

부두교의 교의에는, 그 정점에 인간과 영을 중개하는 레구바(Reguba) 신이 있으며, 그 외의 신은 로아(Loa)라고 불리고 그 밑에 무수한 정령이 있다고 되어 있다. 주목할 점은 그 암흑적인 면이다. 부두교의 적색교파(赤色敎派)라 불리는 비밀 결사는 인간을 산 제물로 삼고 식인, 흑마술에 관한 의식을 행한다고 알려져 있다. 그 대표적인 것이 좀비로, 방금 죽은 시체에 마술을 걸어 재생시키고 혼을 뺀 채로 노예로 사역하는 것이다. 어떤 과학적 해석에 의하면, 특수한 약물을 피해자에게 마시게 해 가사 상태로 만들어 매장한 뒤 재생시키는 것일 수도 있다고 한다.

"적들은 가라! 악의에 가득 찬 정령들에게 저주 있으라! 이시스 신이여, 그대의 영력으로 저들에게 철퇴를 내리소서!"

'기잉' 하는 금속음과 함께 아그라의 소검 끝에서 푸른빛이 일직선으로 발산되어 주의의 이마 중앙을 일격했다. 충격을 받은 주의는 3미터나 날아가버렸다. 그러는 동안 움직임이 둔해진 좀비들이 하나둘 땅에 쓰러지기 시작했다. 이윽고 모든 좀비가 움직이지 않게 됐다. 반쯤 부패한 보통 육체, 즉 영혼의 용기(容器)로 되돌아간 것이었다.

대마 탓인지 멍한 표정을 짓고 있던 마을사람들 속에서 박수소리가 들려왔다. 박수를 친 사람은 방금 전까지도 본 적이 없는 노인이었다. 길게 늘어진 백발과 기묘한 조각의 지팡이를 든 노인은 아무리 봐도 사막의 여행자 같았다.

"오호, 훌륭한 마술이군. 칭찬해줌세."

켄과 류는 이상한 노인의 출현에 어리둥절했다. 그러나 앤디는 친밀한 듯한 웃음을 띠며 노인을 환영했다.

"이거, 아프리카 최고의 주술사님 아니십니까? 기다리고 있었습니다."

"미안하네. 자넨 앤디라고 했지. 연구는 잘되고 있나? 그런데 자네 이름은 뭐지?"

기묘한 말투의 노인은 날카로운 눈으로 켄을 똑바로 쳐다봤다. 당황한 켄을 앤디가 도와주었다.

"주술사님, 이 사람은 켄이라고 합니다. 이쪽은 류. 둘 다 일본에서 왔습니다. 아무쪼록 지고하신 술법을 전수해주십시오."

앤디는 켄과 류에게 노인을 소개했다.

"이 분은 콜린 주술사님이야. 두 사람 다 인사해."

SCENE 8
주술사의 가르침

◆─ 오딘의 비밀의식 입문

뜻밖의 만남이었다. 그러나 아무리 봐도 그저 사람 좋을 것 같은 분위기의 이 노인이 아프리카 최고의 마술사라고는 믿기지 않았다. 노인은 그런 켄과 류의 기분 따윈 무시한 채 친절하게 말을 걸어왔다.

"왓슨 도사가 내게 맡긴다고 한 게 이 두 사람이군. 좋아, 좋아. 꽤 괜찮은 얼굴들을 하고 있는데그래. 그나저나 도사는 잘 지내나?"

앤디가 대답했다.

"예, 덕분에요. 그런데 최근 녀석들의 공격이 늘어난데다 무척 격렬해져서 걱정하고 계세요."

"그렇지. 나도 마찬가지네. 요즘 들어 이 근처도 시끄러워지고 있어. 어떻게든 해야겠다 생각하고 있네. 도사도 마찬가진가 보군."

이튿날부터 두 사람은 콜린 주술사의 특훈을 받았다. 둘에게 주어진 과제는 나뭇가지에 거꾸로 매달려 있는 일이었다. 주술사가 말했다.

"자네들 잘 듣게. 이 술법은 '오딘의 비밀의식'이라고 하는데, 내 고향 북구에 전해져오는 마술이지. 9일 밤 동안 이 상태로 있게."

콜린 주술사는 이 말만 하고 지체없이 사라졌다. 두 사람은 왼쪽 발에 밧줄이 묶인 채 매달려 있었다. 처음엔 별것 아니라고 생각했지만 10분쯤 지나자 고통이 엄습해왔다. 피가 두개골로 쏠려 머리가 터질 것 같았다. 1시간이 지났다. 류의 의식은 아직 분명했지만 켄은 이미 몽롱해진 상태였다.

첫 번째 밤을 맞을 무렵, 두 사람의 의식은 완전히 혼탁해져 있었다. 아무것도 생각할 수 없고 아무것도 볼 수 없었다. 단지 고통만이 끊임없이 엄습해왔다.

두 번째, 세 번째 밤이 지나자 살아 있는지 어떤지조차 모를 지경이었다. 그저 매달려 있을 뿐이었다. 아무것도 먹지 않았는데도 공복감이 전혀 들지 않았다. 의식이 멀어져갔다.

'이대로 죽어버릴지도 몰라.'

켄은 그렇게 생각했다. 그러나 죽음의 공포 따윈 느껴지지 않았다. 오히려 생과 사의 중간에서 떠도는 황홀감마저 들었다.

극적인 변화가 찾아온 것은 8일째 되던 날이었다. 가랑비가 내려 켄과 류의 몸을 적셨다. 켄은 몸속의 모공이 열리면서 세포 하나하나가 수분을 흡수해 되살아나는 것 같은 감각을 맛보았다. 그러자 몸이 굉장히 민감해진 것 같았다. 우선, 바람을 느꼈다. 지금까지 느낀 적 없던 미묘한 바람의 흐름을 피부가 인식하는 것이었다. 바람에는 온도가 있었다. 향기가 있고, 습기가 있었다. 또 여러 겹의 층으로 되어 있어 각각의 층이 미묘하게 강약을 갖고 제각각의 방향으로 흘렀……. 또 바람은 명확한 의지를 갖고 있었다. 켄은 마음속으로 말을 걸었다.

"내 주위로 좀더 흘러주겠니?"

그러자 바람이 응했다. 켄의 몸 주위에 작은 소용돌이가 생겼던 것이다. 신선한 발견이었다. 이런 체험을 하고 나자 지구상의 모든 것이 지금까지와는

오딘의 비밀의식

오딘(Odin)은 북구 신화의 주신(主神)이다. 마력을 얻기 위해 9일간 떡갈나무에 거꾸로 매달렸고 가사 상태에서 영적 세계를 볼 수 있었다고 한다. 그는 그런 고행 속에서 룬 문자(Runic alphabet)라는, 마력을 가진 문자를 발견했다. 수목을 비롯한 자연계의 모든 것들에 그 이름이 기록되어 있으며, 이름을 발견함으로써 본래의 마술적 의미를 알 수 있다고 한다. 스웨덴에 있는 7세기의 비문에는 다음과 같이 기록되어 있다.

"이것은 룬의 숨겨진 의미다. 사악한 마법에 방해받는 일 없이 룬의 비밀을 기록한다. 이 비를 파괴하는 자는 마력에 의해 떠돌아다니다가 생을 마치게 될 것이다."

또한 프리메이슨의 전설에 의하면 1세기에 싯게라고 하는 아시아인이 북유럽으로 이주했다. 그는 마술 능력이 뛰어나 스웨덴의 왕이 됐으며 미래를 예언했다고 한다. 그때 그는 스스로를 오딘이라 명명하고 신관 12명의 보좌를 받으며 지하 신전에서 마술 의식을 주최하고 그 세력을 펼쳤다고 전해진다.

다르게 보였다. 대지의 냄새, 초목이 움트는 소리, 아침 이슬의 떨림, 짐승들의 공포 등이 아주 가깝게 느껴졌다. 지금까지 자신이 얼마나 둔감했는지 깨달을 수 있었다. 두터운 외투를 벗고 셔츠와 바지를 벗어 던지고 벌거숭이가 된 채 초원을 구른다……. 그렇게 말하면 이해할 수 있을까. 아무튼 켄과 류는 새로운 감각을 얻었던 것이다. 자연에게 말하면 응답해주었다. 무엇과도 비교할 수 없는 최고의 기쁨을 느꼈다. 더 이상 거꾸로 매달려 있는 것이 고통스럽지 않았다. 오히려 즐겁기까지 했다.

그런데 더욱 경이로운 변화가 9일째 밤에 찾아왔다. 별이 가득한 하늘을 바라보고 있을 때였다. 자신의 몸이 허공을 향해 확장되어 가는 걸 느꼈다. 무한을 향해, 어디까지나 한없이 확산되는 듯했다. 곧이어 육체가 우주와 합치하는 듯한 기분이 들었다. 순간 우주의 의지가 인식됐다. 모든 생물의 창조주인 '우주 의지'는 한없이 부드럽고 풍부하게 켄의 육체에 스며들었다. 어머니 뱃속으로 돌아간 것 같은, 너무나 그리운 기분이 들었다. 자신도 모르게 눈물이 흘러내렸다. 생명이란 것의 신비를 느꼈다. 그리고 몸의 심지를 흐르는 생명의 원천이 태고의 양수에 젖어 숨결을 되찾아갔다. ……그것은 켄의 몸속을 뛰어 돌아다니며 손가락 끝에 이르기까지 침투해갔다. '환희'라고도 할 수 있는 체험이었다. 필시, 켄과 류가 보통 사람이었다면 죽고 말았을 것이다. 그러나 스톤헨지에서 영력을 높인 그들이었기 때문에 최악의 사태를 초래하는 일 없이 시련을 뛰어넘을 수 있었다.

◆ 강우술(降雨術)·제풍술(制風術)

"어떤가, 창조주의 마음을 이해할 수 있겠던가?"

부드럽게 울리는 목소리에 정신이 든 켄은 자신이 땅바닥에 누워 있는 걸 깨달았다. 온몸에는 충만감이 넘쳐흘렀다.

"예, 주술사님. 근사한 체험이었어요. 감사합니다."

동풍을 타고 자신도 모르게 기특한 말이 나왔다. 콜린 주술사는 미소 지으며 중얼거렸다.

"소리가 들렸나 보군, 창조주의 소리가……. 좋아, 넌 새로운 생명을 얻은 거다. 바로 마음이지."

옆에 류가 누워 있었다. 그는 켄보다 더 빨리 깨어난 듯했다. 켄을 보더니 윙크를 해보였다. 그도 이 체험에 완전히 만족한 모습이었다.

"자, 성과를 시험해봐."

앤디가 말했다.

"그래, 한번 시험해보는 것도 좋지. 우선 비를 내리게 해보게. 뭐, 간단하지. 허공에 말하면 된다네."

켄은 반신반의하는 기분이었으나 일단 시험해보기로 했다. 먼저 자신의 마음을 우주와 동화됐던 상태로 되돌리고자 노력했다. 카타르시스가 온몸을 덮쳐왔다. 그 다음 구름을 향해 염(念)을 했다.

"창조주여, 내게 은혜를 내리소서. 생물들의 생명의 근원, 하늘의 이슬을 내려주소서."

자신도 모르게 주문이 입 밖으로 나왔다. 그것은 바이브레이션이 되어 우주로 퍼져갔다……. 그런 것처럼 생각됐다. 그러자 구름이 켄의 의지에 응하기라도 하는 것처럼 움직였다. 일행의 머리 위로 흘러왔다 싶은 순간 후두두 비가 내리기 시작한 것이었다.

"설마! 이렇게 간단히 비를 내릴 수 있다니!"

놀란 켄은 절규하듯 외쳤다. 놀란 건 켄뿐만이 아니었다. 류 또한 입을 헤벌린 채 말을 못했다. 앤디가 켄에게 악수를 청했다.

"대단한데, 이 정도까지 자연을 컨트롤할 수 있다니! 숨어 있던 자네의 능력이 활짝 핀 거야. 멋지지 않나?"

강우술은 훌륭하게 성공했다. 비를 맞으면서 켄은 격심한 피로를 느껴 자신도 모르게 땅에 주저앉고 말았다. 주술사의 손이 켄의 머리에 닿았다.

"걱정 말게. 자연 제어에는 상상 이상의 에너지가 소모되게 마련이네. 알겠나, 함부로 술법을 행사해선 안 되네."

이윽고 주술사는 류에게 명령했다.

"류, 바람을 불러보겠나?"

명령을 받은 류는 눈을 감고 뭔가를 염했다. 곧이어 상쾌한 바람이 불기 시작했다. 피로한 켄의 볼에 바람이 기분 좋게 닿았다. 바람은 점차 강도가 세졌다. 나무 잎사귀들을 떨어트리고 모래 먼지를 일으키며 윙윙 거칠게 불어댔다. 좋았던 기분은 사라지고 숨쉬기가 고통스러워졌다. 돌풍은 더욱 격렬해져서 뭔가를 붙잡지 않으면 날아갈 정도가 됐다. 그때 주술사가 류의 머리에 손을 얹었다.

"이제 됐네. 자네도 훌륭하군."

류는 기절해버렸다. 급격한 에너지 소모에 몸이 견뎌내지 못했던 것이다. 그후 30분쯤 뒤에야 류는 기력을 되찾았다.

자연 제어술 ▶
힘을 가장 과시할 수 있는 마술은 자연 제어술이다. 사람들이 보기에 가뭄 때 비를 내리게 하거나 홍수를 마력으로 멈추거나 바람을 자유자재로 컨트롤할 수 있다는 건 단순한 마술을 뛰어넘은 신기(神技)에 가깝다. 대자연의 경이로움 앞에서 인간들은 도리없이 굶주리거나 두려움에 떨 수밖에 없었다. 그러므로 이런 마술을 사람들이 얼마나 갈망했는지는 쉽게 상상할 수 있다.
오늘날에도 각지에서 자연 제어술이 행해지고 있다. 그러나 복잡한 의식 체제를 갖추거나 수많은 산 제물을 필요로 하는 등 대규모인 경우가 대부분이다. 반면 켄 일행의 마술은 자연마술의 연장선상에 있는 것이므로, 대규모 의식이나 산 제물 등은 필요 없이 그저 자연의 섭리에 마음을 기울여 그 의지를 아주 조금 컨트롤하는 것이다.

◆──마술기호

콜린 주술사는 두 사람에게 교의를 설명했다.

"알겠나, 평소에도 사물의 진짜 모습을 찾아 연구하려고 노력해라. 눈에 보이는 건 진짜 모습을 숨기고 너희를 미혹시킨다. 황야에선 바람 속에 마음을 떠돌게 하는 거다. 바람소리를 들을 것. 바람의 냄새를 구별할 것. 이것이 전부다. 바다에선 파도에 떠돌아라. 평야에선 대지에 몸을 맡겨라. 마음은 늘 우주에 열어놓고 그 마음을 인식하라. 너희에게 주어진 힘의 원천은 '풀의 싹'으로 알라. 더 나아가 창조주가 만드신 것엔 모두 이름이 붙어 있다. 지상에 어지러이 널린 이름은 어디까지나 가짜 이름, 본래의 이름은 창조주만이 알고 계신다. 우리의 비술은 그 본래의 이름에 직접 호소하는 거다. 그러면 상대는 응해준다. 단, 이름은 정확하게 발음해야 한다. 시간의 흐름에 따라 미묘한 강약과 시율이 요구된다. 그것이 나를 주문의 스승이라 칭하는 이유지……. 그럼 다음 비술을 전수해주겠다."

주술사에 의하면 무릇 지상에 존재하는 모든 것들엔 타고난 성질이나 본질, 속성을 말하는 기호가 기록되어 있다고 한다. 돌의 움푹 파인 부분이나 수목에 그어진 선, 혹은 동물의 주름 등 아무 의미도 없을 것 같은 것의 숨겨진 기호를 아는 것이야말로 마술사에게는 중요한 지식이라는 것이다. 본질을 아는 건 마술의 기본이며, 더 나아가 마술사의 지배하에 들어온 거나 다름없는 존재가 된다. 별자리의 형태나 정령의 인(印), 혹은 악마의 각인……. 그런 것을 궁구하는 힘을 기르는 것이야말로 기초적인 마술 연구라고 주술사는 말했다.

켄과 류에게는 사물의 기호를 찾고 분류하는 작업이 간단치가 않았다. 지금까지 켄과 류가 학교에서 배운 것들이 오히려 방해가 됐다. 식물, 광물과 같은 분류는 마술학에선 별 의미가 없었다. 대신 선한 정령에 속하느냐, 혹은 악마의 카테고리냐 하는 따위의 분류가 필요했던 것이다.

마술기호(Magical-Symbol)

마술의 교의는 본래 비밀리에 전해진다. 적의 악용이나 마술의 남용을 피하기 위해 외부인이 이해하기 힘든 문자나 기호로 정보를 전하는 일이 빈번했다.

마술사들이 마술기호를 많이 쓰는 데엔 또 하나의 중대한 이유가 있다. 그것은 마술의 사상 체계가 매우 복잡한데다가 많은 배경을 이끌고 다니기 때문이다. 마술사와 형제 관계에 있는 연금술의 세계에선 기호화나 상징화가 더욱 진전되어 불가해한 문장 속에도 실로 많은 의미가 담겨져 있다. 예를 들면 토성은 납을 의미하고 달은 은, 태양은 금이며, 각자가 점성술의 황도12궁이나 신들과 밀접한 관계를 갖는다고 전해진다.

이른바 백과사전 같은 지식과 교양이 있어야 비로소 이해할 수 있는 것, 그것이 마술이다. 무수한 마술기호 중에서 유명한 것 몇 가지만 골라 소개하겠다.

라바룸(Rabarum)

일반적으로 '그리스도의 모노그램(Monogram : 조합문자)' 이라 불리는데, 본래는 미트라교(로마군 병사가 믿었던 종교)의 상징이었다.

T십자가(T-Cross)

원래는 드루이드(켈트인의 신관)의 상징이었다고 전해진다. 그들은 떡갈나무 가지를 베어 T자 형태로 만들었고 이를 '인간' 과 비슷한 신의 모습으로 생각했다.

켈트 십자가(Kerth-Cross)

인도의 힌두교에서는 남녀 성기를 상징한다. 켈트인도 같은 상징 마크로서 취급했던 듯하다.

케레스(Ceres)

고대 로마의 지모신(地母神)을 나타낸다. 대지를 수호하는 이 여신은 천계 여신 유노(=주노)와 명부의 여왕 프로세르피나(=페르세포네)와 함께 삼상일체(三相一體)를 이뤘다.

유피테르(Jupiter)

고대 로마의 하늘을 다스리는 신이자, 천계 여신 유노의 남편이다. 비의 신이기도 하며 목소리는 천둥소리, 무기는 번개라고 한다.

만자(卍字, Swastika)

 세계 각지에서 사용되는 상징으로서 본래는 산스크리트어로 '체관(諦觀 : 샅샅이 살핌)'을 뜻한다. 유럽에서는 태양, 비, 바람의 신을 상징하며 지고신(至高神)을 나타내는 경우도 있다. 역(逆) 만자는 흑마술을 나타내고, 독일 나치의 마크로도 사용됐다.

혜성(Comet)

 기근과 전염병을 초래하는 흉조. 또한 지배자, 강대한 권력자의 실추를 상징한다. 악마 내습의 선도적 역할도 나타낸다.

처녀궁(Virgo)

 12궁의 여섯 번째로 풍요의 여신의 순결한 모습을 상징하고 수확, 성숙 등의 의미가 있다. 또한 물질적인 것에서 정신적인 것으로의 회귀를 상징한다.

인마궁(Sagittarius)

 사수자리라고도 한다. 활을 당기는 켄타우로스를 형상화한 것으로, 죽음 · 사냥 · 폭풍의 시작을 의미한다. 마술이 행해지는 장소란 뜻도 있으며 타로에서는 은자(隱者)를 의미한다.

보병궁(Aquarius)

 고대에선 동지점이 위치하는 부분으로 홍수, 풍요, 비, 폭풍을 의미하고 토성에 대응한다고 알려졌다. 연금술에서는 '용해(溶解)'를 뜻한다.

태양여신(Sun−Goddess)

 서양과 달리 아시아에서 태양은 여성의 상징이다. 즉, 태양이라는 최고의 신격으로서 여성신을 대했다. 힌두교의 태양신은 아디티아이며, 아랍인들은 태양을 아트타르 여신으로서 숭배했다. 일본에서도 최고의 신인 아마테라스란 여신을 천황의 직계 시조로 여긴다.

마르스(Mars)

 고대 로마의 '붉은' 전쟁의 신. 그가 '붉다'고 알려진 이유는 그 뿌리가 바라문교의 전쟁신 루드라이기 때문이다. 늘 산 제물을 요구했던 루드라는 새빨간 피로 몸이 물들어 있었다고 한다.

포크(Fork)

이 Y자형 마크는 여성 성기를 상징한다. 또 '도둑의 십자가'라는 전혀 다른 의미도 있다. 예수와 함께 처형당한 도둑들이 이 형태의 십자가를 지고 있었다고 한다.

거해궁(Cancer)
달을 상징하는 마크로서, 달의 영향으로 인한 변화를 의미한다. 또한 부활, 다산, 모성이란 뜻도 있으며 타로에선 '황제'를 상징한다.

마갈궁(Capricorn)
산양은 인도 신화에서 혼돈을 삼키는 마수이다. 서양에선 염소가 물고기의 꼬리를 달고 있는 도형이라 해서 바다와 산을 의미하며 토성과 관련 있는 것으로 알려졌다.

쌍자궁(Gemini)
양성구유(兩性具有), 양극성(兩極性), 역설, 이중성, 양의성(兩義性) 등을 의미한다. 수성과 관련 있으며, 타로에선 '여제(女帝)'를 나타낸다.

두 사람은 주술사를 따라 훈련을 쌓는 동안 거의 모든 것들의 기호를 발견할 수 있게 됐다. 기존의 지식은 완전히 뒤집혔다. 대신 의지를 갖고 우주 법칙에 준한 모든 존재에 관한, 본질이라고도 할 수 있는 분류를 알게 됐다.

◆──헤르메스의 지팡이

"자, 그럼 최후의 비술을 전수하겠다."

주술사는 자신의 것과 똑같은 지팡이를 만들라고 명했다. 그 지팡이는 매우 정교하게 조각된 것이었다. 뒤엉킨 두 마리의 뱀이 목을 쳐들고 손잡이 부분을 향해 있고, 그 손잡이 양쪽에는 날개가 붙어 있었다.

"이건 '헤르메스의 지팡이'라고 해서 '자기와 무한의 끝없는 통일'을 의미한다네. 그노시스파의 생존자한테 이 도안을 배워 계속 정진했더니 희귀한 것이 나타났지."

무엇이 출현했는지는 가르쳐주지 않았다. 그러나 이제 콜린 주술사의 명령은 하늘의 소리처럼 절대적이었다. 두 사람은 숲으로 나가 떡갈나무를 찾았다. 거대한 떡갈나무는 여럿 있었지만 두 사람의 마음에 드는 것은 없었다.

'이런 나무가 아냐'라는 목소리가 마음속에서 들려오는 것 같았다. 그때 한 그루의 떡갈나무가 켄의 눈에 들어왔다. 다른 나무와 크게 다르다곤 할 수 없지만, 뭔가 힘이 넘치는 듯한 인상이랄까, 왠지 느낌이 틀렸다. 켄은 류를 재촉해 그 떡갈나무 쪽으로 갔다. 분명히 달랐다. 두터운 줄기 내부에 강력한 에너지를 축적하고 있어서 그것이 잎 끝에서 발산되는 것처럼 느껴졌다. 류가 빙긋 웃으며 고개를 끄덕였다. 이윽고 두 사람은 어른의 넓적다리 굵기쯤 되는 가지를 베어서 돌아왔다.

그노시스파(Gnosticism)

그노시스주의라고도 한다. 기독교가 융성했던 시기에 지중해 지역에서 탄생된 종교사상 운동을 가리키는데, 그 내용은 광범위하면서도 유동적이다. 기독교 내부의 분파나 비교(秘敎) 신앙자, 나아가 조로아스터교나 불교의 영향을 강하게 받은 그룹 등을 대상으로 한다. 4세기부터 8세기에 걸쳐 가톨릭 교회로부터 격렬한 공격을 받고 쇠퇴했으나 그 사상은 시나 우화 등의 형태로 중세 유럽 사회까지 살아남았다. 14세기에 절멸당한 기독교의 '이단' 카타르파(Cathari : '순결'이라는 의미. 이탈리아, 남프랑스에서 세력을 가졌다) 또한 그노시스파의 흐름을 이어받은 조직이었다.

〈뱀 : 지혜 있는 자의 사상〉 그노시스(Gnosis)란 그리스어로 '지식', '인식'을 뜻한다. 그 기본적인 사상은 '본래 인간은 신의 내부에 있는 영적 존재였는데, 어떤 우연으로 인해 지상에 떨어져 인간의 육체 속에 들어가고 말았다'는 것, 게다가 그런 상황을 깨닫지 못하고 있다는 것이다. 따라서 혼이 잠들어 있는 상태라 할 수 있다. 그러나 인간 본래의 모습에 관한 지식을 얻고 인식함으로써 혼이 '각성'하고 육체를 벗어나 신이 있는 곳으로 귀환할 수 있다고 한다.

그노시스파의 우화 중 대표적인 것은 「창세기」의 에덴동산 일화와 관련된 해석이다. 기독교는, 아담과 이브를 유혹해 금단의 사과를 먹게 만든 뱀이 인간의 타락을 재촉한 '유혹자'라고 본다. 그러나 그노시스파의 해석은 전혀 다르다. 즉, 뱀이야말로 인간에게 지혜를 준 '은인'이라는 것이다. 그들은 오히려 창조주야말로 인간을 억압하고 있다고 믿는다.

"이 가지를 골랐는가, 과연……."

주술사는 만족스럽게 말했다. 두 사람은 주술사의 지도 아래 조각을 새기기 시작했다. 사실 켄은 별로 손재주가 있는 편은 아니었다. 그러나 오딘의 '비밀의식'을 체험한 뒤에는 스스로도 이상하게 생각될 정도로 모든 게 변해 있었다. 사물에 대한 견해가 180도 변화한 건 물론이거니와 성격이나 취향까지 바뀐 것 같았다. 조각도 생각 외로 잘됐다. 켄이 고른 나뭇가지는 본래 모습을 되찾는 것처럼 형태를 갖춰갔다. 이윽고 주술사의 지팡이와 거의 똑같다고 할 수 있을 정도로 켄의 지팡이가 완성됐다. 류 것까지 다 완성되자 주술사는 곧바로 그것들을 정성껏 성별(聖別)해주었다. 남아프리카의 어느 산지

〈마술학의 원천〉 그노시스파의 사상은 당연히 가톨릭 교회의 강한 탄압을 받았다. 가톨릭 교회는 '사탄의 첫아이', '탐욕스런 늑대', '독을 파는 상인'과 같은 격한 말들을 쏟아부었다. 또 그노시스파가 '여자든 남자든 상관없이 성직자, 사제, 혹은 예언자로 선택된다'고 공언한 것에도 반발했다. 이런 비난의 배후에는 그노시스파가 지모신적인 존재를 인정했던 것에 대한 반발이 컸다. 가톨릭 교회가 인정하는 창조주보다 더 위의 존재로서 생식, 풍요를 만들어내는 여신을 배치한 세계관 등을 도저히 인정할 수 없었던 것이다.

카발라주의자들은 신약성서에서 악역을 한 시몬 마구스(Simon Magus : 마술사 시몬)가 그노시스파의 창설자라고 단언한다. 기독교 전승에 의하면, 마술사 시몬은 로마에서 성 베드로와 마술 경합을 했다고 한다. 시몬은 화차(火車)를 타고 천계로 달려 올라가 자신의 영적 능력을 나타내려고 시도했다. 실제로 그는 보이지 않는 힘에 의해 공중으로 높이 끌어올려졌다. 이것을 보고 있던 성 베드로는 바람의 영에게 "마법사를 떠받치고 있는 손을 치워라"라고 큰소리로 명령했다. 바람의 영들은 위대한 성인의 말에 따라 즉시 손을 놓았고, 시몬은 추락해서 죽고 말았다고 한다. 물론 그노시스파의 지지자들은 이런 에피소드를 믿지 않는다.

그노시스파의 사상은 가톨릭 교회의 탄압에서 재빨리 벗어나 비밀리에 전승됐으며, 특히 연금술이나 마술사들의 지지를 받았다. 천문학, 오컬티즘, 연금술 등은 그노시스적 '지식' 사상에 의해 진보했다고 할 수 있을 정도다. 카발라주의자가 그노시스파의 사상에서 마술적 논거를 찾거나 연금술 사상의 기초로 삼은 것은 말할 것도 없다.

헤르메스의 지팡이(Caduceus)

마술신이며 문학, 의학 등의 신으로도 알려진 헤르메스가 갖고 있었다는 지팡이. 지팡이의 재료는 떡갈나무로 전해지며, 지팡이를 휘감고 있는 두 마리의 뱀은 그의 지혜를 상징한다. 떡갈나무는 켈트인이 신성시한 수목이다. 카두케우스(Caduceus)의 어원은 그리스어로 '전령관'이란 의미다. 그리스인은 헤르메스를 '영혼 도사(導師)'라고 불렀다. 사후의 재생, 윤회 전생을 믿은 그리스인에게 혼을 인도해주는 헤르메스는 사후세계의 행복을 약속해주는 신이었다. 또한 그는 이집트의 토트 신, 로마의 메르쿠리우스와 동일시되었고 마술사들은 그를 헤르메스 메르쿠리우스라 불렀다. 모두 마술의 수호신으로 알려진 신들이다.

뱀은 많은 민족이 지혜의 상징으로서 숭앙하는 동물로, 수메르인에겐 생명의 상징 그 자체였다. 마찬가지로 그리스도 환자 치료를 전문으로 했던 신전에는 반드시 '헤르메스의 지팡이' 문양이 그려져 있었다. 오늘날에도 의술의 상징으로서 널리 알려져 있으며, 미 육군 군의부대(Medical-corps)의 휘장으로도 쓰이고 있다.

에서 채취되는 암염[10] 가루를 흩뿌리더니 모닥불에 나뭇가지를 꽂고 주문을 외웠다. 켄과 류, 그리고 앤디조차 그 주문의 의미를 몰랐다.

---

10 소금(Salt) 고대부터 소금은 영적 효과가 높은 물질로 여겨졌다. 특히 암염은 성스러운 역할을 한다고 해서 '정화', '불멸', '예지'라는 상징적 의미를 갖고 있다. 성서에는 신과 인간의 유대 관계가 '소금의 계약'이란 말로 표현되어 있다. 또한 '세상의 소금이 돼라'고 그리스도가 설교했을 정도다. 이런 사정은 일본에서도 마찬가지다. 성지를 정결케 하기 위해 소금을 뿌리거나 관혼상제 등에서 소금을 사용하는 습관이 오늘날도 이어져오고 있다(단, 일본에선 바다에서 채취한 소금을 사용한다).

SCENE 9
요정들과의 협정

◆── 거인족 · 난쟁이족

성별을 끝낸 주술사가 지팡이를 머리 위로 번쩍 치켜들고 외쳤다.

"천상에 있는 요정들이여, 내 앞에 오소서. 유구한 역사의 흐름을 거슬러 올라와 내 앞에 그 웅대한 모습을 출현시키소서!"

갑자기 공중이 갈라지는 것 같은 굉음이 났다. 그리고 키가 4미터는 족히 될 것 같은 거인이 출현했다. 한 명, 두 명, 세 명…… 다섯 명이나 됐다. 모두 칼과 방패를 들고 희푸르게 빛나는 강철 같은 갑옷과 윤기 나는 투구를 쓰고 있었다.

"우리를 부른 게 누구냐? 그래, 콜린 주술사가 아닌가. 오랜만이군. 그런데 무슨 용무인가?"

거인은 뱃속까지 진동시키는 듯한 저음의 소유자였다. 난폭하게 나왔다면 감당할 수 없었을 것이다. 머리는 별로 좋아 보이지 않는다고 켄은 순간적으로 판단했다. 주술사가 거인에게 대답했다.

"천상의 거인족 수령이여, 내 소원을 들어다오. 이 젊은이들에게 너희의 힘을 빌려다오."

거인의 수령이 켄 일행을 힐끗 보았다.

"너희는 주술사의 제자인가? 좋다, 무슨 일이 있으면 우리 일족이 너희의 힘이 되어주겠다. 보수는 운모(雲母) 1톤이다."

"알았네. 나한테처럼 이들도 잘 부탁하네."

기묘한 거래가 끝났다. 사태를 이해 못하고 있는 두 사람에게 앤디가 설명해주었다.

"저들은 천상에 사는 요정이야. 녀석들은 정령과 인간의 혼혈아로 알려져 있지. 신화시대부터 살아남았어. 몸이 들여다보이지? 그리스의 한 철학자는 저들의 몸이 '반은 생신, 반은 에테르[11]'로 만들어져 있다'고 했지. 내가 생각하기에, 저들의 육체 분자 구조는 인간과는 전혀 달라. 분자 하나씩이 인간의 두 배거든. 그래서 투명해 보이는 거지. 그리고 운모는 녀석들의 먹이 같아. 솔직하고 고분고분한 성격이니까 자네들에게 도움이 될 거야."

다음으로 주술사는 지팡이로 땅을 가리키며 외쳤다.

"지하에 사는 요정들이여, 내 앞에 오라. 오랜 잠에서 깨어 내 앞에 희귀한 모습을 보여다오."

지팡이가 가리킨 부근의 지면이 폭발할 것처럼 보였다. 이윽고 흙덩이 속에서 모습을 나타낸 것은 키가 1미터도 되지 않는 난쟁이였다. 열 명도 넘는 숫자였다. 그들의 무기는 허리에 찬 소형 도끼였다. 정교한 공예품으로, 그들의 헐렁한 주머니 같은 초라한 복장과는 안 어울렸다.

"아니, 콜린 주술사님 아녜요? 몇 세기만의 재회죠? 그런데 이번엔 무슨 일인가요? 무엇이든 명령만 내리세요."

몸집에 어울리는 가늘고 높은 목소리였다. 거인과는 대조적으로 매우 빈틈

---

11 Ather 그리스 자연학의 개념으로, 천계에 충만해 있다고 알려진 물질. 지상의 물질은 모두 흙, 물, 공기, 불이라는 4대(四大) 구성요소로 되어 있다고 한다.

거인족(Giants)

세계 각지의 신화에는 거인족이 반드시 등
장한다 해도 과언이 아니다. 거인은 완력이
뛰어난 무서운 존재지만, 동시에 지혜와 마
술의 소유자로도 알려져 있다. 성서에 의하
면 낙원에서 추방당하기 전의 인류는 모두
거인이었다고 한다. 또한 인도에는 '지상
최초의 종족은 조상의 모습처럼 거대하고
청정하며 단단한데다 1천 년의 수명을 갖고
있었다'는 전승이 남아 있다. 북구 신화에
는 토르가 옛 마술의 비밀을 알려고 선조인
거인국을 방문했다는 기록이 있다.

그리스에서는 어머니인 대지와 아버지인
하늘의 자손인 거인을 티탄족이라고 부르
는데 이들은 야만적인 마술 의식의 창시자
로 알려져 있다. 아일랜드 신화에도 거인이
출현한다. 아일랜드를 평정한 신들의 네 번
째 종족이 사는 타라 언덕의 밑바닥에는 지
금도 거인족이 살고 있다고 한다. 이들은
'다누 여신의 사람들'이란 뜻의 투아다 데
다난이라고 불리며 돌 궁전을 건설했다고
전해진다.

없을 것처럼 생겼다.

"지하의 난쟁이족 수령이여, 내 소원을 들어주게. 이 젊은이들에게 너희의 힘을 빌려다오."

난쟁이족의 수령이 즉각 대답했다.

"좋고 말고요, 주술사님. 그런데 보수는 언제나처럼 일인당 순금 1킬로그 램이죠?"

"입 다물게. 자네들 보수는 일인당 순금 5백 그램이란 게 태고부터의 규칙 아닌가?"

"에구, 주술사님, 기억력도 좋으셔라. 좋아요, 5백 그램으로 타협하죠. 단, 불순물 없는 순수한 금으로 부탁합죠."

"알았네."

주술사와 난쟁이족과의 협정이 끝났다. 앤디가 다시 설명해줬다.

"이 꼬마들은 땅 속에 사는 난쟁이족이야. 녀석들도 요정이라고 알려져 있지. 하지만 내 생각으론 몸은 인간과 비슷하지만 뿌리가 전혀 다르다고 봐. 녀석들은 두더지가 엄청 진화한 놈들이야. 몹시 교활할 것 같지만 한번 정한 약속은 반드시 지키지. 게다가 보기엔 저래도 꽤 능력이 있거든."

주술사가 켄과 류를 향해 말했다.

"됐네. 이게 떠나는 자네들에게 주는 선물이야. 필요에 따라 충분히 사용하게나."

콜린 주술사와 켄 일행이 한참 얘기하는 동안 난쟁이족과 거인족이 말다툼을 시작했다. 난쟁이족 한 명이 거인족에게 욕을 한 것이 사건의 발단이었다.

"멍청이들, 네놈들 때문에 요정들이 괴물 취급을 받는 거야. 머리를 좀 쓰는 게 어때?"

거인족도 잠자코 있진 않았다.

"뭐라는 거냐, 두더지 족속 주제에. 지하세계에 사는 너희와 우린 말하는 것과 기품이 다른 법. 너희 집으로 돌아가 지렁이나 먹어랏!"

거인족 하나가 난쟁이의 머리를 쿡쿡 찌른 것이 화근이 되어 분위기가 험악해졌다. 콜린 주술사가 켄 일행에게 말했다.

"이건 드문 광경도 아닐세. 자, 양쪽이 싸우는 모습을 찬찬히 봐두게."

먼저 전투태세를 취한 건 난쟁이족이었다. 그들은 전열을 V자형으로 가다듬었다. 놀랍도록 기민하고 통제된 군단이었다. 거인족도 그 덩치에 어울리지 않게 빈틈없이 움직였다. 그들은 수령을 중심에 두고 원형의 진형을 짰다. 그리고 방패로 바깥 둘레를 방어하는 포진을 만들었다. 희미하게 빛나는 방

난쟁이족(Dwarf)

소인족 전설도 세계 각지에 존재한다. 그들 또한 선주(先住) 민족으로 여겨지며 대개는 숲속이나 늪지대, 지하 동굴 등에 산다. 보통 사람들 앞엔 극히 짧은 순간만 모습을 나타내는데, 그 이유는 일찍이 키 큰 침략자에게 정복당한 인종이라서 지금도 보통 사람들에게 증오를 품고 위험시하기 때문이라고 한다. 한편 소인족의 일부는 정복자와 잡혼하여 마녀나 요정 같은 종족을 만들었다는 설도 있다.

영국이나 북구에는 특히 소인 전설이 많은데 대개는 마술적인 능력의 소유자다. 그 중에서도 북구를 기원으로 하는 드워프는 거인 이미르의 부패한 몸에서 태어났으며 검은 피부, 큰 머리, 짧은 다리라는 기괴한 모습을 하고 있다. 그러나 대장장이로서의 능력은 훌륭하여 많은 영웅들에게 칼이나 창 등 마력이 담긴 무기를 만들어줬다. 드워프는 밤에만 활동할 수 있고, 낮에 밖으로 나가면 모습이 돌로 바뀌는 벌을 받았다고 한다. 지하에 사는 그들은 광물 자원에 해박하므로 대장장이라는 특수한 일에 종사하는 게 별로 이상한 일은 아니었다.

신화에는 거인족이나 난쟁이족의 능력을 빌리기 위해 상당한 사례를 준비한 뒤 소환하는 각종 방법이 소개되어 있다.

패가 빈틈없이 둘러쳐진 모양은 초근대적인 거대 병기나 UFO 같은 인상을
주었다. 재빠른 난쟁이족의 공격을 예측할 수 있도록 유달리 키가 큰 수령의
투구가 잠망경처럼 적을 주시하고 있다.

　V자형으로 전열을 이룬 난쟁이족이 팔짱을 꼈다. 그리고 수십 명의 난쟁이
들 몸이 한 개의 활처럼 당겨지더니, 가장 안쪽에 있던 난쟁이족 수령이 화살
처럼 공중으로 발사됐다. 그는 날아오르면서 거인족의 방어진을 향해 손도끼
를 힘껏 내리박았다. 손도끼는 방패에 명중했다. 그 충격 때문에 원형 진형이
무너졌다. 그 틈에 난쟁이들이 차례차례 공중 공격을 했다. 거인족이 후퇴하
면서 자세를 고쳐잡더니 이어 원형 진 전체가 회전하기 시작했다. 방패 틈새
로 칼끝을 내밀고 있는 탓인지, '부웅' 하는 회전음이 고막을 찢는 듯했다. 이
공격에 난쟁이족의 기세가 꺾였다. 흩어지면서 후퇴하는 난쟁이족을 향해 거
인족의 원형 진은 더욱 빨리 회전하며 공격에 나섰다.

　구경하고 있던 앤디가 흥분한 목소리로 외쳤다.

　"굉장해. 저들의 전투를 본 건 두 번째지만 이번 건 완전히 논리적인 전쟁
이야. 켄, 알고 있나? 대개 새는 무리를 지어 날아다녀. 저건 항공 역학적으로
봐도 의미 있는걸. 날개 선단부에 양력(揚力)이 일어나는 걸 제대로 이용하고
있어. 새의 수가 증가할수록 그 효과는 커지지. 새가 V자형 편대를 짜는 경우
단독 비행에 비해 최대 71퍼센트나 비행 거리를 늘릴 수 있어. 난쟁이족이 제
일 처음에 만든 포진도 같은 원리야. 공격력을 몇 배나 높인 거야. 저들은 자
연 관찰의 프로라 할 수 있겠군그래. ……거인족의 원형 진도 이치에 딱 맞
아. 원은 약점을 최소한으로 줄이는 형태지. 저들은 멍청하지 않다고. 전투에
대단히 잘 적응된 집단이야."

　일행은 잠시 양 진영의 전투를 구경하고 있었다.

　"보시다시피 이 요정들의 불화는 숙명적인 것이네. 저들은 마치 게임처럼

전투를 즐기지. 그렇지만 저들의 전투에는 전사자가 생기지 않는 관례가 있어. 인간처럼 바보스럽지 않거든. 어느 한쪽의 명예가 손상되면 전투는 끝나네. 자네들도 저들에게 배울 점이 많을 거야."

주술사의 말에 켄은 고개를 끄덕였다. 확실히 그랬다. 마치 애들 같은 일을 발단으로 일어난 전투를 어리석은 행위라고 단언할 순 없었다. 인간이 하는 짓도 다를 바 없다. 오히려 인간 쪽이 훨씬 잔혹하지 않은가. 역사를 봐도 학살의 기록 등은 얼마든지 찾을 수 있다. 게다가 조직이란 것이 이렇게까지 세련된 움직임을 보여주리라곤 생각 못했다. 눈앞에서 펼쳐지는 스펙터클엔 질서와 통제, 약동과 같은 아름다움이 있었다. 켄은 그렇게 생각하면서 기묘한 전투를 계속 지켜보았다.

◆ 신화의 주인공들

문득 주술사가 이상한 행동을 했다. 천공의 한곳을 매섭게 쏘아보며 낮은 신음소리를 냈던 것이다. 앤디가 재빨리 질문했다.

"왜 그러시죠, 주술사님? 무슨 일이 일어났습니까?"

"몹시 음산한 영기가 느껴지네. 주의를 게을리하지 말도록."

켄과 류도 신경을 곤두세우고 하늘을 노려봤다. 어느 틈엔가 거인족과 난쟁이족의 전투는 멎어 있었다. 저들도 이상한 분위기를 눈치챘을까. 주술사 뒤에서 조용히 기다렸다. 천공에 한 덩어리의 구름이 흘렀다. 실을 끌어당기는 듯한 구름은 거무스름한 소용돌이가 되어 천공 이쪽 저쪽을 떠돌았다.

공중에 있던 가장 큰 소용돌이가 형태를 갖추기 시작했다. 키가 1백 미터는 될 것 같은 거대한 모습이 나타났다. 마치 용이 몸통을 감고 있는 것 같았다. 인간 남자와 닮은 그 모습은 잘 보니 수만 마리의 뱀으로 형성되어 있었다. 머리와 몸뿐만 아니라 손가락까지 모두 뱀으로 이뤄져 있었다. 어느 틈엔가 거

127

인족이 주술사 주변에 방어진을 만들었다. 난쟁이족도 긴장하며 공격 태세를 취했다.

주술사가 중얼거렸다.

"어쩐다, 저건 티폰이 아닌가! 처음 보지만, 과연 사악한 영을 품고 있군."

티폰이라 불리는 생물의 발이 대지에 닿자 물 만난 고기처럼 동작이 활발해졌다. 입을 크게 벌리고 열풍을 뿜어내자 주변에 강렬한 악취가 진동했다.

"녀석은 파충류의 사악한 면만 응결되어 만들어진 악령이다. 발톱 끝이 땅에 닿는 순간 힘을 얻었을 거야. 지전류(地電流)를 에너지원으로 하거든."

앤디가 설명해주었다. 티폰의 주위에 있던 작은 소용돌이도 형태를 갖추기 시작했다. 가늘고 긴 소용돌이는 날개 달린 뱀 같은 형상이 됐다. 몸통 양쪽에 머리가 있고 맹금류처럼 다리엔 한 쌍의 발톱이 있었다. 딱 벌린 입에선 창 같은 혀가 나와 이쪽을 노리고 있었다. 한편 둥그스름한 소용돌이는 악어 같은 형상이 됐다. 얼굴은 으르렁거리는 고양이과 동물에 가깝고 등의 갈기는 곤두섰다. 하늘 가득히 이런 기분 나쁜 생물들이 퍼져 있었다.

"주술사님, 저건 암피스바에나와 오로본이 아닙니까?"

앤디의 질문에 주술사가 고개를 끄덕였다. 앤디가 켄과 류에게 말했다.

"암피스바에나는 양방향 보행 짐승이란 별명으로 불리지. 창 같은 혀가 무기야. 맹독을 갖고 있어서 한 번의 공격으로도 생명체를 죽이지. 아주 사나운 성격의 소유자야. 그리고 또 한 종류는 오로본. 옛날엔 동방 세계에서만 서식한다고 생각됐어. 그런데 16세기에 세계 각지로 퍼졌던 거야. 번식력이 엄청나다는군. 녀석의 무기는 날카로운 발톱이야. 동작이 둔할 것 같지만 의외로 아주 재빠르지. 그러니까 요정들도 섣불리 공격할 수 없는 거야."

티폰의 입에서 다시 열풍이 뿜어져 나왔다. 거인족은 다행히 이번에도 방어했다. 주술사는 헤르메스의 지팡이를 잡고 티폰의 미간을 겨냥한 뒤 입 모

티폰(Typhon)

그리스 신화에 등장하는 티폰은 반은 거인, 반은 뱀의 몸을 가진 마수로 산처럼 거대했다. 일설에 의하면 그는 대지의 여신 가이아에게서 태어났다고 한다. 거인족 티탄이 올림포스 신들에게 멸망당한 것을 안 티폰이 앙갚음하자 많은 신들은 이집트로 도망쳤다. 제우스도 티폰에 의해 동굴에 갇혔으나 헤르메스 등의 협력을 얻어 다시 대항했고, 에트나 산을 내던져 그를 뭉개버리는 데 성공했다.

암피스바에나(Amphisbaena)

그리스어로 '두 방향을 향해 나아가는 자'란 뜻인 암피스바에나는 몸 양쪽에 머리가 달려 있다. 이 마수는 중세에 이르기까지 드래곤 등과 함께 공포와 경이의 상징이었다. 따라서 문장(紋章)으로도 사용됐는데, 그 모습은 박쥐의 날개와 그리핀의 발톱을 가진 뱀으로 그려져 있다.

오로본(Orobon)

악어와 비슷한 비늘로 뒤덮인 몸에 살쾡이 머리를 가진 이상한 어류 오로본은 주로 홍해에 살았다고
전해진다. 부근의 아랍인들은 이 마수를 늘상 먹었다고 하는데, 몸길이가 3미터나 되고 몸무게도 2백
킬로그램은 족히 넘었을 오로본을 붙잡는 일은 쉽지 않았을 것이다.

양을 둥글게 만들어 피리 같은 소리를 냈다.

"피~, 피피, 퓨~."

켄의 귀에는 그렇게 들렸다. 주술사의 공격을 받은 티폰은 처음엔 의아스
러운 표정을 지었다. 그러나 그 거대한 몸체가 떨리면서 뒤얽혔던 뱀들이 뚝
뚝 떨어지기 시작했다. 몇 초 뒤 무시무시한 굉음과 함께 티폰은 분해되고 뱀
들은 뿔뿔이 흩어졌다. 그 주위에선 거인족과 난쟁이족이 암피스바에나와 오
로본을 상대로 격렬히 싸우고 있었다. 하지만 티폰이 쓰러짐으로써 뱀족들은
열세에 몰리고, 점차 그 기세가 확산됐다.

"휴, 대단한 악령들이군. 오랜만에 강적을 만났어."

한숨을 쉬는 주술사 앞으로 동물 한 마리가 튀어나왔다. 순간 류는 장검을

만티코어(Manticore)
몸은 사자, 꼬리는 전갈, 얼굴은 핏빛을 한 인간인 만티코어는 엄청나게 발이 빨랐다고 한다. 그는 적을 만나면 전갈 같은 꼬리에서 독화살을 몇 개씩이나 쏘아 죽였다. 독화살은 믿기 힘들 정도로 먼 거리를 날아간다고 한다.

붙잡고 켄은 아그라의 소검을 꽉 쥐었다.

"괜찮아, 괜찮아. 긴장을 풀게. 이 녀석은 내 전령일세. 만티코어, 무슨 일이 있었나?"

만티코어라는 동물도 기묘하게 생겼다. 사자와 꼭 닮았지만 그 머리는 인간이었던 것이다. 그가 이해할 수 없는 말로 주술사와 대화하는 동안 앤디가 가르쳐주었다.

"만티코어의 생식지는 아일랜드라고 생각했는데 말야. 주술사도 참 폭이 넓군그래. 저 놈이 인간 앞에 출현한 건 13세기였다고 기록에 남아 있어. '인간의 얼굴을 한 이 동물은 피 색깔을 하고 있으며 몸은 사자, 꼬리는 전갈이고 경이로운 속도로 달리기 때문에 어떤 생물도 그 공격을 피하지 못한다. 특히 녀석이 좋아하는 건 인간의 고기다.' 그렇게 읽은 적이 있어. 주술사는 어느 틈에 저런 걸 길들였을까?"

주술사가 만티코어의 전령을 다 들은 후 켄과 류에게 알렸다.

"자네들, 즉시 출발하게. 그리스에서 우리 편이 공격당하고 있네. 어서 가 힘이 돼주게."

주술사의 헤르메스 지팡이가 두 사람을 가리켰다. 순간 두 사람의 모습은 지상에서 사라져버렸다.

4장

그리스 철학자들은 마술 지혜의 소유자들이다. 신탁은 도시국가의
운명을 짊어지고, 점술사들은 정치의 중추로서 활약했다.
초심리학, ESP, 델포이의 신탁, 피티아, 미트라교, 그리모아르, 라르
바이, 보석 부적, 케르베로스, 키마이라, 세이렌, 아스모데우스…….

SCENE 10
와륵 속에서

◆─ESP

켄과 류 앞엔 온통 바위투성이의 울퉁불퉁한 지면과 와륵 더미만이 가득했다. 등줄기가 서늘해지는 듯한 살벌한 풍경이었다. 수목은 모두 불타 쓰러지고, 생명체의 기운은 전혀 느껴지지 않았다. 어둠의 군대가 본격적으로 전투 행위에 나서면 인간은 물론 초목 한 그루까지 철저하게 괴멸시킨다고 들었지만, 이렇게까지 완벽하게 파괴했으리라곤 예상 못했다. 황량한 대지에는 생물의 시체라곤 전혀 눈에 띄지 않았다. 그러나 보통 사람보다 몇 배나 연마된 켄과 류의 마음속엔 소리 없는 무수한 비명이 들려오고 냄새 없는 죽음의 악취가 떠돌고 있었다. 말살된 인간들은 어디로 가버린 걸까? 그렇게 생각하자 켄은 가슴이 아팠다. 류가 켄에게 신호를 보냈다.

"저쪽에서 소리가 들려. 가보자."

귀를 기울여봤지만, 바람소리밖에 들리지 않았다. 그러나 류와 함께 걷기 시작하자 미미한 소리가 들리기 시작했다. 몹시 가느다란 목소리였다. 마치 버려진 새끼고양이의 울음소리 같았다. 두 사람은 소리가 나는 와륵 더미에서 벽돌과 돌 조각을 하나씩 치워나갔다. 잠시 후 소리의 주인공이 모습을 드러냈다. 켄과 류 또래의 소녀였다. 그녀는 의식이 거의 없고 흰 피부가 온통

초심리학

초심리학(Parapsychology)이란 초상(超常) 현상을 과학적으로 해명하는 것이 목적인 학문이다. 구체적으론 지금까지의 심리학으로는 설명할 수 없었던 텔레파시라든가 투시, 예지 등에 과학의 메스를 대고자 하는 것으로, 미국의 심리학자 라인(Joseph Banks Rhine, 1895~1980)을 중심으로 1934년에 연구가 시작됐다. 현재는 러시아, 미국, 유럽, 인도 등지에서 초능력자를 대상으로 한 실험을 되풀이하는 등 꾸준한 성과를 올리고 있다. 일본에도 일본초심리학회, 국제종교초심리학회라는 조직이 있다.

초심리학에서는 초상 현상을 ESP(텔레파시 등)와 PK(사이코키네시스, 텔레포테이션 등)로 크게 두 장르로 나눠 연구하고 있다.

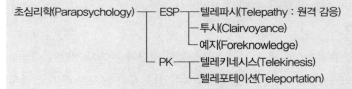

ESP

ESP(Extra-Sensory Perception)란 직역하면 '초감각적 지각'이며, 텔레파시나 투시, 예지 등을 총칭하는 말이다. 그러나 실제로 ESP적 감지가 일어났을 경우 인간의 어떤 능력이 작동했는지는 명확히 구별하기 어렵다. 예를 들면 '누군가가 죽는다'고 감지했을 경우 그것이 꿈에 출현한 건지 텔레파시가 작용한 건지, 아니면 투시로 인한 건지 또는 예지 능력이 작동한 건지에 대한 구별이 불가능하다. 오히려 이런 능력들이 복합적으로 작용했다고 이해하는 편이 맞을 것이다. 초심리학에선 애초부터 이것들을 분류해서 조사했기 때문에 실험실에선 명확한 결과를 얻을 수 없었다. 그러나 종합적으로 조사한 결과, 현재로선 다음과 같은 추측을 할 수 있게 됐다. 즉, ESP 능력은 대부분의 인간이 갖는 능력이지만 개인차가 있고, 선천적으로 이 능력에 눈뜬 자를 영매나 예언자 등이라고 부른다. 또한 훈련하기에 따라 잠자는 이 능력을 개발할 수 있다고 한다.

텔레파시(Telepathy : 원격 감응)

말이나 몸 동작, 손동작 등 감각적 수단을 이용하지 않고 자신의 의지나 감각을 상대에게 전하는 것. 일반적으로 정보를 받아들이는 쪽이 그것을 깨닫는 일이 많다. 대부분의 사람에겐 약간이라도 텔레파시 능력이 있다고 한다. 다만 보내는 쪽이 특수한 상황, 즉 생명의 위험이 닥쳤다든가 강력한 감정 폭발에 의해 작동하는 것을 알 수 있다. 물론 이 능력이 뛰어난 자는 평상시에도 텔레파시를 보낼 수 있다.

투시(Clairvoyance)
통상적인 감각으론 얻을 수 없는 것을 감지하는 능력. 특히 멀리 떨어진 장소에서 생긴 일을 마치 눈앞에서 본 듯이 감지하거나, 봉해져 있어서 볼 수 없는 편지 내용을 읽을 수 있는 능력이다. 일본에서도 '센리간(千里眼)'이란 말로 알려져 있다. 다우징도 이런 능력의 일종으로 여겨진다.

예지(Foreknowledge)
보통 땐 알 수 없는 미래의 일을 감지하는 능력. 누군가가 죽을 운명에 있는 걸 감지하거나 대형 사고를 미리 알 수 있거나 하는 능력을 말한다. 여기엔 '꿈'이 관여하는 경우가 적지 않다.

사이코키네시스
사이코키네시스(PK : Psychokinesis)란 염동 작용(염력)을 가리키는 것으로, 물리적 수단에 의하지 않고 다른 물질이나 생물에 물리적 영향을 미치는 힘이다.
유리겔라로 인해 유명해진 스푼 구부리기가 대표적인데, ESP와 다른 점은 반드시 물체에 영향을 미친다는 것이다. 이 PK에 관한 재미있는 실험 데이터가 있다. 많은 사람들을 대상으로, 주사위를 쥐고서 그 숫자를 맞히는 실험을 하자 확률을 훨씬 뛰어넘는 점수가 나왔다. 그러나 두 번째, 세 번째 실험으로 갈수록 득점은 점점 줄어들었다. 즉, 집중력이나 강한 의지가 PK에 크게 영향을 미치는 것이다. 또 아이들이 이 능력을 갖춘 경우가 많으며 나이가 들어감에 따라 능력이 감소하는 예도 적지 않다. PK는 텔레키네시스와 텔레포테이션, 두 가지로 분류된다.

텔레키네시스(Telekinesis)
물리적 힘에 의하지 않고 주위 물체에 영향을 주는 일. 본인이 의식을 하든 못하든 일어나는 사항이다. 가구나 식기가 제멋대로 날아다니는 폴터가이스트(유령 소동 현상)도 텔레키네시스의 일종이다. 이 경우는 아이나 사춘기 청소년이 장본인일 경우가 많다.

텔레포테이션(Teleportation)
물체를 어딘가에서 출현시키거나 이동시키는 현상을 가리킴. 뛰어난 텔레포테이션 능력자는 자기 자신을 순간적으로 이동시키는 일도 가능하다고 한다.

제너 카드
라인 박사가 ESP 연구를 위해 고안한 카드. 다섯 종류의 기호가 있는 카드를 다섯 장씩, 스물다섯 장이 한 세트이다. 실험자는 피실험자가 볼 수 없는 위치에서 이 카드를 골라 피실험자로 하여금 맞히게 한다. 실험은 조용하고 평온한 환경 속에서 할 때 좋은 결과를 얻을 수 있다고 한다.

진흙투성이였다. 방금 전 켄이 느꼈던 것처럼 새끼고양이 같은 인상의 소녀였다.

소녀가 눈을 떴다. 자신이 처한 상황을 이해한 듯 가볍게 눈을 감았다. 그러자 그녀를 뒤덮고 있던 돌멩이와 벽돌이 두둥실 떠오르더니 소녀의 몸에 반발하는 자석처럼 튀어서 주위로 흩어졌다. 두 사람은 어안이 벙벙했다.

류가 말을 걸려고 하자 즉시 소녀가 제지했다.

'안 돼, 지금 얘길 하면 악마들이 눈치채버릴 거야. 당신들이 생각하는 건 다 알 수 있으니 괜찮아요. 마음속으로 얘기해요.'

갑자기 말이 머릿속에서 들렸다. 소녀는 초심리학자의 대상이 되는 ESP 능력자였다. 그것도 이때까지 만난 사람들 중에서 최고의 능력을 가진 것처럼 보였다. 그녀의 이름은 나나. 피티아라고 불리는 그리스의 영매사 집안의 딸이었다. 어둠의 군대는 어젯밤부터 공격을 시작해 바로 두세 시간 전에 철수했다고 한다. 그들의 공격은 치밀하기 짝이 없어서 그리스 전역의 유능한 마술사나 마술 연구가는 모조리 죽고 말았다고 한다. 그녀는 자신의 기척을 못 느끼게 초능력을 쓴 덕분에 간신히 살아남았다고 한다. 그밖에도 몇 명인가의 마술사가 도망쳤다고 말했다.

'아무튼 제 할머니가 계신 곳으로 가요. 할머니는 그리스 최고의 피티아(여성 영매사)지요. 앞으로 어떻게 하면 좋을지 가르쳐주실 거예요.'

켄과 류는 나나를 따라 파르나소스 산으로 향했다. 느끼는 것, 생각하는 것

피티아(Pythia)
델포이의 신탁소를 거점으로 해서 활약한 무녀를 가리킴. 정치적 방침이나 전쟁 여부 등 폴리스(도시국가)의 동향을 결정할 때 아폴론이 빙의하여 그녀들의 입을 통해 신탁을 내렸다. 따라서 정치에 대해 큰 영향력을 가졌던 것으로 전해진다. 또한 결혼이나 질병 등 개인적인 일에도 신의 의사를 전달했다고 한다. 영매로서의 능력이 있으면 피티아가 될 수 있었다. 단, 여자로 한정되어 있었다.

이 모두 상대방에게 전해진다는 건 불편한 일이었다. 켄에게는 나나의 긴 흑발이나 밝고 푸른 눈동자, 고양이 같은 몸놀림이 아주 매력적으로 느껴졌다. 하지만 그런 생각을 한 순간 그녀의 목소리가 켄 머릿속에서 울렸다.

'안 돼, 그런 생각을 해선. 우리 동료들이 너무나 많이 죽었다고. 이런 상태라면 세계의 뛰어난 사람들이 모두 살해당할 거야. 지금은 적의 공격을 저지하는 것만 생각해!'

자기도 모르게 켄은 얼굴이 빨개졌다. 류는 묵묵히 계속 걷고 있었다. 방금 전 목소리를 듣지 못한 것 같아서 켄은 그나마 좀 안심했다.

◆── 고대 그리스의 신탁

파르나소스 산의 중턱에 있는 델포이[12] 신탁소에 도착했다. 이곳은 분위기가 기묘했다. 몇 개의 원기둥이 있는 걸 보고 영력이 있는 장소임은 알 수 있었지만, 주위의 둥그스름한 돌이 바람소리를 반향하는 것이 왠지 기분 나쁜 느낌이 들었다. 잠시 기다리고 있자 자연적으로 형성된 동굴에서 한 노파가 나타났다.

"나나, 기다렸지? 잠깐 기도를 하고 있었다. 거기 두 사람, 이제 소리를 내도 괜찮네. 이곳에서 하는 소린 외부로 새지 않으니까. 자, 안으로 들어오게."

동굴 내부는 뜻밖에도 넓은 지하실이었다. 대리석으로 된 대좌(臺座)와 삼각(三脚) 의자가 있을 뿐 휑하게 비어 있다. 동굴은 더 깊은 지하실로 이어져 있는데 유황 냄새와 증기 때문에 도저히 앞으로 나갈 수 있을 것 같지 않았다.

---

12 **Delphoi** 그리스 중부의 파르나소스 산 남쪽 기슭에 있는 아폴론의 성지. 원래는 대지의 여신 가이아의 성지로 큰 뱀이 수호하고 있었으나, 아폴론이 이것을 쓰러뜨리고 자신의 신탁소를 열었다고 전해진다.

나나가 할머니에게 켄과 류를 소개하고 지금까지 그들의 행동을 상세히 설명했다. 물론 켄과 류는 나나에게 아무 설명도 하지 않았지만, 그녀는 자신의 능력으로 두 사람의 마음속을 모두 읽어냈던 것이다.

노파가 고개를 끄덕였다.

"'두 명의 젊은 전사가 있다. 동쪽으로부터 와서 대지를 구하는 자다…….' 나는 50년도 전에 이 신탁을 받았다네. 그 때문에 자네들을 처음 대하는 것 같지가 않군. 자, 이 전투의 예언을 원하겠지. 당장 신탁을 받아주겠네."

노파는 구석에서 산양을 끌고 나와 대리석 대좌 위에 놓고 순식간에 목을 벴다. 선혈이 대좌에 흐르고 산양이 가냘픈 비명을 질렀다. 노파는 피가 칠해진 대좌에 월계수 지팡이를 바치고 삼각 의자에 앉더니 양손을 벌린 채 명상에 들어갔다.

"있잖아, 왜 예언을 받아야 하는 거지?"

"바보군. 적이 앞으로 어떤 공격을 할지라든가, 우리의 작전 방법 등을 신께 들어야 하지 않겠어? 게다가 '어둠의 군대'라곤 하지만 그 정체도 정확히 모르잖아……. 원래 그리스인은 예언이나 점을 좋아해. 고대부터 이어져온 예언술은 대충 헤아려도 스무 개 정도나 된다고. 물점, 수정점, 반지점, 도끼점……."

류가 질문했다.

"네 할머닌 어떤 신의 계시를 받지?"

"이런 중대사엔 그리스 최고의 신 중 하나인 아폴론님으로 정해져 있어."

이윽고 노파의 몸이 좌우로 흔들리기 시작했다. 흔들림이 더욱 격렬해지고 이어서 극에 달하는가 싶더니 돌연 의자에서 굴러떨어져 정신을 잃고 말았다. 나나가 달려가 할머니를 안았다.

"괜찮아요, 할머니?"

노파가 눈을 떴다.

"물론 괜찮다, 얘야. 하지만 이렇게 강한 계시는 처음이구나. 아폴론님은 바로 내 눈앞에서 한 말씀 한 말씀 분명하게 알려주셨단다. 적의 수령은 옛날 페르시아의 대마신(大魔神) 아흐리만이란다. 그가 사악한 마술사들과 손을 잡고 시작한 전투야. 모르는 것 같으니 가르쳐주마. 그는 페르시아 최고의 신 아후라 마즈다의 쌍둥이 형제이며, 원시의 창조 여신 '무한의 시(時)'로부터 태어난 '어둠의 왕자'다. 마술 능력은 형인 아후라 마즈다보다 뛰어났다고 하는구나. 그런데 형이 최고의 신이 되자 질투한 나머지 싸움을 걸었어. 우주도 갈라질 듯한 무시무시한 전투였다고 하는구나. 결국 아흐리만이 져서 천계에서 지옥으로 떨어지고 말았지. 어쨌든 힘겨운 상대인 것만은 틀림없구나."

켄이 두려운 듯이 작은 목소리로 물었다.

"그런 무서운 놈을 우리가 이길 수 있을까요?"

"무리지."

류가 큰소리로 말했다.

"그럼 우린 죽는단 말예요?"

노파는 짓궂은 웃음을 지으며 대답했다.

"이 상태라면……. 걱정 말게, 그러니까 아폴론님이 이길 방법을 가르쳐주셨지. 자네들도 마술 수행을 조금은 한 것 같은데, 그렇다 해도 이대로는 아흐리만에게 이길 수 없네. 적을 알려면 적과 같은 싸움판에 서야 하는 거야. 이 땅에는 고대 페르시아의 비밀의식을 전승하는 미트라교란 게 있네. 자네들, 미트라의 신도가 되어 '신관'의 자격을 얻을 필요가 있어.

그리스의 마술과 신탁

그리스인에게 마술이란 일상적인 것이었다. 그들은 마술을 깊이 이해했으며 자연을 이해하는 최선의 방법으로 여겼다. 그들의 마술적 지식은 오리엔트에서 전래된 것이 많았다. 특히 페르시아인에게 이어받은 마술들이 영향력을 가졌다. 그리스의 유명한 철학자인 플라톤, 소크라테스, 피타고라스 등은 대개 마술 연구에 종사했으며, 마술사로서 존경받았다. 특히 피타고라스파 사람들은 마술에 관해 논리적인 시각을 갖고 있었고 이를 실제로 피력했다. 소크라테스는 친한 정령이 있어서 미래를 알 수 있었다고 한다. 이 정령은 다른 사람도 볼 수 있었다고 전해진다. 마술은 한결같이 죽은 자의 예배나 소환에 이용됐으며 나아가 죽은 영웅의 명복을 비는 의식도 이뤄졌다. 먼저 밤중에 무덤 서쪽에 구멍을 파고 신선한 산 제물의 피를 뿌렸다. 그러면 영웅이 부활해서 살아 있는 자들에게 활력을 불어넣어준다고 한다.

또 신탁(Oracle)이란 문자 그대로 '신의 탁선(계시)'이란 뜻인데, 이는 신 내린 무녀에게서 직접 듣거나 우연이라 생각되는 현상을 '신의 계시'로서 받아들이는 것이다. 또 점술도 중요한 신탁의 수단이었다. 고대 그리스에선 정치에서 개인 생활에 이르기까지 중요한 과제는 모두 신탁에 의해 결정되었다. 신뢰성 있는 신탁은 국가가 관리했기 때문에 제멋대로 국가에 관한 신탁을 행한 자에겐 죄를 물었다. 당연히 예언자는 높은 지위를 부여받았다. 그리스의 정치가, 철학자로 유명한 키케로(M. T. Cicero, 기원전 106~43) 또한 아르굴루스(새 점술관)직에 있었다. 새 점이란 공중을 비행하는 새의 동작이나 나는 방법을 분석해 신의 뜻을 파악하는 술법이다.

신탁을 얻기 위한 다양한 종류의 점술 중에서 흥미로운 것을 아래에 소개한다.

닭점	땅에 알파벳을 쓰고 밀을 뿌린 다음 주문을 건 수탉을 풀어놓는다. 수탉이 쪼아먹은 순서대로 문자를 읽고 답을 얻는 점술이다.
머리점	당나귀 머리를 불에 굽는다. 용의자들의 이름을 읽으면 진범의 이름이 나오는 부분에서 당나귀 턱이 움직인다.
도끼점	용의자가 유죄인지 아닌지 결정하기 위한 것으로, 말뚝에 도끼를 세운 다음 쓰러지는 쪽에 있는 사람이 유죄다.
철점	뜨겁게 달군 철판 위에 보릿짚(밀짚)을 몇 단 놓고 그 불타는 방법이나 형태로 답을 얻는다.
납점	납을 열로 녹이고, 그 녹는 법과 형태로 신탁을 얻는다(밀랍을 사용하는 방법도 있다).
반지점	영력 있는 반지에 주문을 걸어 기도하고 신탁을 얻는 방법.
물점	호수의 수면이나 용기의 물 등을 사용해 비전을 얻는 방법.
사자(死者)점	강령술로 죽은 자를 소환하여 문제의 답을 이끌어낸다.
수정점	수정에 비치는 비전을 얻는 방법.
풀점	사루비아 잎에 이름이나 답을 몇 갠가 쓰고 바람을 기다린다. 남겨진 잎에 새겨진 것이 답이다.

아흐리만(Ahriman)
조로아스터교(배화교)의 가르침에 의하면 아흐리만은 '악과 암흑의 사신(邪神)'이다. '빛의 신' 아후라 마즈다와 쌍둥이면서 동시에 강력한 적대 관계에 있어서, 그 둘은 끊임없이 싸운다고 알려졌다.

아후라 마즈다(Afura Mazda)
조로아스터교는 기원전 2000년경부터 7세기 전반까지 이란의 국교적 지위를 차지했었다. 창시자로 알려진 조로아스터(Zoroaster)의 교의에 의하면 아후라 마즈다는 최고의 신이며 창조의 신이었다. 다른 이름으로 마즈다교라고 불릴 정도다. 그러나 사산왕조(226~651) 시대가 되자 이원론적 교의로 변모해, 동생 아흐리만과 늘 대적하는 '선과 빛의 신'으로 여겨지게 됐다.

그리고 다행히도 여기 그리스엔 그리모아르가 많이 남아 있네. 그리모아르란 점술 시대의 마술서들을 뜻하는데, 그걸 잘 읽고 연구해야 할걸세."

나나가 끼어들며 말했다.

"할머니, 그런데 두 사람의 미래는 어떻게 되죠? 이길까요, 아님 지고 말까요?"

"젊은애들은 성급해서 안 된다니까. 알겠나, 앞으로의 시련은 이만저만 어려운 게 아닐세. 아주 힘들고, 생명을 잃을 가능성도 많네. 그러나 자네들에겐 그밖에 다른 길이 없잖나, 똑바로 나아갈 수밖에. ⋯⋯그러니까 결과는 굳이 말하지 않겠네. 젊은이에게 미래를 알리는 건 좋은 결과를 불러오지 않거든. 아무튼 둘 다 정진하게."

SCENE 11
미트라의 시련

◆── 신관이 되기 위한 의식

켄과 류, 그리고 나나는 미트라 신전으로 향했다. 가는 동안, 나나가 미트라 신앙에 관해 설명해주었다.

"미트라 신앙은 고대 로마에선 기독교보다 훨씬 번성했던 종교야. 미트라는 페르시아 태생의 구세주로, 몇몇 로마 황제들은 이 신을 '황제의 보호자'로서 인정했지. 그러니까 기독교도는 미트라 신앙을 교의로 받아들인 거야. 그리스도가 태어난 12월 25일도 '정복당하지 않는 태양의 탄생일'로 미트라를 축복한 날이었어. 그리스도의 탄생 비화나 열두 사도, 최후의 만찬도 사실은 미트라의 에피소드라고. 한 가지 다른 점은 기독교도가 마술사를 철저히 탄압한 데 비해 미트라 신자들은 잘 보호해줬다는 거야."

사막 지대에 들어서자 거대한 사자 상이 있었다. 나나가 두 사람에게 말했다.

"자, 여기가 미트라의 신관이 되기 위한 입구야. 힘내. 나는 여기서 기다리고 있을 테니까."

"어, 같이 안 들어가니?"

"안 돼. 여기서부턴 금녀의 구역, 여잔 들어가면 안 된다는 규칙이 있다고. 하지만 걱정하지 마. 여기서도 너희들 마음은 보이니까, 조언해줄 수 있을 거야."

146

사자 상은 미트라 신전의 입구였다. 두 사람은 검은 옷을 입은 파수꾼에게 몇 가지 검사를 받은 뒤 입실을 허가받았다. 긴 터널 같은 복도를 지나자 큰방이 있고 백의의 남자가 맞아주었다.

"미트라 신전에 잘 오셨소. 우리 주인 미트라님은 지금으로부터 3천5백 년 전에 이 땅에 강림하셔서 사람들에게 지혜와 은혜를 내려주셨소. 지상의 소위 생명 있는 것은 모두 미트라님의 은혜를 입을 수 있소. 나는 최고 신관으로서 당신들에게 '태양의 사자' 위계를 줄 생각이오. 단, 이제부터 행할 시련을 모두 이겨낸 자에게만 영광의 위계가 주어질 거요. 알겠소? 그럼 지금부터 입회 의식을 거행하겠소."

켄과 류는 목욕을 한 뒤 흰옷으로 갈아입도록 명받았다. 마술무기 등의 물품은 일절 지니지 못하게 되어 있었다. 마침내 문이 열리고, 두 사람은 깜깜한 방으로 들어갔다.

미트라교와 그 의식

미트라교(Mithraism)는 기원전 15세기경부터 고대 아리아인이 믿었던 미트라 신에서 유래한다. 초기엔 계약과 우애의 신으로 알려졌으나 점차 태양신, 전투신으로서의 성격이 강화되어 로마 군단의 신앙을 얻고 로마제국 전역에 퍼진 종교다. 로마제국에서는 1세기 후반부터 4세기에 걸쳐 유행했고 브리타니아, 북아프리카, 스페인, 라인 강 유역에까지 퍼졌다. 그 사이 대도시에선 신전이 만들어졌는데 대개는 지하에 위치했다. 그 내부는 제사가 행해질 때 외엔 조명도 없이 어둡게 해뒀다고 한다. 이것은 자연 동굴 등을 신전으로 삼았던 전통 때문이었을 것이다.

미트라교는 영웅신 미트라를 믿는 밀의 종교로, 현세의 영웅으로부터 구제받는 것이 목적이었다. 미트라교의 신자는 일곱 계급으로 나뉘었다. 상위부터 아버지 · 태양의 사자(使者) · 페르시아인 · 사자(獅子) · 병사 · 신부 · 큰까마귀였다. 상위 계급자는 신관을 겸했으며 신도 입회식이나 위계 승급식, 전승 기원 등의 의식을 주도했다.

그러나 기독교의 보급과 함께 그 신화나 전설은 그리스도의 이야기로 탈바꿈했고, 미트라교는 쇠퇴해갔다.

빛이 한 줄기도 비치지 않는 방이란 묘하게 사람의 마음을 흥분시키는 구석이 있었다. 켄과 류는 별별 시련을 다 상상해봤지만, 설마 아무것도 없는 방에 들어가 있는 게 다일 거란 생각은 전혀 못했다. 입을 여는 게 허용되지 않았으므로 류의 심정을 알 순 없었지만 아마 그도 맥이 빠졌을 거란 생각이 들었다. 소리 하나 없는 방에 두 사람의 숨소리만이 들렸다. ……시간이 흐르면서 점차 불안감이 엄습해왔다.

'이대로 있어도 괜찮을까? 지상에선 많은 현자들이 살해당하고 있다는데 우리가 이런 곳에 가만히 있어도 되는 걸까?'

켄은 심한 초조감에 사로잡혔다. 그때였다. 방 안에 두 사람말고 다른 생물이 있는 듯한 기척을 느꼈다. 정신을 집중시켰다. 하나가 아니다. 여러 명이다. 아니, 그 정도가 아니라 아주 많다. ……굉장히 많다, 방 안에 가득하다.

뭘까? 두려워…….

그때 켄의 머릿속에서 부드러운 목소리가 울렸다. 나나였다.

'거기에 있는 건 라르바이야. 놈들이 너희 신경을 흥분시켜 초조하고 절망적인 기분으로 만들고 있어.'

라르바이(Larvae)

라르바이란 생물학 용어로는 '유충'이란 뜻인데, 마술학에선 '미숙한 원령'으로 되어 있다. 라르바이가 발생하는 조건은 다음과 같다.
① 죄인이 처형되어 부정한 피나 정액이 대지에 흐를 때.
② 처녀나 유부녀의 부정한 피가 대지에 닿았을 때.
③ 수면 중이나 자위에 의해 정액이 흘러 떨어졌을 때.
이 불완전한 정령은 불평불만이나 만족스럽지 않은 생각, 악한 욕망 등으로 배양된다. 그리고 환자나 불우한 사람들에게 잘 달라붙는다. 당연히 이 원령에 홀린 자는 음습하고 무기력해지며 타락하는 경향을 자신도 모르는 새 스스로 증가시킨다. 중세에는 수행승이나 수도녀들이 주로 괴롭힘을 당했다고 전해진다. 또 파라켈수스 박사도 라르바이에게 위협당한 사람 중 하나로, 그는 잠잘 때면 반드시 라르바이 퇴치용 장검을 지녔다고 한다.

켄은 나나에게 질문했다.

'라르바이라니, 그게 뭐지?'

'정령의 일종이야. 천계에도 지상에도 머물지 못하고 이도 저도 아닌 상태로 헤매다니지. 말하자면 완전한 정령이 되지 못한 태아 같은 존재야. 처형된 죄인이나 자살한 사람의 집념 따위가 응고되어 탄생해. 소위 정령이 되지 못한 집념이 낳은 영이지. 조심해. 녀석들은 인간의 정신에 침투해서 꿈을 좌절시키고, 음습하고 무기력하게 만드니까.'

라르바이들이 꿈실꿈실 켄의 몸에 닿았다. 미끈미끈한 감각, 피비린내 나는 악취, 소리 안 나는 신음 등이 덮쳐왔다. 켄은 필사적으로 참았다. 그러나 라르바이들은 몸을 타고 기어올라 팔, 얼굴 할 것 없이 전신에 달라붙었다. 쩌억 쩍……. 지독하게 기분이 나빴다. 나나의 목소리가 다시 들렸다.

'안 돼, 애써 참으려 해도 효과가 없을 거야. 그러지 말고 네 기분을 바꾸도록 노력해. 희망이라든가 꿈이라든가, 밝은 미래의 일 같은 걸 생각해봐.'

이런 상황에서 밝은 기분이 된다는 것은 어려운 일이다. 그러나 가능한 한 편안해질 수 있도록 마음을 다잡았다. 그러자 끈적끈적 달라붙은 것 같던 라르바이의 감촉이 점차 사라졌다. 이윽고 방에 가득 차 있던 라르바이들의 기색이 없어졌다. 그러자 흑의를 입은 남자들이 횃불을 들고 나타나 켄 일행을 다음 방으로 안내했다.

이번 방은 밝은 빛도 있고 비교적 있기에 괜찮은 곳이었다. 두 사람은 바닥에 깔린 융단에 앉았다. 긴장이 풀린 탓에 졸음이 왔다. 눈을 감자 돌연 환영이 비쳤다. 켄의 어머니였다. 어머니는 기묘한 모습의 귀(鬼)들에게 고문당하고 있었다. 비명소리가 들려왔다. 켄은 자기도 모르게 귀를 막았다. 그러나 불쌍한 어머니의 모습에서 눈을 돌릴 수가 없었다. 어머니가 켄에게 외쳤다.

"너 때문에 이렇게 됐어. 부탁한다, 켄! 이제 이런 짓은 그만두겠다고 말하면 된단다. 도와줘, 엄마를 도와줘! 켄, 내 이름을 불러주기만 하면 난 해방된단다. 어서!"

함정이란 걸 느꼈다. 그러나 눈앞에서 괴로워하는 어머니를 보는 건 고통이었다. 어머니는 계속해서 애원했다. 견딜 수 없었다. ……참을 수가 없다. 어머니 이름을 부르자. 켄이 그렇게 생각한 순간 곧바로 나나의 목소리가 들려왔다.

'안 돼! 감정에 현혹되지 말고 한번 잘 봐. 저건 네 어머니가 아니라고. 침착하게 마음의 눈으로 바라봐.'

켄은 스톤헨지에서 왓슨 도사에게 받았던 교훈을 생각해냈다.

'그래, 투명한 마음으로 상대를 바라보면 그 본질이 보이는 법이야.'

마음을 열 것. 그것이 켄에게 부과된 테마였다. 이윽고 스톤헨지에서 체험했던 것과 마찬가지로 푸르스름한 빛이 자신의 몸을 감싸는 걸 느꼈다. 그러고 나서 어머니의 환영을 보자 거기엔 이제 어머니가 아니라 징그럽고 괴기스런 생물이 부르짖고 있을 뿐이었다. 옆의 류를 보니 역시 만족스런 미소를 짓고 있었다.

그 뒤의 시련들은 두 사람에게 그다지 혹독하게 느껴지지 않았다. 바닥의 깊이를 알 수 없는 늪을 건너거나 독약을 시음하는 일, 미친 듯이 춤추는 나체 여인의 유혹 등을 견뎌냈다. 모든 시련이 끝나자 최고위 신관이 두 사람을 축복해주었다.

"축하한다. 이제 자네들은 훌륭한 미트라 신관의 자격을 얻었다. 태양의 사자로서 미트라님의 이름을 부끄럽게 하지 말도록. 자, 전쟁터로 달려가게."

신전에서 나오자, 나나가 기다리고 있었다.

"다행이야. 사실은 몹시 걱정했어. 왜냐하면 '태양의 사자' 자격은 1백 년에 1명 정도밖에 받지 못하거든. 도중에 발광한 사람들도 많다고 하더라고."

밝은 얼굴로 류가 대답했다.

"설마. 그럼 왜 처음부터 말해주지 않았지?"

"말했으면 너희가 안에 들어갔겠어?"

"물론이……. 아니, 도망쳤을지도 몰라."

그들은 소리를 내어 웃었다. 전사들의 짧은 휴식이었다.

◆— 그리모아르 : 마술서

"자, 출발합시다."

나나가 기세 좋게 말했다.

"아테네로 갈 거야. 머니까 걸어갈 순 없겠지. 너희 마술로 같이 데려가줄래?"

켄이 물었다.

"아테네엔 왜 가는데?"

"할머니 명령이야. 그리모아르 공부를 하라고 하시던데?"

켄과 류는 공중비행술을 실행시켰다. 잘될지 불안하긴 했지만, 마술 수행의 성과가 나타나는지 순조롭게 비행할 수 있었다. 두 사람은 나나를 가운데에 끼우고 비행을 계속했다. 나나를 껴안고 있어서 켄은 좀 멋쩍었다.

잠시 후 나나의 지시에 따라 아테네 시내에 있는 노천 시장에 착륙했다. 나나는 한 골동품 가게로 들어갔다. 가게 주인은 나나와 아는 사이인 듯 붙임성 있게 대해주면서 그들을 안쪽 방으로 안내했다.

"자, 천천히 하세요."

주인이 사라지자 나나는 골동품 진열장을 옆으로 밀치더니 거기에 있는 작은 문으로 들어갔다. 숨겨진 방이 있었다. 주위엔 불그스름하게 바랜 가죽 표지의 두꺼운 책이 많이 진열되어 있었다. 나나가 설명했다.

"그리모아르, 즉 마술서는 대부분 15세기 이후에 만들어졌어. 하지만 그 내용은 고대로부터 마술사 사이에서 전해져온 거야. 여러 가지 마술이 꼼꼼히 잘 기록돼 있어. 이것 봐, 가장 유명한 게 이 『솔로몬의 열쇠』와 『라지엘의

그리모아르(Grimoire)

주로 15~18세기에 마술에 관한 책들이 출판됐다. 이것들을 총칭해서 그리모아르(그리모아)라고 한다. 책의 대부분은 고대부터 전해지는 문헌의 사본이라고 하는데, 그 중엔 유치한 것들도 섞여 있었다. 구체적 내용은 악마의 분류와 명칭, 악마나 천사의 소환 방법 등이며, 주문·퇴마·부적도 풍부하게 소개되어 있었다. 또한 민간 신앙이나 미신 등도 포함되어 있었다. 중세는 성직자들을 중심으로 '악마학'이 극도로 융성했던 시대이기도 하다. 그리모아르는 그런 배경 속에서 탄생했다고도 할 수 있을 것이다.

베스트셀러 그리모아르

당시 가장 인기가 높았던 그리모아르는 『솔로몬의 작은 열쇠』라는 제목의 사본으로, 15세기 초두에 라틴어로 작성되었다. 저자는 고대 이스라엘 왕이며 다윗의 아들인 솔로몬(Solomon, 재위 기원전 975~932년경)으로 되어 있지만 확증은 없다. 여기엔 악마 72명의 이름과 기호가 기재되어 있으며 구체적인 소환 방법이 적혀 있다. 당시의 마술계에선 이름을 안다는 게 그 본인을 지배하는 것만큼이나 필수적인 요소였다. 자매본격인 『솔로몬의 큰 열쇠』에는 소환을 보다 구체적으로 실행하기 위해 정확한 시간을 결정하는 '행성의 성질'이나 펜타그램(오망성 형태)을 그리는 법, 소환 의식을 위한 아이템 등이 실려 있다. 솔로몬 왕은 고대의 대표적인 마술사로서 알려져 있던 터라 이것 외에도 그가 저술했다는 책들이 많이 출현했다.

흑마술 전문서

『그리모리움 웰룸』은 '진정한 그리모아르'라고도 불리며, 1517년 이집트에서 출판됐다고 한다. 악마의 인장(印章)이나 문자, 악마 퇴치 의식 등을 비롯해 흑마술의 구체적인 방법을 많이 소개하고 있다.
다만 그리모아르에는 위서나 다른 책에서 긁어모은 것 같은 내용이 많은데다 그 편저자명이나 출판일도 의심쩍은 부분이 많다.

서」,『에녹서』,『알페르츠』야. 게다가『피라미드의 성인』이나『도사』, 우리 그리스인과 관련이 깊은『알바텔』도 있지. 이 정도로 마술서가 갖춰져 있는 건 세계에서도 바로 이곳뿐이야. 히브리어나 이집트어, 그리스어 등 여러 나라 말로 되어 있으니까 흥미 있는 부분을 말하면 내가 번역해줄게."

실로 다채로운 내용이었다. 많은 마술사나 연구자의 노력의 결정체가 그곳에 다 있었다. 서책은 '백마술'이라 불리는 천사나 정령의 소환 방법과, 악마나 귀신을 불러내는 도형이나 주문 등인 '흑마술'에 관한 것으로 나뉘어 있었다. 세 사람은 꼬박 일주일 동안 먹고 자는 것도 잊은 채 그리모아르에 몰두했다.

SCENE 12

마수들

◆── 켄타우로스 · 세이렌

그들이 델포이 신전으로 돌아오자 나나의 할머니가 왠지 불안한 듯한 표정으로 맞이했다. 켄과 류가 '태양의 사자' 위계를 얻었다고 하자 할머니는 기쁜 표정이 됐다.

"그래? 잘됐구나. 누구나 신관이 될 수 있는 게 아닌데. 자네들은 대단히 높은 지위를 얻은 게야. 보통 젊은이는 할 수 없는 일이지."

나나가 할머니에게 물었다.

"그런데 할머니, 무슨 일 있었어요? 어쩐지 느낌이 이상한걸요."

"아니다, 어젯밤에 말 울음소리가 들려서. 혹시 켄타우로스가 널 채가려고 온 게 아닌가 싶어 걱정이구나."

켄이 끼어들었다.

"켄타우로스라면 그리스 신화에 나오는 반인반마 아녜요? 실제로 있단 말인가요?"

"물론이지. 때때로 마을에 나타나 젊은 여자를 유괴한다네. 몹시 난폭한 일족이야. 녀석들은 곤봉과 화살의 명수지. 옛날, 이 일족 중에 케이론이란 뛰어난 통솔자가 있었어. 천문학 지식이 있는 그는 약초 연구가로도 평판이 높

마수

자연계는 신들에 의한 조형의 묘(妙)로 가득 차 있다. 고대인들이 먼 나라에서 온 미지의 동물을 보고 경탄했으리란 건 충분히 예측할 수 있다. 한 번도 본 적 없는 기묘한 동물은 그 불가사의한 생태와 함께 사람들의 마음에 깊이 새겨지고 상상력을 자극해 이미지는 점점 커져만 간다. 고대인에게 있어서 '마수(魔獸)'란 그런 존재였을 것이다. 물론 그것에 대한 모델은 있었다.

16세기, 스페인 군대는 신대륙 아메리카에 도착했다. 기병을 본 인디오는 말이라는 생물을 몰랐기 때문에 사람과 말의 몸을 가진 기묘한 동물이라며 공포에 떨었다고 한다. 켄타우로스라는 마수를 상상했던 고대 그리스인 또한 기원전에 이와 같은 경험을 했다. 승마에 뛰어났던 테살리아인들을 본 그리스인들은 그들이 인간이라고 생각하지 못했던 것이다.

중세는 수많은 마수들이 고대로부터 부활하거나 만들어진 시대이기도 하며, 그 수는 대략 5백쯤 된다. 금욕적인 기독교 윤리관이 사람들의 마음을 억압하던 상황에서, 고대의 마수들은 단순히 기이한 동물이 아니라 윤리관이나 선악의 상징인 생물로 다시 태어나게 되었다. 마수란 존재를 생각하는 것만으로도 사람들은 두려운 나머지 몸을 떨었다. 그리고 자연히 그런 기분 나쁜 존재에 맞설 수 있는 용기가 필요하게 되었다.

이 책에 등장하는 마수를 봐도, 진화론 등에서 불거져 나온 생물들이 북적거리는 걸 알 수 있다. 생물학 등은 전혀 아랑곳하지 않는다. 그렇기 때문에 더더욱 '마수'일 것이다. 인간의 마음속 공포나 두려움이 마수들의 절호의 배양액인 것이다.

켄타우로스(Kentauros)

그리스어로 '수소를 찌르는 것'이란 의미다. 상반신은 인간이고 하반신이 말인 그들 일족은 곤봉과 활을 무기로 삼았다. 그들은 산을 달려 내려와 여자들을 덮치는 등 난폭한 행동을 일삼다가 헤라클레스에게 쫓겨났다.

세이렌(Siren)

그리스 신화에 의하면 그녀들은 원래 산악지대에 살면서 아름다운 노랫소리로 여행자를 유혹해 잡아먹었다고 한다. 그러다가 그리스·로마시대가 되자 섬이나 물가 벼랑에 사는 인어로 여겨지게 됐다. 오디세우스는 그녀들의 섬을 지나칠 때 선원들의 귀를 납으로 막고 자기 스스로 돛대에 몸을 묶었다.

았네. 게다가 불사신이었어. 그런데 엉뚱한 계기로 헤라클레스와 싸우다가 무릎에 화살을 맞고 말았네. 너무 아파서 견딜 수 없었지만 케이론은 불사신이라 죽을 수조차 없었지. 결국, 죽을 운명을 짊어지게 된 프로메테우스가 죽음의 권리를 케이론에게 넘겨주었네. 그렇게 해서 케이론은 평온히 죽었지만, 켄타우로스 일족은 다시 난폭해지고 말았지.”

켄과 류는 나나를 위협하는 켄타우로스 일족과 싸우기로 결심했다. 그날 밤 그들은 여자로 변장하고 켄타우로스를 기다렸다. 나나는 할머니가 소중히 간직해온 보석을 받아 몸에 지녔다. 악령이나 재난을 피하는 부적으로서 위력을 발휘하는 보석이었다.

한밤중에 말 울음소리가 들렸다. 두 사람은 베일을 쓰고 밖으로 나가 잔달음질로 도망쳤다. 넓은 장소로 나오자 두 사람은 멈춰섰다. 그들 뒤를 쫓아온 수염 많은 켄타우로스가 고함쳤다.

“그래, 도망칠 순 없다. 각오해라!”

류가 베일을 벗어던지고 자랑스럽게 여기는 검을 붙잡았다.

“역시 그런가. 우리 일족은 그렇게 간단히 속지 않는다. 너희는 켄과 류겠지. 잘 알고 있다. 우린 나나를 유괴하는 척하면서 사실 너희를 유인했던 거다. 자, 이 두 놈을 갖고 놀아보자!”

그늘에서 수십 마리의 켄타우로스들이 모습을 나타냈다. 모두 곤봉과 활, 화살을 들고 있었다. 격렬한 전투가 시작됐다. 일대일로 하면 켄과 류가 이기는 승부였지만, 어쨌든 적들은 숫자로 밀어붙여왔다. 점차 두 사람은 바다가 내려다보이는 벼랑 끝으로 밀리고 있었다. 그때 바다 쪽에서 노랫소리가 들려왔다. 돌아다보자 바다에 한 미녀가 떠 있었다. 그녀의 노랫소리는 너무나 부드럽고 상냥해서 듣는 사람은 누구든지 홀려버릴 것 같았다. 켄의 귀에 나나의 목소리가 들렸다.

'조심해, 바다의 마녀 세이렌이야. 그녀의 노래를 들어선 안 돼!'

정신을 되찾자 켄타우로스들은 이미 사라져버리고 없었다. 류가 켄에게 말했다.

"켄타우로스들의 역할은 우릴 이곳으로 유인하는 거였어. 켄, 조심하라고."

그렇게 말하면서도 류의 눈은 얼빠진 듯이 되어갔다.

"안 돼, 세이렌의 노랠 들으면 바다 밑으로 끌려들어 가고 만다고!"

"알고 있어."

◆─ 불가시 술법

말과는 달리 류는 몽유병 환자처럼 비틀비틀 걸으며 절벽으로 향했다. 당황한 켄은 그를 말리면서 외쳤다.

"류, '불가시(不可視) 술법'을 사용할 거야. 도와줘!"

켄은 단검으로 땅에 원을 그렸다. 간단한 마법진이긴 하지만 사태가 급박했다.

"분명히 그리모아르에 나와 있었어. 아무 준비 없이 바로 시작하긴 해도 어쩌면 잘될지 몰라."

켄은 류를 질질 끌고 가 마법진 중앙에 선 다음 동쪽 상공을 향해 오른손 집게손가락으로 십자가를 그었다.

"크신 정령의 힘으로 내게 불가시를 주소서. 그러면 나는 영원히 정령을 찬미할 것을 맹세하오. 힘을, 불가시의 힘을 주소서……. 아타르, 바테르, 노오테, 이호람, 아세이, 크레이운기드, 가베린, 세메네이, 멘케노, 바르……."

호흡을 정리하고 사념을 마음에서 몰아내고자 노력했다. 점차 두 사람의 몸이 투명해지기 시작했다.

"됐어, 잘될 거 같아!"

그렇게 생각한 순간 류의 몸이 기우뚱하더니 마법진에서 벗어나고 말았다. 한창 마술을 진행하는 중에 마법진에서 튀어나가는 건 자살 행위와 같았다. 켄은 어떻게 손을 써보지도 못한 채 주문을 속행했다. 켄의 몸은 더욱 투명해져서 마침내 불가시, 즉 투명인간이 되는 데 성공했다. 잠시 후 제정신이 든 켄은 류를 찾았지만 그 어디에도 없었다. 세이렌에게 홀려서 해저로 끌려들어 갔을까? 켄의 마음에 깊은 슬픔이 솟았다. 일본을 떠난 후로 둘도 없는 파트너로서 함께 행동해온 동료가 없어져버린 것이다. ……켄은 생각했다. 내 마술 실력으론 세이렌의 마력을 당해낼 수가 없었다. 그래서 궁여지책으로 불가시의 술법을 생각해냈던 것이다. 모습을 감추면 마력으로부터 도망칠 수 있을 거라고. 하지만 결과적으로 류를 잃고 말았다. '공격이야말로 최상의 방어다'란 말을 되씹어보았다. 필시 마술의 세계에서도 통용되는 말일 것이다. 나약해져서 도망치는 것만 생각했던 게 실패의 원인이었다.

"이제부터 어쩌면 좋단 말인가?"

절망한 켄의 귀에 나나의 목소리가 들려왔다.

'괜찮아, 그도 훌륭한 마술사니까 쉽게 죽진 않을 거야. 너무 슬퍼하지 마, 언젠가 꼭 만날 테니까…….'

불가시 술법(Invisibility Magic)
남이 자신을 보지 못하도록 만드는 '불가시 술법'은 공중비행과 함께 가장 마술적 효과가 큰 술법이다. 불가시에 대한 소망은 그 어느 시대, 그 어느 지역이든 늘상 존재했다. 불가시를 목적으로 한 몇 가지 마술들은 매우 고도의 마술로 알려져 있다.
일례로 '불가시 주문'의 일부를 소개하겠다.
"크신 정령의 힘으로 내게 불가시를 주소서. 그러면 영원히 정령을 찬미할 것을 맹세합니다. 자비에 의해 죽은 자는 물러갈 것입니다. 불가시의 업을 성취할 수 있도록. 힘을, 내게 불가시의 힘을 부여해 주소서……."
물론 이 마술은 주문만으로 부릴 수 있는 것이 아니다. 마법진, 마술 아이템도 준비하고, 성의(聖衣)를 비롯한 모든 것을 성별(聖別)하여 행하는 대규모의 것이다. 그래서 성과율도 상당히 저조했던 듯하다.

위로하는 목소리에도 힘이 없었다.

◆──케르베로스 · 키마이라

낭떠러지를 따라 나 있는 작은 길을 내려가 해안으로 나가보았다. 켄은 류를 잃어버렸다는 걸 믿을 수가 없었다. 해면은 거울처럼 고요해서 세이렌의 일 따위는 마치 거짓말 같았다. 친구를 잃은 슬픔에 빠져 있던 것도 잠깐, 파도가 칠 때는 작은 바위라고 생각했던 것이 짐승 같은 커다란 함성을 내며 공격해왔다. 녀석은 개와 비슷하게 생겼는데 머리가 셋이나 달려 있었다. 그리모아르에서 봤던 케르베로스라는 마수였다. 입에서 침을 줄줄 흘리고 있었다. 필시 독액일 터였다.

'켄, 그 괴수는 '지옥의 문지기 개'란 별명을 가진 케르베로스야. 아주 민첩하니까 조심해!'

켄은 케르베로스의 공격을 두세 번 피하고 나서 아그라의 소검을 빼들고 강력한 염력을 보냈다.

바링, 바리바리잉.

켄 자신도 깜짝 놀랄 만큼 강렬한 번개가 일어났고 케르베로스의 이마에서 선혈이 뿜어져 나왔다. 류를 잃은 슬픔이 분노로 바뀌었던 것이다. 케르베로스는 땅이 울리는 듯한 소리를 내며 쓰러졌다.

그러자 어둠 속에서 새빨간 불덩어리 같은 것이 돌진해왔다. 켄은 불덩어리를 향해 고함쳤다.

"이번엔 너냐! 좋다, 싸워주지. 요괴놈들, 얼마든지 덤벼봐라!"

지상에 내려선 괴수의 머리는 사자였고, 등엔 산양 머리를 달고 있었다. 놈은 격한 불을 뿜으면서 다가왔다.

"그래, 넌 키마이라군. 자, 와라!"

케르베로스(Cerberus)
그리스 신화에선 티폰의 자식으로 나오는 케르베로스는 지옥의 문지기 개로 알려져 있다. 지옥의 문을 지나는 사람은 이 머리 셋 달린 맹견에 의해 지상으로 돌아가는 것을 저지당했다. 일단, 이 맹견의 목소리를 들은 자는 공포에 떨며 옴짝달싹할 수도 없었다고 한다.

키마이라(Chimaera)
머리는 사자, 동체는 염소, 꼬리는 용과 비슷한 키마이라는 화산이 주거지다. 입에서 불을 뿜는 키마이라를 퇴치하기란 쉬운 일이 아닌데, 벨레로폰이란 영웅은 납을 단 창을 키마이라의 입에 찔러넣어 숨통을 끊었다고 한다.

 켄은 아그라의 소검을 키마이라에게 향했다. 그러자 칼끝에서 굉음과 함께 번개가 일었다. 한 발, 두 발……, 그러나 키마이라는 놀랄 만큼 민첩한 동작으로 켄의 공격을 전부 피했다. 켄은 필사적으로 공격했지만 호흡만 흐트러질 뿐이었다. 초조해하는 켄에게 다시 나나의 목소리가 들려왔다.

 '제발, 켄. 흥분해선 안 돼! 마술사에겐 늘 냉정함이 중요하잖아. 잘 들어, 키마이라는 보통 무기론 쓰러뜨릴 수 없어. 그러려면 반드시 납으로 된 창이 필요해. 지금 바로 신전으로 돌아와. 납으로 만든 창은 없지만 납덩어리가 있어.'

 나나의 목소리를 듣고 켄은 정신을 차렸다. 그리고 델포이 신전을 목표로 쏜살같이 내달렸다. 신전 앞에서 나나가 납을 들고 기다리고 있었다. 켄은 납을 받아들자마자 쫓아온 키마이라를 향해 돌아섰다. 그리고 재빨리 생각을 정리했다. 다음 순간, 켄은 자신의 칼끝에 납을 꽂고 공격해오는 키마이라의 입을 목표로 내던졌다. 명중이었다. 키마이라는 잠깐 동안 발버둥을 치다가 이내 숨이 멎었다.

"키마이라는 불을 뿜잖아? 입에 납을 던지면 그게 녹아서 강력한 독이 되어 키마이라의 온몸을 돌아다닌다는, 그런 전설이 있거든."

켄은 숨을 헐떡이면서 나나의 설명을 들었다. 격렬한 전투의 연속이었지만, 비로소 마수와 싸우는 방법을 알기 시작한 듯한 기분이 들었다. 슬픔이나 분노 같은 감정은 역효과였다. 어떤 경우든 냉정히 판단하고 자신이 가진 능력을 최대한 발휘해 적과 맞설 것. 이것이야말로 켄이 깨달은 교훈이었다.

◆ 아스모데우스

다음날 아침, 신전 밖에서 많은 사람들의 목소리가 들려왔다. 모두 저마다 노파에게 뭔가를 호소하고 있었다. 켄은 나나에게 이유를 물어보았다.

"산기슭 마을에 사는 사람들이야. 괴수가 마을을 파괴했다고 하는군. 이상한데? 어둠의 군대는 마술사들만 덮칠 텐데 어떻게 된 일이지?"

"어쨌든 마을로 가보자."

켄과 나나는 산기슭 마을로 내려갔다. 몇십 채의 농가가 완벽하리만치 파괴되어 있었다. 게다가 양이나 산양, 소 따위 가축들의 시체가 뒹굴고 있었다. 마을 중심부에 들어선 켄과 나나는 기묘한 생물과 맞닥뜨렸다. 수소와 인간, 양의 세 머리가 달려 있고 거위 다리와 뱀 꼬리를 갖고 있었던 것이다. 이 마수를 본 순간 나나는 부들부들 떨기 시작했다.

"왜 그래, 나나. 그렇게 난폭해 보이진 않는데……."

"틀렸어. 저건 아스모데우스야. 아흐리만의 첫 번째 부하인걸. 사악할 뿐 아니라 대단한 지혜의 소유자라고."

"좋아, 그럼 얘기를 해보지."

"쓸데없는 짓 하지 마. 죽이려 할 거야."

나나가 말리는데도 켄은 아스모데우스 앞으로 나아갔다.

"아스모데우스여, 당신은 현자로서 모르는 자가 없는 분입니다. 이 싸움은 마술사와 마수, 정령들의 싸움입니다. 어째서 당신은 일반 사람들까지 공격하는 겁니까?"

아스모데우스는 낮고 가라앉은 목소리로 대답했다.

"너는 내가 무섭지 않나? 내 얼굴을 똑바로 보고 질문하는 인간은 처음이군그래. ……좋아, 대답해주지. 오늘 아침 난 분명히 이 마을을 파괴했다. 그러나 그건 어둠의 군대로서 한 일이 아니다. 이 마을사람들이 서로 허세를 부리고 질투하거나 사악한 마음을 품는 일이 만연했다. 나는 원래 그런 무리들의 마음에 기생한다. 결국 녀석들의 사악한 기분이 나를 불러냈다고 할 수 있는 거다. 어때, 알겠나?"

아스모데우스(Asmodeus)

조로아스터교에 의하면, 우주는 선과 악 두 종류의 정령에 의해 지배받는다고 한다. 선한 정령은 '빛의 왕' 아후라 마즈다가 통솔하며, 다른 쪽 악령은 '어둠의 왕자' 아흐리만의 휘하에 있다. 아흐리만은 6명의 대마(大魔), 즉 '악의 지휘관'을 수하로 두고 있는데 바로 무질서·배교·오만·파괴·노후·격노의 마신이다. 그 중 '격노'의 대마가 바로 아스모데우스이다. 고대부터 지상에 군림하는 아스모데우스는 악마이면서 동시에 한없는 지혜의 소유자다. 그에게 성실한 모습을 보이면 관대하게도 우주의 신비나 마술에 관한 많은 지식을 전수해준다고 알려져 있다.

"예, 그럼 이제 그만둬주세요. 마을사람들도 반성하고 있습니다. 앞으론 결코 당신을 불러내는 일이 없도록 하겠습니다."

"좋다. 아무튼 넌 용기 있는 젊은이다. 자, 좋은 걸 주겠다."

그렇게 말하더니 아스모데우스는 반지 하나를 켄 앞에 내놓았다.

"네 용기와 지혜를 더욱 높이는 부적이다. 그러나 나도 어둠의 군대의 장군, 다음에 만났을 땐 목숨을 받을 테니 각오해라."

보석 부적

여러 가지 색의 빛을 뿜는 귀중한 돌, 보석. 고대부터 신비한 힘이 깃든 돌로 존중되었다. 고대사회에선 보석(Jewel)과 귀석(Gem)이란 분류 없이 주로 색깔에 의해 구별했다. 물론 보석에는 부적의 효과가 있으며, 다음과 같은 효능이 있다고 여겨졌다.
청·녹색 보석＝염증이나 열병에 효과가 있다.
적·황색 보석＝풍이나 류머티스에 효과가 있다.
매우 단순했던 이런 발상은 점차 복잡하고 분류적인 성격을 띠게 되었고, 중세에 이르자 매우 치밀해졌다. 보석의 부적으로서의 효능은 지역이나 편찬자에 따라 다양하므로 여기에선 일례만 소개하겠다.

다이아몬드	고대 그리스 이후 가장 단단한 물질로 알려져 있으며 불굴의 신념, 위엄과 부, 솔직함 등을 의미한다. 이 돌을 지니면 싸움에서 승리하고 마술이나 폭풍 등을 막는다.
오팔	고대 이집트에선 에메랄드 다음으로 존중됐던 돌. 희망, 자신감, 예언력을 부여하며 혼을 편안하게 해준다. 또한 독해(毒害)를 막고 슬픔을 잊게 만들어준다.
에메랄드	재생의 상징인 이 돌을 지니면 사랑이 성취되고 행복한 결혼 생활이 보장된다. 부적으로선 주술 방어, 사시 방지, 악령으로부터의 수호 등의 역할을 한다. 로마 황제 네로도 애용했다.
사파이어	양심, 순결함을 나타내는 이 돌은 소유자에게 성실함을 가져다주며 젊음과 용기를 지속시킨다. 이 돌을 준 사람이 배반하면 변색한다고 알려져 있다.
진주	세계의 중심, 부, 자기희생을 상징하는 이 돌은 화재 예방의 부적으로 알려져 있으며, 분말로 해서 먹으면 광기를 치료하는 약이 된다고 한다. 마니교에선 모든 재난으로부터 몸을 지키는 최고의 부적으로 여긴다.
오닉스	위엄과 명석을 나타내는 이 돌은 여행객이 팔에 붙이면 사고 방지의 부적이 된다. 또한 악몽을 쫓는 효과도 있다. 기독교에선 흑색 돌이 종교적 명상을 높여준다고 여긴다.
석류석	장수와 의지력, 견고함의 상징. 몸에 지니면 성공을 보증받고, 성질 급한 사람을 달래는 효과가 있다. 또한 색이 바래면 신변에 위험이 닥치는 증거가 된다.

그렇게 말한 뒤 아스모데우스는 사라져버렸다. 나나가 흥분해서 말했다.

"세상에, 켄, 어떻게 된 거야! 대체 어느 틈에 그런 용기를 발휘할 수 있게 됐지? 정말 놀랐어. 틀림없이 할머니도 기뻐하실 거야. 네 용기와 지혜를 아스모데우스가 인정했는걸."

켄은 겸연쩍었다. 그는 아스모데우스에게서 받은 반지를 꽉 쥐고 류를 생각했다.

'류 덕분에 난 어른이 된 거야.'

켄의 마음을 읽은 나나가 미소 지었다.

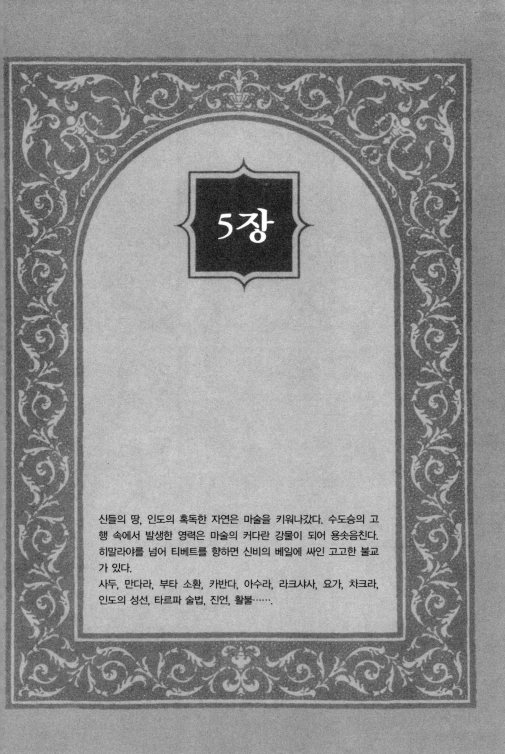

5장

신들의 땅, 인도의 혹독한 자연은 마술을 키워나갔다. 수도승의 고행 속에서 발생한 영력은 마술의 커다란 강물이 되어 용솟음친다. 히말라야를 넘어 티베트를 향하면 신비의 베일에 싸인 고고한 불교가 있다.

사두, 만다라, 부타 소환, 카반다, 아수라, 라크샤사, 요가, 차크라, 인도의 성선, 타르파 술법, 진언, 활불……

SCENE 13

영원한 성지, 인도

◆── 망령 소환

켄은 우울한 나날을 보냈다. 마음속에 구멍이 뻥 뚫린 것 같은 기분이었다. 바로 류 때문이었다. 마법진에서 굴러나갔을 때 해저로 끌려들어간 걸까? 류는 여전히 행방불명이었다.

'살았을까, 죽었을까? 적어도 그 사실만이라도 알고 싶다'라는 것이 켄의 심정이었다. 그의 마음이 얼마나 괴로운지 잘 아는 나나가 한 가지 제안을 했다.

"있잖아, 켄. 인도에 가볼래?"

"왜, 어둠의 군대가 인도에 출몰한데?"

"그것도 있지만……. 할머니가 그러셨거든. 켄은 동쪽으로 여행해야 한다고. 게다가 인도엔 현자들이 있어. 네가 지금 가장 알고 싶은 걸 가르쳐줄 거야."

이렇게 해서 두 사람은 인도 여행을 떠났다. 인도는 넓은 나라였다. 더운 나라를 상상했던 켄은 으스스하게 느껴질 만큼 날씨가 서늘한 북부 지역에 도착했다. 불그스름한 갈색으로 바랜 대지는 경작엔 맞지 않을 터였지만, 재바르고 투박한 농민들은 오히려 청빈한 생활에 만족하는 것처럼 보였다. 두 사람은 나나의 할머니가 아는 한 고행승(사두)을 만났다.

그는 거의 벌거벗은 몸에 길게 자란 머리털과 수염을 아무렇게나 늘어뜨린

사두(Sadhu)
힌두교의 고행승을 가리키는 말. 열성적인 종교자는 기이한 존재로 보이는 법인데 고행승은 특히 흥미롭다. 그들은 돈을 얻기 위한 수단을 강구하지 않고 오로지 보시(탁발)에 의해 생활한다. 열광적인 고행승은 시바파(시바 신을 주신으로 숭배하는 종파)에 많이 있다. 그들은 국부를 숨기는 작은 홑옷 하나만 걸치고 온통 재를 바른 채 거의 전라로 생활한다. 머리는 제멋대로 늘어뜨리고 손질은 전혀 하지 않으며, 오로지 스스로에게 부과한 고행에만 몰두한다. 예를 들면 오른팔을 머리 위에 올린 채 몇 년간이나 내리지 않는 행(行)이나 말을 하지 않는 행, 땅 속에 파묻힌 채로 지내는 행 등이다. 이런 고행을 함으로써 시바 신의 영력을 얻고자 염원하는 것이다. 덧붙여 인도에는 현재 5백만 명의 사두가 있다.

상태였다. 얼핏 봐선 거지로 생각될 정도지만 실은 힌두교 시바파의 지도자라고 했다. 고행승은 켄과 나나의 소원을 듣고 '망령(부타) 소환' 마술을 실행해주기로 했다.

밤이 되자, 묘지 일각에 인골의 흰 분말과 피로 '만다라' 모양이 그려졌다. 뼈로 선을 그은 만다라의 안쪽 지면에 피를 칠한 뒤 그 중앙에 고행승이 섰다. 사방에는 피가 그득히 담긴 병이 놓이고, 인간의 지방으로 태우는 등명(신불

힌두교(Hinduism)
인도 대륙을 중심으로 믿고 받드는 종교. 4세기경 인도 고대의 종교인 바라문교에 각지의 토착신앙을 도입해 확립했다. 다신교란 점에서, 여러 가지 신격을 받아들이는 데 관용적이며 넓은 포용력을 갖고 있다. 힌두교의 인간관은 대략 다음과 같다.
인간은 죽으면 무(無)로 돌아가는 것이 아니라 내세에서 다시 새로운 육체를 얻는다. 생과 사를 무한히 되풀이하는 것이다. 이것을 '윤회'라고 한다. 육체는 소멸하지만 영혼은 과거·미래에 걸쳐 영원히 불멸한다. 게다가 생전에 행했던 여러 가지 행위(업 : 카르마)의 결과가 내세에서 나타난다. 즉, 현세의 고통이나 성격, 행·불행은 전세에서 행한 행위의 결과인 것이다. 인간으로 환생하는 경우도 있지만 동물로 태어나기도 하며, 또 천계에 살거나 혹은 지옥에서 고통을 당하는 경우도 있다. 이것을 '인과응보'라고 한다.
그래서 인간 행위의 규범으로 만들어진 것이 '법(다르마)'이다. '법'에 따라 선한 업(정의)을 쌓고 악업을 멀리하는 생활을 하는 게 인간에게 부과된 사명이기도 하다. 그리고 전세의 악업을 모두 청산하고 선한 업을 쌓음으로써 '해탈(바크티)'에 이를 수 있다.
윤회라는 순환에서 벗어나 영원히 자유로운 존재가 되는 것이 힌두교도의 이상이다. 힌두교의 사상과 세계관은 불교에도 강한 영향을 미쳤다.

에게 올리는 등불—옮긴이)으로 주변이 밝혀졌다. 닭 몇 마리를 희생 제물로 바친 다음 제자들이 묘지에서 시체 한 구를 파냈다. 단, 아무 시체나 이용하는 것은 아니고 '시귀(屍鬼)'가 들린 시체여야만 했다. 제자들은 성수(聖水)로 시

부타(Bhuta) 소환
부타란 시귀(屍鬼), 유귀(幽鬼), 악귀를 의미한다. 무덤에 출몰하며 시체를 움직여서 인간을 속이고 그 고기를 먹는다고 한다. 이 악령에겐 소원을 이뤄주거나 미래를 예지하는 능력이 있기 때문에 소환 의식이 생겨났다. 의식의 개요는 본문과 같다. 먼저 공물 옆에 불을 지피고, 시귀를 본떠 만든 상이나 각종 주술 도구를 놓는다. 시귀를 불러낸 뒤에는 두개골에 담

체를 정결하게 하고 향유를 바르고 화환을 건 다음 고행승 앞으로 옮겼다. 고행승은 야윈 몸에 온통 재를 칠한 채 머리털로 짠 성스러운 끈을 어깨에 늘어트리고 명상에 들어갔다.

은 깨끗한 인간의 혈액을 알가(閼伽 : 불전이나 묘 앞에 올리는 물−옮긴이)로 바치고, 꽃을 뿌리고, 향유를 바르고, 인간의 안구를 불에 지펴서 분향한다. 나아가, 산 제물이 될 인간에게 팔체투지(양발, 양손, 양 무릎, 이마, 가슴을 땅에 대고 예배하는 것)를 시킨 다음 그 목을 베어 떨어뜨린다. 머리와 심장을 바침으로써 피비린내 나는 의식은 종료된다.

등명(燈明)
부타 소환식에서는 인간의 지방이 연료로 사용된다. 이는 부타가 사람 고기를 좋아하기 때문에 나온 생각인 듯하다.

피의 병(壺)
원래 알가라는 것은 귀인이나 신불에게 바치는 청정한 물을 가리킨다. 물에 향수를 넣는 일도 있다. 여기선 병에 담지만, 두개골 상부를 잘라 사발 모양으로 만들고 안에 은을 입힌 용기를 주로 사용한다. 이는 티베트 불교에서도 행해지고 있다.

꽃
청정함을 좋아하는 인도에서는 꽃을 공물로 하는 것이 일반적이다. 인도에서 가장 청정하다고 여기는 꽃은 연꽃이다. 흙탕물 속에서 피면서 깨끗한 아름다움을 지니기 때문이라고 한다. 힌두교 3대신의 하나인 비슈누 신의 아내, 락슈미 여신은 연꽃의 상징으로 여겨진다.

향유
기름에 꽃의 향기를 흡수시킨 것. 향수의 기원이라고도 할 수 있다. 향유는 인도뿐만 아니라 기독교 사회의 의식에도 빈번히 사용됐다.

성스러운 끈(聖紐)
카스트의 최상위에 있는 브라만 계급 사람들은 스스로 종교적 지도자임을 나타내기 위해 끈을 비스듬히 교차해 걸친다.

만다라
만다라(Mandala, 曼荼羅)는 힌두교의 세계관을 도형화한 것으로 '曼陀羅'라고도 쓰는데, 본래는 산스크리트어로 '진수(眞髓)', '본질'을 의미한다. 또한 '본질을 얻기 위한 장소'란 성격이 강해 '도장(道場)' 즉, 수행의 장이라는 뜻을 갖는다. 원을 중심으로 그리는 것은 원이 과함도 부족함도 없이 충실한 경지를 나타내기 때문이다. 대승불교가 생겨난 후 만다라는 불교 미술의 필수적인 요소가 됐다.

타파스란 직역하면 '열(熱)'이란 의미의 산스크리트어로, 자발적으로 육체에 고통을 줌으로써 정신적·종교적 지복(至福)을 얻는 수단이다. 세계 여러 종교에서 이런 고행이 행해지는데, 인도가 그 발상지로 되어 있다. 힌두교에선 현세에서 고행을 쌓음으로써 내세에서의 안락을 보증받는다고 믿는다.

얼마쯤 시간이 흘렀을까. 순간 만다라 내부의 분위기가 변했다. 고행승은 주문을 외우면서 시체에 꽃을 뿌리고 팔체투지(八體投地)의 자세를 취한 다음 질문했다.

"부타여, 우린 류라는 젊은이에 대해 알고 싶어 이 제사를 지냈습니다. 당신이 명계(사자의 나라)의 주인이라면 류의 소식을 가르쳐주소서."

시체의 입이 열리면서 신들린 부타의 쉰 목소리가 새어나왔다.

"류는 지금 명계에도 이 세상에도 몸 둔 곳이 없다. 두 세계 사이에서 헤매고 있다."

"그럼, 죽지도 살아 있지도 않다는 말입니까?"

"그렇다, 윤회의 중간에서 고통으로 몸부림치고 있다."

"그렇다면 이 세계로 다시 데려오는 일도 가능한가요?"

"……그렇다."

"그 방법을 가르쳐주십시오."

"방법은 거기 있는 젊은이가 쥐고 있군. 동쪽으로 향할 것. 다만 젊은이는 생명을 걸어야 한다."

쉰 목소리는 대지에 스며들 듯이 작아지더니 이윽고 사라져버렸다. 다음 순간 고행승이 무너지듯이 쓰러져 거친 숨을 몰아쉬었다.

켄은 흥분해서 질문했다.

"현자여, 류는 어떻게 됐습니까?"

"육체에서 영혼이 유리된 채 명계에도 못 가고 떠돌아다닌다네. 그러니 이 세계로 다시 데려올 수도 있어. 류가 원할 경우지만. 그리고 자네가 시련을 견딜 수 있을지 없을지에 달려 있기도 하네."

"하겠습니다. 류를 위해서라면 어떤 고행이라도 상관없습니다."

"고행이라고 했나? 우리 세계에선 고행을 가리켜 '타파스'라고 하네. 타파스, 다시 말해 '열(熱)'이란 의미지. 주어진 육체로 안에 있는 열을 일으켜 우주와 합체시키는 것이야말로 고행이라 할 수 있네. 자네가 과연 할 수 있을지."

◆—요가

수행승의 인도로 켄은 요가 도장에 입문하게 됐다. 아슐람(도장)에 도착하자, 고행승은 고위의 요기(요가 수행자)에게 켄과 나나를 소개했다. 요기가 켄에게 물었다.

"듣자하니 자넨 어둠의 군대와 싸우고 있다고 하더군. 게다가 도중에 친구를 잃어버려 지금 동요하고 있다고?"

"그렇습니다. 류를 생각하면 마음이 아픕니다."

"……알겠나, 육체는 영혼을 넣는 용기, 혹은 탈것에 지나지 않네. 육체는 소멸해도 영혼은 불멸이지. 요가의 수행은 육체를 자유자재로 다룸으로써 번뇌를 초월하는 거라네. 고행승이 나를 소개한 것도 자네의 약한 마음을 알기 때문이야. 이해하겠나?"

"예. 수행을 견딜 마음의 준비는 되어 있습니다."

"좋아. 그럼 기본적인 것만 설명해두지. 인간의 꼬리뼈 부근엔 우주와 통하는 에너지가 존재하네. 일반인은 그 존재조차 이해할 수 없겠지만, 요가란 그 에너지를 활성화시켜 신체의 중심선을 따라 존재하는 여섯 개의 차크라(영역)를 통해 상승시키고, 나아가 우주와 일체가 되는 게 목적이지. 그럼 수행을 시작하는 게 좋겠군."

이렇게 해서 켄의 요가 수행은 시작됐다. 명상과 실천, 게다가 고행의 나날이 이어졌다. 명상을 통해 얻은 차크라의 위치를 계속 확인하면서 육체의 훈련으로 에너지를 상승시켰다.

켄의 노력은 열매를 맺어 점차 통달하게 됐다. 그리고 어느 날, 몸 아래쪽에 있는 에너지 덩어리가 차크라를 깨부수면서 위로 올라가는 게 느껴졌다. 몸 속의 조류(潮流)가 둑을 터트리는 것처럼 분출해 머리 정수리에 있는 최후의 차크라를 깬 순간 뭐라 말할 수 없는 황홀감에 휩싸였다. 우주의 예지를 체감하는 감격이랄까? 몸 내부에 이런 에너지가 파묻혀 있었다는 건 경이로움이며 기쁨이었다.

켄은 수행 성과를 고행승에게 보고했다. 그는 부드럽게 말했다.

"어떤가, 류의 일이 아직 슬픈가?"

"아뇨, 설령 영혼이 됐다 해도 그는 우주에 계속 존재합니다. 만날 수 있는 날을 기다리고 있겠습니다."

"좋아. 그럼 여행을 떠나게. 자넨 동쪽을 향한다고 들었네. 아무쪼록 무사

요가(Yoga)

고대 인도에서 전해지는 마음의 통일을 위한 육체 수행법. 2~4세기에 『요가 수트라』란 경전이 편찬되고 요가학파가 형성됐다. 이른바 영적 수행을 위한 커리큘럼이다. 명상과 실천, 타파스(난행·고행) 등을 거듭 쌓음으로써 업(카르마)을 초월하고 깨달음을 얻는 것을 목적으로 한다. 요가는 다양한 학파로 분열했는데 대략 다음의 여섯 학파가 있다.
① 라자(왕도(王道)) 요가=심리적 요가로 불리며, 마음의 작용을 없애는 것이 목적이다.
② 바크티(신애(信愛)) 요가=신에 대한 절대적 신뢰와 사랑, 귀의를 목적으로 한다.
③ 카르마(행위) 요가=결과나 보수를 기대하는 일 없이 해설만을 목적으로 한다.
④ 지냐나(지식) 요가=우주 원리와 자기 본체와의 동일을 도모한다.
⑤ 만트라(진언(眞言)) 요가=신비적인 주문에 의해 궁극적 진실을 알고자 한다.
⑥ 하타(강제) 요가=육체 훈련에 의해 우주와의 합체를 도모하려고 한다.

차크라(Chakra)

직역하면 '바퀴', '원형'이란 뜻인데, 요가에서는 인간의 척추를 따라 존재하는 '생명 에너지'의 집적소란 의미를 갖는다. 다양한 요가 유파 속에서도 오늘날 가장 융성한 하타 요가의 이론에 의하면 인체에는 일곱 개의 차크라가 있다고 한다. 항문 근처에 있는 최하층 차크라에 깃든 에너지(쿤달리니)가 상위 차크라를 차례차례 빠져나가 최상부(정수리 윗부분)에 있는 차크라로 분출되면 우주의 근본 원리와 합일할 수 있다. 다시 말해 '해탈'에 이르는 것이다. 이 일곱 차크라를 상부부터 순서대로 소개한다. 덧붙여 차크라는 꽃잎으로 표시되는데 생략해서 원으로 그려지는 경우도 많다.

사하스라라(Sahasrara) 차크라
'천의 광선을 갖는' 차크라. 1천 장의 꽃잎을 가진 연꽃으로 나타나며 정수리 윗부분에 위치하고 있다. 우주의 척추인 '메루 산'에 비유된다.

아즈나(Ajna) 차크라
미간에 위치하는 차크라. 2장의 꽃잎을 가진 연꽃 형태로 그려진다.

비슈다(Visuddha) 차크라
목 부근에 위치하는 차크라. 16장의 꽃잎을 가진 연꽃 형태이다. '공(空)'에 비유된다.

아나하타(Anahata) 차크라
심장 근처에 위치하는 차크라. 12장의 꽃잎으로 이뤄진 연꽃으로 상징된다. '풍(風)'에 비유된다.

마니푸라(Manipura) 차크라
명치 부근에 있는 차크라. 10장의 꽃잎을 가진 연꽃으로 그려진다. '화(火)'에 비유된다.

스바디스타나(Svadhisthana) 차크라
배꼽 근처에 있는 차크라. 6장의 꽃잎을 가진 연꽃 형상으로 되어 있다. '수(水)'에 비유된다.

물라다라(Muladhara) 차크라
음부 근처에 위치하며 4장의 꽃잎을 가진 연꽃으로 그려지는 물라다라 차크라. 여기엔 쿤달리니라고 불리는 생명 에너지가 마치 뱀처럼 3중으로 똬리를 튼 채 스스로의 꼬리를 입에 물고 잔다. '지(地)'에 비유된다.

하길 빌겠네."

　고행승은 도중까지 배웅해주기로 했다.

SCENE 14
인도의 마술무기

◆──성스러운 무기 바즈라

켄과 나나, 그리고 고행승과 제자들 일행은 동쪽으로 향했다. 켄은 자신감에 차 있었다. 가는 도중에 숲 속에서 기묘한 생물이 일행을 가로막았다. 거대한 체구로, 머리통이 없고 커다란 눈은 가슴에, 무수한 이빨을 가진 입은 하복부에 붙어 있었다. 켄은 즉각 아그라의 소검을 쥐었으나, 고행승은 마수를 엄하게 꾸짖었다.

"카반다가 아니냐. 천계로 돌아갔다고 생각했는데, 아직 이런 곳에서 악행을 저지르고 있느냐?"

카반다라고 불린 마수는 약간 주저하는 것 같더니 이어 오랑우탄처럼 긴 팔을 휘두르며 공격해왔다.

카반다(Kabandha)
『라마야나』에 등장하는 숲의 괴물. 거대한 체구에 머리가 없고 배 중앙엔 무수한 이빨이 달린 입이 있다. 이는 전쟁신 인드라와 싸울 때 바즈라(벼락)에 맞아 머리가 몸통에 박혀버린 것이라고 한다.

아수라(Asura)
신들과 적대 관계에 있는 일족으로서 원래는 신들과 동등한 입장에 있었다. 그러나 신들이 암리타 (Amrita)라는 영약을 마시고 불사신이 되자, 속은 아수라족의 대부분이 신들의 강력한 적이 됐다. 불교에선 '아수라(阿修羅)'라고 부른다.

그 일격은 고행승의 귓가를 스쳐 호위하는 제자들 중 한 명에게 가해졌다.

"쩌억!"

두개골이 부서지는 소리와 함께 제자의 목이 공중으로 날아갔다. 카반다는 켄을 노려보며 으르렁거리는 낮은 신음소리를 냈다. 그러나 켄은 이상할 정도로 공포심을 느끼지 않았다. 오히려 살육을 즐기는 괴물의 마음 깊은 곳에 숨은 슬픔을 생각하자 불쌍한 기분조차 들었다. 카반다도 그걸 눈치챘는지 공격하는 것도 잊어버린 채 켄을 쳐다보고만 있었다. 요가 수행에서 얻은 성과 중 하나일까. 켄의 마음은 맑아져서 적인데도 미워하는 마음이 들지 않던 것이다.

"이 마수는 전엔 간다르바라고 해서 천계에 사는 정령이었네. 그런데 인드라 신과 분쟁을 일으킨 끝에 바즈라(금강저)에 머릴 맞고 말았지. 덕분에 머리가 몸에 박혀 이런 모습이 됐다네. 이 녀석은 신들을 미워하고, 아수라(阿修羅)로서 신들의 적대자가 됐다는 얘기야."

고행승은 그렇게 말하더니 이번엔 카반다를 향해 화를 냈다.

"그래, 넌 신에게 용서받고 간다르바로 돌아갔다고 들었는데, 아직 이런 곳에서 악행을 일삼고 있다니……."

바즈라(Vajra)
인드라 신이 가진 최강의 무기. 번개를 이미지화한 것으로 전격(電擊), 금강저(金剛杵)라고 불린다. 이것은 천계에 사는 트바슈트리라는 기교 신이 만들었다고 알려졌다.

켄이 고행승에게 말했다.

"아니, 아마 어둠의 군대가 지시했기 때문에 우릴 습격했겠죠."

"그런가, 그렇다면 용서할 수 없다."

고행승은 품속에서 금강저를 꺼냈다.

"카반다여, 잘 들어라. 이 바즈라는 인드라 신으로부터 내게 전해진 것이다. 이걸로 다시 한 번 머리를 쳐주마."

정신을 차린 카반다는 고행승을 공격해왔다. 야윈 고행승의 어디에 그런 힘이 숨어 있었을까? 두세 번 카반다의 공격을 피한 승려는 네 번째 공격을 피하는 순간 공중으로 뛰어올랐다. 카반다의 머리 위로 바즈라를 쳐들더니 굉음과 함께 그 정수리에 일격을 가했다. 카반다는 완전히 둘로 쪼개지고 말았다.

고행승은 숨을 흐트러뜨리지도 않고 켄과 나나에게 말했다.

"이거, 실례를 했군. 신들의 성지 인도에서 이런 일을 당하게 한 건 나의 부덕이네. ……사과라 하면 뭣하지만 이 바즈라를 받아주겠나?"

고행승은 상아와 비슷한 광택이 나는 바즈라를 내밀었다.

"켄, 일본에선 바즈라가 불교의 법구로 알려져 있겠지만, 여기 인도에선 신들의 시대의 '성스러운 무기'라네. 게다가 이건 인드라 신에게서 하사받은 귀중한 것. ……여기에 얽힌 일화를 말해주지. 옛날, 브리트라라는 마수가 대

브리트라(Vritra)
'장애'라는 뜻. 물을 막아 가뭄을 초래하는 인류의 적으로, 인드라 신의 숙적이라 알려져 있다. 인드라 신이 죽여도 매년 소생하여 공격해온다고 한다.

다디차(Dadhica)
인도의 대서사시 『마하바라타』(신화)에 등장하는 성자. 수행을 거듭한 결과, 신과 같은 영력을 가졌다고 한다.

트바슈트리(Tvastri)
힌두교의 루트가 된 바라문교의 교전 『리그 베다』에 등장하는 기술 공예의 신.

지를 바싹 마르게 한 적이 있었네. 인드라 신은 천지 창조를 주관하는 브라마 신의 지시로 다디챠란 이름의 성선(聖仙)을 만나 이렇게 말했지.

'3계(界)의 평화를 위해 당신의 뼈를 주지 않겠나?'

다디챠는 미소 지으며 대답했어.

'좋고 말고요. 당신을 위해 이 몸을 버리죠.'

그렇게 말하더니 즉시 자살해버렸지. 인드라 신은 그 시신에서 뼈를 한 대 빼어내 공예의 신 트바슈트리에게 가져갔네. 공예 신은 훌륭한 바즈라를 만들었고, 그걸로 인드라 신은 마수 브리트라를 퇴치할 수 있었다네. 어때, 받아주겠는가?"

켄이 대답했다.

"그렇게 유서 깊은 걸 제가 받아선 안 됩니다. 부디 소중히 해주세요."

"아니 아니, 자넨 어둠의 군대와 싸우지 않나. 내 분신으로 이걸 받아줬으면 하네. 반드시 도움이 될 거야."

더 이상 거절하면 실례가 될 것 같다고 생각한 켄은 감사한 마음으로 바즈라를 받았다.

◆ 최상의 무기 차크라

수행승 일행과 헤어져 동쪽으로 향하던 켄과 나나는 도중에 들른 마을에서 흥미로운 소문을 들었다. 근처 산 속에 대단한 공력을 쌓은 수행승이 있다는 것이었다. 그 이름은 아가스티야. 몇천 년 동안 죽지 않고 살아온 그는 바닷물을 모조리 마셔버릴 정도로 뛰어난 마술 능력의 소유자라고 했다. 켄과 나나는 산 속으로 들어가 아가스티야 수도승의 암자를 찾았다.

"누구신가, 내 암자에 무슨 용무라도 있으신가?"

"우리는 여행자로 켄과 나나라고 합니다. 아가스티야님의 고명함을 듣고 인사드리러 왔습니다."

"켄이라고, 들은 적이 있네. 어둠의 군대와 싸운다는 젊은이 아닌가. 자, 차라도 마시고 가게나."

아가스티야 수도승은 직접 따뜻한 홍차를 끓였다. 나나가 물었다.

"아가스티야님은 대단한 영력의 소유자라고 들었습니다."

"뭐, 보통 노인인걸. 알고 있는지 모르겠네만, 우리 브라만[13]은 인생을 네

인도의 성인(聖人) 전설

인도에서는 수행의 성과로 신들에 필적하는 영력을 갖게 된 사람을 '성선(聖仙, 리시Rsi)' 이라 부른다. 본래는 베다(신에 대한 찬가) 시인을 일컫는 호칭이었으나, 베다 성립 후엔 인간의 능력을 초월한 경지에 다다른 수행자의 경칭이 됐다. 그들의 역할은 신의 의지를 사람들에게 전하는 것이었는데, 신을 능가하는 영력의 소유자도 있었다. 다음은 성인에 얽힌 몇 가지 전설이다.

● 아가스티야(Agastya) 수도승은 역동적인 전설의 소유자다. 악령들이 신들에게 쫓겨 해저로 도망친 것을 안 수도승은 바닷물을 모두 삼켜 그들의 퇴로를 막았다. 대서사시 「라마야나」의 주인공이자 인도의 국민적 영웅인 라마 왕자는 그의 비호 아래 수행한 것으로 전해진다.

● 비슈바미트라(Visvamitra)란 성선은 신에 필적하는 영력을 얻었음에도 더욱 강력한 힘을 얻고자 고행에 힘썼다. 이를 두려워한 신들은 람바라고 하는 이름의 천녀(天女, 아프사라스)를 그의 곁으로 보냈다. 고행할 때 여성은 엄금이었던 것이다. 만약 여성의 사랑을 받아들이면 그때까지의 고행 성과는 모두 엉망이 돼버릴 터였다. 천계에서도 유명한 미모의 소유자였던 람바는 열성적으로 성인에게 다가갔다. 그녀에게 넘어갈 뻔한 순간 신들의 음모를 눈치챈 성인은 분노한 나머지 미녀 람바를 돌로 바꿔버렸다고 한다.

● 치야바나(Cyavana)란 성자는 혹독한 고행으로 알려져 있었다. 어느날 그는 몇십 년 동안 우두커니 선 채로 미동도 하지 않는 고행을 했다. 흙으로 몸이 덮여 있는 그의 모습은 마치 개밋둑처럼 보였다. 마침 그곳에 왕의 일행이 지나가게 되었다. 공주는 성자의 모습을 보고는 빛나는 두 눈을 개똥벌레로 착각해 그만 막대기로 찔러버렸다. 그러자 분노한 치야바나가 병사들 전원의 대소변을 잔뜩 쌓이게 만들었다. 사태를 깨달은 왕은 성자에게 사과하고 원인을 제공한 딸을 그의 아내로 주었다. 그후 아슈빈 쌍둥이 신(Ashinau), 즉 의료를 주관하는 신의 힘으로 젊음을 되찾은 그는 행복한 결혼 생활을 했다고 전해진다.

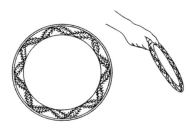

차크라
여기에서는 무기로서의 차크라를 소개하겠다. 고대 인도에서 사용됐던 차크라는 주위를 예리하게 간 원반(차크라)으로서 중앙에 구멍이 있고 얇은 도넛 같은 형태이다. 신들의 소유물로도 알려져 있는데, 가장 강력한 차크라는 시바 신이 가진 것이라 한다. 이 차크라는 많은 신들이 원형으로 늘어선 채 입에서 분노의 불꽃을 뿜어내고 중심에 있는 시바 신이 맹렬한 기세로 회전해 눈부신 빛다발에서 만들어졌다고 한다.

보리수(Budhi-tree)
뽕나무과의 인도 보리수를 뜻하며, 일본에서 말하는 보리수(참피나무과)와는 다르다. 붓다가 이 나무 아래서 깨달음을 얻었기 때문에 불교도 사이에선 '깨달음', '붓다'의 상징이다. 고대 인도에서는 이 나무를 신성시하여 '숲의 왕'이라 칭했으며 성구(聖具)의 재료, 주술 도구로 사용했다. 물론 부적으로서도 힘을 발휘한다고 알려져서 보리수 열매는 염주로 만들어져 존중됐다. 유럽의 게르만인도 보리수를 숭배했으며, 중세엔 이 나무 아래서 재판이나 제사, 충성 맹세 등이 이루어졌다.

시기로 나누지. 우선 '학생기(學生期)'라고 해서 스승 옆에서 학문하는 시기가 있네. 다음은 '가주기(家住期)', 집에 돌아가 결혼해서 아이를 낳아 키우는 시기지. 그리고 '임서기(林棲期)', 자녀가 성장하면 집을 나와 숲 속에서 명상의 나날을 보내는 시기네. 마지막으로 '유행기(遊行期)'가 있네. 성지를 순례하면서 우주의 근본 원리를 명상하고 죽음을 기다리는 시기지. 다시 말해 난 죽음을 기다리는 거지승인 셈이네."

켄이 물었다.

"아가스티야님은 불사신이라 들었습니다만……."

"글쎄, 어떤가, 자넨 불사신이 부럽다고 생각하나?"

---

13 인도에는 종교적 가치관에 기초한 네 개의 사회 집단, 즉 카스트(caste)가 있는데, 브라만(사제자) 계급은 그 최상위로서 종교적 지도자의 역할을 한다. 이밖에도 카스트에는 크샤트리아(왕후 무사) 계급, 바이샤(농·목·상업) 계급, 수드라(예속민) 계급이 있다. 또 카스트 외의 존재로서 불가촉민(不可觸民)이 있다. 모든 계급은 출생시에 결정되며, 원칙적으로 중도에 카스트가 변경되는 일은 없다.

"예."

"고통도 기쁨도 모두 끝이 있는 생명이기 때문에 존재한다고 생각지 않나? 죽는 일이 없는 인간에게 무엇이 있겠나? 또 자기 혼자 불사를 얻는다 해도, 예컨대 자네 옆에 있는 여성에게 죽음이 찾아온다고 생각해보게. 자신은 나이를 안 먹어도 사랑하는 사람은 늙어간단 말일세. ……그런 인생이 즐겁겠나?"

켄은 말이 나오지 않았다. 불사는 고대부터 품어왔던 인간의 꿈이다. 그러나 불사신이라는 인물의 말은 무겁게 울렸다. 불사는 은혜가 아니라, 오히려 고통과 비슷하다는 생각이 들었다. 이런 켄의 마음을 꿰뚫어본 아가스티야 수도승이 말했다.

"이해가 되나 보군. 사람은 어쨌든 자신이 못 가진 걸 바라는 법이니까. 그건 그렇고, 싸우러 가는 자네에게 줄 게 두 가지 있네."

아가스티야 수도승은 금속제의 원반을 켄에게 건넸다.

"이건 차크라라는 무기인데, 시바 신의 요청에 따라 신들이 모여서 자신들의 분노의 불꽃으로 만든 것이네. '최상의 무기'라고 불리지. ……단, 부주의하게 다뤄서는 안 되네. 나는 무익한 싸움은 좋아하지 않으니까, 사람들을 위해서만 사용하도록……."

켄은 링 형상으로 된 원반을 꽉 쥐었다. 바깥쪽 테두리는 날카롭게 갈아져 있어서 사람의 조형물은 무엇이든지, 심지어 대지까지도 벨 수 있다고 하는 차크라였다. 아가스티야 수도승은 다시 말을 이었다.

"또 하나는 만트라(진언)네. 잘 기억해두는 게 좋아. ……오-무, 아비샤타로 하여금 적을 죽게 하라. 우리가 미워하고 또 우리를 미워하도다. 우리가 광포한 적을, 구축자여, 분쇄하게 하라, 아비샤타여, 승리를 거두는 수소처럼 연승하며 나아가게 하라, ……오-무."

힌두교의 신들

힌두교에서 가장 중요시되는 신은 브라마(Brahma : 우주 창조의 신), 비슈누(Vishnu : 우주 유지의 신), 시바(Shiva : 우주 파괴·창조의 신) 3대신이다. 다만 브라마 신은 대중의 지지가 없는 반면, 비슈누 신을 신봉하는 '비슈누파'와 시바 신을 신봉하는 '시바파'는 큰 세력을 갖고 있다. 덧붙여 불교도 힌두교의 한 분파로 간주된다.

다음은 주요 신들로서, 자세한 것은 『인도 만다라 대륙』을 참고하기 바란다.

브라마
우주의 생명 에너지라는 브라만(=범梵)을 신격화한 신. 이 세계에 존재하는 모든 것을 그의 창조물이라 여긴다.

비슈누
세계의 존속을 위해 활약한다는 신. 세계에 악덕이 만연해지면 화신하여 인간 사회에 출현한다. 신조(神鳥) 가루다(Garuda)를 타고 다닌다.

인드라(Indra)
전투 신, 영웅 신으로 알려진 그는 바즈라를 무기로 해서 신들과 인류의 적을 퇴치한다고 한다.

아구니(Aguni)
불을 다스리는 신. 불을 가장 청정한 것이라 여겨 힌두교 의식에서 빠지지 않는다.

야마(Yama)
사자(死者)의 나라를 다스리는 신. 선한 업을 쌓은 사람이 찾아가는 천국의 왕이다. 불교에선 염라대왕이라 부른다.

두르가 여신(Durga)
시바 신의 아내로 알려져 있다. 악마나 악령 등 사악한 것을 공격하는 것이 사명이며, 풍요를 가져오는 여신으로서의 역할도 있다. 그녀의 대표적인 지모신(地母神)적 에너지는 '샤크티〔성력(性力)〕'로서 이를 믿는 일파가 있으며 훗날 진언 밀교 등에 큰 영향을 끼쳤다.

시바
힌두교에 따르면 우주는 파괴와 재생을 반복한다. 시바 신은 재생을 위한 파괴를 행하는 신으로, 바이라바(Bhairava : 공포의 살육자)란 별명이 있다.

그는 신비의 주문을 낮고 조용한 억양으로 읊기 시작했다. 미묘한 바이브 레이션은 켄의 뱃속까지 강력히 울려퍼졌다.

"아비샤타란 보리수를 의미하네. 적대자에게 맞설 때 보리수 열매로 만든 염주를 들고 이 만트라를 외우게."

◆— 라크샤사

만트라에 대해 설명하던 아가스티야 수도승은 뭔가 이상한 낌새를 느낀 듯 했다.

"이런, 지금 바로 차크라와 만트라의 효과를 시험해야 할 것 같군. 켄, 자네 가 해보게."

불온한 기미는 점점 농후해졌다. 주위에 잔뜩 둘러싸인 것 같았다. 갑자기 수십 명의 마을사람들이 나타났다.

"저, 아가스티야님이 사는 곳은 이쪽에서……."

아가스티야 수도승은 웃으면서 대답했다.

"됐다. 인간의 모습으로 변신했지만 너희들이 라크샤사인 건 간파했다. 부 정한 몸으로 내게 무슨 볼일이 있는가?"

"목숨을 받으러 왔습니다."

그렇게 말하더니, 마을사람들로 보이던 남자들이 변신했다. 동물과 사람이 섞인 것 같은 기묘한 생물로 변하더니 이빨을 갈았다. 아가스티야 수도승이 태평하게 말했다.

"켄, 이자들은 라크샤사, 즉 나찰이라는 생물이네. 광포하기 그지없고 자유 롭게 변신하는 능력 또한 갖고 있어서 아주 무서운 상대지. 자, 여기 보리수 부적이 있네."

켄은 부적을 받아들고 머리에 두른 다음 아까 들었던 만트라를 외웠다.

라크샤사(Rakshasa)
악귀로 번역되며, 불교에선 나찰(羅刹)이
라 한다. 인간을 습격하는 사악한 존재로
서 대개는 한밤중에 출몰해 고양이, 개,
독수리, 올빼미 등으로 자유롭게 변신한
다. 본래는 기이하게 생긴 날카로운 눈과
긴 꼬리를 가진, 기분 나쁜 짐승의 모습을
하고 있다.

라크샤사들은 일순 당혹감을 보였다. 그러나 증오에 불타는 투지는 사라지
지 않은 듯 일제히 덤벼들었다. 켄은 '최상의 무기' 차크라를 내던졌다. 차크
라는 마치 살아 있는 것처럼 날아가 두세 마리의 라크샤사를 베어버리고 부
메랑처럼 손안으로 되돌아왔다. 켄은 '성스러운 무기' 바즈라도 시험해보고
싶어졌다. 바즈라를 잡는 순간 한 마리의 라크샤사가 달려들었다. 켄은 그놈
의 머리를 겨냥해 바즈라를 내던졌다. 녀석은 머리가 몸통에 박힌 채 고꾸라
졌다. 격렬한 전투가 계속됐다. 요가로 단련된 켄의 동작에는 불필요한 구석
이 전혀 없었다. 그는 차례차례 덤벼드는 라크샤사에게 호된 타격을 가했다.

저녁 무렵 싸움이 끝났다. 예전의 켄이었다면 적을 무찌르고 후련함을 느
꼈겠지만, 지금은 허망함만이 남았다. 아가스티야 수도승이 말을 걸었다.

"어떤가, 나찰들을 퇴치한 소감은? 그게 뭐든지 간에 생명체를 죽이는 일
은 괴롭지 않나?"

켄은 조용히 고개를 끄덕였다.

SCENE 15

티베트 마술

◆── 타르파 술법

켄과 나나는 동쪽을 향해 계속 걸어갔다. 산길로 접어들면서 길은 점점 험해졌다. 두 사람은 히말라야 산맥에 다가서고 있었다. 인도라곤 해도 이 부근은 라마교라 불리는 티베트 불교의 세력 범위에 속했다. 해질 무렵, 두 사람은 작은 라마 사원에 묵기를 청했다. 롭산이란 이름의 티베트 승려는 마음씨 좋게 방과 식사를 제공해주었다. 식사는 참파라고 하는 티베트 음식으로, 보리를 볶아 가루로 빻아서, 버터와 소금을 넣은 홍차에 녹여 먹는 소박한 것이었다. 그런데 두 사람은 이상한 점을 발견했다. 롭산의 제자인 듯한 사람이 이것

타르파 술법

티베트 불교(라마교)에 전해지는 의식 마술의 하나. 승려가 몇 개월간 승방에 틀어박혀 만다라 옆에서 사념을 집중시키고 주문이나 음악을 동반하는 의식을 행함으로써 환상 인간을 창출할 수 있다. 물론 뛰어난 영력의 소유자만이 가능한 일로, 그 존재는 본인만이 지각할 수 있다. 단, 제작자의 명령을 점차 따르지 않게 되어 때론 인간에게 위해를 가하기도 한다. 유럽엔 도플갱어(분신)란 말이 있다. 직역하면 '생자의 환영'이다. 즉 무의식중에 분신이 출현해 멋대로 돌아다니는 현상이다. 오컬트 연구가 루이스 스펠레스에 의하면 '육체에서 에테르체(體)가 분리된다'고 한다. 티베트에 전해지는 타르파 술법은 이 현상을 임의로 일으킬 수 있는 마술이라 할 수 있을지도 모른다.

저것 시중을 들어주는데, 한마디도 입을 열지 않을 뿐더러 놀랍게도 그림자가 없었던 것이다. 버터를 내놓고 있는 그 남자에게선 그림자 비슷한 것도 찾아볼 수 없었다. 설령 등유 밑이라 어둡다고 해도 그림자가 안 보일 정도는 아니었다. 더욱이 나나가 남자의 마음을 읽어내려 했으나 아무것도 알아낼 수 없었다.

티베트 불교

일반적으로 라마교라 불리는데, 이는 속칭이다. 티베트어의 라마(Bla-Ma)는 '생명의 근원을 맡은 사람'이란 말로, 구체적으론 스승을 의미한다. 밀교에선 특히 사제 관계가 중시되기 때문에 오역된 것 같다. 이 책에서는 일본의 관례에 따라 라마교란 말을 사용한다.

인도에서 티베트 불교가 전해진 건 7세기 초에 일어난 토번(吐蕃) 왕국 시대였다. 대승불교와 밀교가 혼합된 것으로 주요 경전은 『티베트 대장경』이다. 샤머니즘이나 주술적 요소가 강한 토착신앙 '본교' 등의 영향을 받고, 또한 탄트라교(힌두교의 두르가 여신을 주신으로 하는 종파. 밀교에 영향을 주었다)의 성적인 분방함만이 강조되는 등 혼란이 더해지자, 다양한 종교 논쟁 끝에 15세기에 승려 시온카파가 개혁을 단행했다. 그는 현세의 이익만을 추구하는 주술을 멀리하고 계율을 중시하는 등 티베트 불교에 새로운 바람을 일으켰다. 몇 가지 종파 가운데 달라이 라마는 시온카파의 흐름을 이어받았다.

한편 티베트 불교는 몽골, 중국 동북 지방, 네팔, 부탄, 라다크(인도 북부) 등으로 퍼졌다.

〈강렬한 신앙심〉

본래 티베트 불교는 인도에서 전래된, 고답적인 입장을 취하는 교단이라 일컫는다. 그러나 대중의 시점에서 보면 다른 나라의 불교와는 크게 다르다. 무엇보다 티베트인들의 신앙심이 대단히 강하며, 신도들은 달라이 라마를 비롯한 고승에게 절대적인 신뢰를 보낸다. 제사 등으로 고승이 마을을 방문하면 사람들은 그와 닿을 수 있는 은혜를 얻고자 그가 남긴 차 등을 앞다퉈 이마에 바르곤 한다. 달라이 라마가 티베트에 있을 무렵엔 그의 분뇨까지 귀중한 약으로 취급되었다고 한다. 또 '조장(鳥葬)'이란 관습도 티베트의 독특한 문화다. 고승이 죽으면 그 뼈를 부순 다음 밀가루를 섞어 높은 곳에 두고 새가 먹게 하는 것이다. 그밖에, 제사 때 승려가 사용하는 피리를, 처녀의 대퇴골로 만들거나 두개골로 만든 공양그릇(정수리 부분의 그릇 모양처럼 된 부분 안쪽에 은을 붙인다)을 사용하기도 한다.

사원에도 티베트 불교만의 특징이 나타난다. 사원 벽에는 대단히 화려하고 현란한 색채의 만다라가 그려져 있고, 나아가 불법의 수호신인 분노존(忿怒尊)이 목에 두개골 목걸이를 걸고 무서운 얼굴을 한 모습이 그려져 있다. 또한 성교로 영력이 증가한다는 탄트라교의 가르침에 따라 여성과 성교하고 있는 불상이 자리잡은 경우도 드물지 않다. 또 주술적 요소를 승려에게 구하는 경향도 강하다. 아무튼 민족적 색채가 대단히 짙은 불교임엔 틀림없다.

켄과 나나는 자신들의 사정을 설명하면서 이에 관해 슬며시 롭산에게 물어보았다.

"호오, 당신들은 상당한 영력을 가졌군요. 대부분은 그를 보지 못하죠. 사실은 내가 만든 환상입니다."

롭산은 찬찬히 제작법을 설명해줬다. 이는 상당한 영력을 가진 라마승밖에 할 수 없는 마술로, 미숙자가 시험할 경우 환영 인간이 주인에게 반항하거나 위해를 가할 우려마저 있다고 했다. 롭산의 설명에 의하면, 마술은 먼저 라마교의 교전을 외우면서 시작한다. 죽은 처녀의 대퇴골로 만든 피리와 두개골로 만든 북이 필수품이다. 승방에 홀로 앉아 종을 울리고 피리를 불고 교전을 외운다. 그리고 사념을 집중시켜 비밀의식을 집행한다. 이 내용에 관해선 가르쳐주지 않았다. 라마교의 비밀의식은 외부인에겐 철저히 통제되기 때문이었다. 승려들은 자신이 정한 스승에게 사숙하고 신뢰를 얻은 뒤에 스승의 입을 통해 직접 비밀의식을 전수받는 것이 관례라 했다.

◆──만트라

롭산은 켄과 나나에게 흥미로운 얘기를 해주었다. 히말라야 산중의 지하에 있다고 알려진 이상향 '샴발라'에 관해서였다. 지하 제국 샴발라에는 뛰어난 예지력을 가진 현인들이 살고 있는데, 대대로 한 사람의 왕에 의해 통치되었다. 그들은 늘 세계에 온전한 평화가 오길 기원하며, 세계 각지에 사악한 계략이 일어날 때면 사자를 파견해 저지한다고 한다.

롭산은 계속해서 말했다.

"그러니까 당신들 싸움에서도 샴발라 현인들이 같은 편이 되어줄 겁니다. 찾으시오, 샴발라 왕국을."

켄이 물었다.

"하지만 정말로 그런 이상향이 있을까요?"

"믿어도 됩니다. 이 얘기는 진짜입니다. 11세기 초엽, 인도 밀교 최후의 경전인 『칼라차크라 탄트라』[14]에 분명히 기록되어 있지요."

켄과 나나는 동요되었다. 만일 현인들의 이상향 샴발라가 존재한다면 그곳에 가서 협력을 부탁하고 싶었다.

그 기분이 롭산에게 전해졌다. 그는 열띤 어조로 이야기를 계속했다.

"좋소, 정말로 샴발라가 있다는 걸 내 증명하지요. 실은 히말라야에서 샴발라의 사자를 만난 적이 있습니다. 1951년 중국의 인민해방군이 침입하면서 티베트는 중국의 영토가 됐지요. 그들은 '종교는 아편'이라며 우리 승려들을 철저히 탄압했습니다. 그래서 14대 달라이 라마를 비롯한 많은 티베트인들은 인도나 네팔로 탈출했습니다. 나도 중국 병사의 추적을 피해 이 산으로 피난했지요. 도중에 히말라야 산 속에서 길을 잃고 어디가 서쪽인지 동쪽인지조차 모르게 됐습니다. 어찌 해야 좋을지 몰라 당황해하고 있는데 샴발라의 사자가 나타났던 겁니다. 그가 날 여기까지 무사히 데려다줬지요."

켄은 롭산에게 대답했다.

"알겠습니다. 샴발라를 찾아 떠나겠어요. 친절한 지도에 감사드립니다."

다음날 아침, 두 사람은 샴발라를 목표로 히말라야 산 속으로 들어갔다. 출발할 때 롭산은 이렇게 충고해줬다.

"알겠습니까? 곧바로 쭉 동쪽을 향하다가 남쪽 하늘이 열린 장소가 나오면 기도하십시오. 몇 시간이든 며칠이든 계속해서 비는 겁니다. 그러면 샴발라의 사자가 반드시 당신들 앞에 나타날 겁니다. 성공을 빌지요. 아, 그리고 중

---

14 티베트 불교 중에서도 가장 고매한 가르침이라 여겨지는 경전이다. 그 의미는 '시간의 수레바퀴 교의'로, 일본에선 '시륜(時輪) 탄트라'라고 부른다.

오움 마니 반메 훔
가장 짧은 만트라(진언)다. 오움은 '옴'이라고도 발음된다. 신심 깊은 티베트인은 늘 이 말을 입에 달고
산다. 이것은 '오움, 연꽃 속의 보물이여'란 뜻인데 '불멸의 진리', '신앙의 숭고함'을 나타낸다. '오
움'이란 말은 베다 성전을 외울 때나 기도의 말을 할 때 반드시 최초로 외워야 한다는 '성음(聖音)'이
다. a u m의 세 음은 힌두교도에 의하면 각각 비슈누, 시바, 브라마란 3대 신에 해당하는 것이라 한다.
또한 '암(唵 : 범어 om의 음역자-옮긴이)'으로서 밀교에도 계승됐다. 이 경우 a u m은 각각 법신(法
身), 보신(報身), 응신(應身)에 해당된다. 삼세제불(三世諸佛)은 이 성음에 의해 성불한다고 한다.

요한 기도의 말을 가르쳐드리겠습니다. '오움 마니 반메 훔.' 이 말은 짧지만
매우 효과적인 만트라지요. '오움, 연꽃에 진좌되는 보석이여'란 의미입니
다. 현인들에게 바치는 최대의 칭찬이지요."

켄과 나나는 샴발라를 목표로 하여 계속해서 걸었다.
급경사 길을 오르면서 문득 나나가 말했다.
"저 롭산 선생, 실은 샴발라의 사자가 아닐까? 아무래도 그런 기분이 들어."
"나도 그렇게 느꼈어. 어쩜 우릴 시험하는 걸지도 몰라."

◆──마니차 · 분노존

켄과 나나는 험한 산길을 며칠 동안 걸었다. 그들은 만년설을 보고서야 자

신들이 매우 높은 곳에 와 있다는 걸 깨달았다. 아마, 지금쯤은 중국에 발을 들여놓았을 터였다. 산 속에는 국경 같은 건 존재하지 않는다. 혹독한 추위에는 롭산이 준 짐승 가죽이 도움이 됐다. 가파른 언덕을 동쪽으로 돌아서 가자 남쪽에 운해가 펼쳐져 있었다.

"여기가 롭산 선생이 말한 장소야."

나나의 표정이 밝아졌다. 분명히 그가 말한 것과 똑같은 풍경이 있었다. 광장 구석에는 작은 초르텐(불탑)이 있어서 알맞은 휴식 장소가 됐다. 두 사람은 좀 쉬고 나서 곧바로 만트라를 외웠다. 밤이 되자 마른 나뭇가지를 모아 훈훈하게 만들고 서로의 어깨에 기댄 채 계속해서 빌었다.

다음날 아침의 일이었다. 사냥꾼처럼 기골이 장대한 남자가 켄과 나나에게 다가왔다. 활과 화살을 등에 멘 그 남자는 오른손으로 마니차를 돌리고 있었다.

"안녕하쇼."

남자는 싹싹하게 말을 걸면서 불 옆에 앉았다. 켄은 그에게 샴발라에 대해 물어봤다.

"하하, 당신도 라마승한테 속았군. 매년 몇 명씩은 녀석의 거짓말을 듣고 이런 오지까지 찾아온다고. 자, 그런 바보 같은 꿈은 꾸지 말고 돌아가쇼. 아님 조난당하고 말 거요."

불탑 본래는 석가의 유골을 묻은 건조물을 의미. 산스크리트어론 스투파(Stupa)라고 한다. 영어론 파고다(Pagoda), 일본어론 소토바(率塔婆), 티베트어론 초르텐이다. 다만 티베트의 명소로 여기는 불탑에는 유골이 묻혀 있는 게 아니라 경전이나 귀금속이 묻혀 있다. 불탑에 드리는 예배는 붓다에게 배례하는 것과 마찬가지로 여겨 신앙의 대상이 되었다. 덧붙여 일본의 소토바는 불탑 형태를 본뜬 판으로 만들어져 묘석 뒤 등에 놓인다.

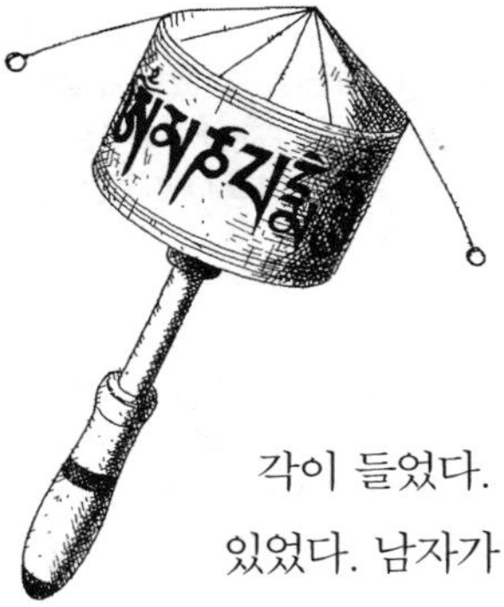

마니차

진언인 '오움 마니 반메 훔'이 적힌 원통으로, 그 내부에도 경문이 적힌 두루마리가 들어 있다. 티베트인은 갓난아기의 딸랑이 같은 형태의 마니차를 한쪽 손에 들고 빙빙 돌림으로써 진언을 말하는 것과 같은 효과를 얻을 수 있다고 말한다.

켄은 마음이 흔들렸다. 속았을지도 모른다는 생각이 들었다. 그러나 나나는 전혀 낙담하는 기색 없이 태연하게 있었다. 남자가 적극적으로 돌아갈 것을 권했으나 끄떡도 하지 않았다. 그러자 남자가 화를 내기 시작했다.

"이렇게 친절히 말해줬건만 모른단 말요!"

"상관없어요. 우린 사자를 기다릴 겁니다."

남자의 태도가 돌변했다.

"좋아, 이대로 있다간 어차피 조난당할걸? 그렇담 내가 편안히 죽게 해주지!"

남자는 갑자기 변신하더니 라마 사원에서 본 분노존[15]과 비슷한 모습이 됐다. 거대한 체구의 그 남자는 광분해서 얼굴이 새까매진 채 나나에게 덤벼들었다. 순간 켄이 마술을 걸었다. 쇠사슬 묶음 술법[16]이었다. 남자는 스톱 모션처럼 꼼짝도 못 하고 서 있었다. 그러고는 굳어진 입술을 필사적으로 움직여 말했다.

"아, 알았어. 자네들 마음을 시험한 거네. 부탁이니 마술을 풀어주게."

켄이 냉정하게 대답했다.

---

15 **忿怒尊** 불교의 가르침을 수호하는 목적으로 만들어진 '수호신' 역할의 신상.

16 금속 사슬로 묶인 것처럼 몸을 움직일 수 없게 되는 것. 일반적으론 심리적 요소에 의한 것이나 여기에서는 켄의 영력이 작용한 것으로 생각된다. 더욱이 슈겐도에는 '가나시바리(金縛り) 수법'이란 마술이 있다.

염주
금속이나 보석, 씨, 향목 등으로 만든 구슬을 실로 연결해 만든 것. 고대 인도의 바라문교에서 사용했다고 한다. 불교에선 부처를 숭배할 때 사용되는 데 비해 진언을 중시하는 밀교에선 진언이나 주문을 외울 때 횟수를 세기 위한 목적으로 쓰인다. 염주에 이용되는 구슬의 수는 종파에 따라 다르나 그 기본은 108개라고 한다. 이는 인간이 백팔번뇌를 가졌다는 데서 유래한다.

달라이 라마(Da lai bla ma)
1642년에 티베트의 국왕 겸 주권자가 됐다. 티베트 불교 게룩파의 종주(宗主)에 대한 호칭이기도 하다. 달라이 라마는 관음보살의 화신이 환생한 것이라고 여겨져 '활불(活佛 : 살아 있는 부처)'로서 티베트인의 두터운 신앙을 받고 있다. 그 거주지는 티베트 자치구의 수도 라싸에 있는 포탈라궁이다. 현재의 달라이 라마는 14대로, 1959년 이후 중국과 대립하여 인도로 망명했으며, 인도 북부의 다름살라를 거점으로 종교 활동을 계속하고 있다.

"좋아. 단, 이상한 행동을 하면 용서하지 않겠다."

간신히 자유로워진 남자는 원래 모습으로 되돌아가 목에 걸치고 있는 염주를 벗었다.

"이것 좀 보게. 이 염주는 우리가 위대한 활불(살아 있는 부처) 달라이 라마에게 받은 구슬이네. 자네가 마술을 건 순간 염주가 내 목을 죄기 시작했지. 그래서 알았네. 자넨 자격이 있다는걸. 게다가 상당한 수행을 쌓았군그래. 롭산의 말이 사실이었어. ……자, 안내해주겠네, 샴발라 왕국으로."

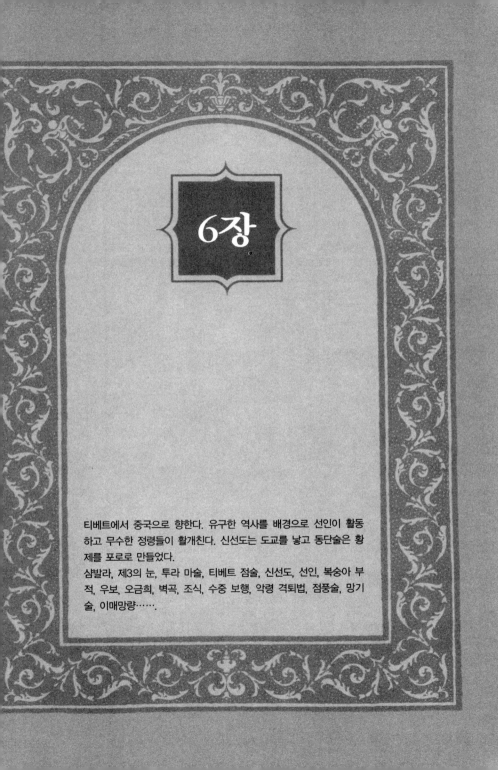

6장

티베트에서 중국으로 향한다. 유구한 역사를 배경으로 선인이 활동하고 무수한 정령들이 활개친다. 신선도는 도교를 낳고 동단술은 황제를 포로로 만들었다.

삼발라, 제3의 눈, 투라 마술, 티베트 점술, 신선도, 선인, 복숭아 부적, 우보, 오금희, 벽곡, 조식, 수중 보행, 악령 격퇴법, 점풍술, 망기술, 이매망량…….

SCENE 16

샴발라의 고향

◆─이상향

켄과 나나는 그가 바로 샴발라의 사자임을 깨달았다. 이윽고 사자의 안내로 몇 개의 산을 넘어 작은 계곡으로 발을 들여놓았다. 그러자 갑자기 주위 분

아시아인의 이상향

이상향을 구하는 마음은 세계 공통적이다. 이슬람 세계의 낙원 '에덴동산'은 기독교도에게 계승되었고, 토마스 모어(Thomas More, 1478~1535)의 『유토피아』, 캄파넬라 (Tommasso Campanella, 1568~1639)의 『태양의 나라』 등 문학에도 수없이 등장했다. 아르카디아, 키사나두도 '이상향'을 의미한다. 수많은 이상향 중에서 아시아에서 구전되어 온 전설을 몇 가지 소개하겠다.

도원향(桃源郷) 중국의 시인 도연명(陶淵明, 365~427)의 『도화원기桃花源記』에서 최초로 소개되었다. 산 속에서 길을 잃은 남자가 복숭아 숲에서 헤매다가 계곡 물의 수원인 동굴을 빠져나갔는데, 수백 년간 외계와 교류를 끊고 살아온 산골 마을에 도착한다는 이야기다. 일단 그곳을 떠난 남자는 두 번 다시 돌아갈 수 없었다고 한다.

봉래산(蓬萊山) 중국의 도교 신선사상에 나오는 '봉래산'도 일종의 이상향이다. 신선들이 사는 섬으로, 불로불사의 영약이 난다고 한다. 동해에 있는 이 섬은 거대한 거북이 태우고 있다고 한다. 진나라 시황제는 이 섬을 찾고자 서복(徐福)을 파견했다.

보타락산(補陀落山) 인도 남부에 있다고 알려진 관음정토 '포탈라카'가 기원이다. 불교와 함께 일본에 들어왔으며, 구마노(態野)의 남해안 일대가 보타락 세계의 일부로 여겨지는 등, 각지에서 보타락 신앙이 생겨났다. 게다가 남쪽 해상에 있는 '남보타락'으로 건너가기 위해 생명을 걸고 출범하는 '보타락 항해'가 구마노와 시코쿠(四國)에서 행해졌다.

위기가 바뀌었다. 정신을 차리고 보니 구름이 사라지고 봄꽃과 풀들이 잔뜩 피어 있었다. 그리고 눈앞에 마치 성채 같은 라마 사원이 나타났다. 입구에 도착하자 사자가 말했다.

"자, 들어가시오. 외부인이 이 문을 지나는 건 1백 년 만이라오."

성채의 내부는 작은 마을과 같았다. 성의 한가운데를 가로질러 가게와 식당이 있고 주변에는 논밭이 펼쳐져 있었다. 일하는 사람들이 있는가 하면 담

신지학(Theosophy)
본래의 의미는 '신이나 천사로부터 계시를 받고 이를 인지하기 위한 학문'이었지만, 의도하는 바가 시대에 따라 변화하자 블라바츠키가 1875년에 창설한 신지학협회(Theosophical Society)에선 다음과 같이 정리했다.
"고대부터 우주와 인간의 기원에 대한 비밀은 특정 사람들에게만 전해졌고, 세계 각지의 종교는 그 비밀을 기초로 해서 생겨났다. 지금이야말로 그 비밀을 공개하고 종교간의 대립을 넘어 본질적인 신의 영지를 배울 때다. 이를 위해선 인종이나 종교, 신분 등을 넘어서서 우애 정신을 갖고 세계 종교를 비교 연구해 인간 내면에 담겨 있는 신적인 힘을 연구·개발해야 한다."
참고로 뢰리치가 생각했던 '심령적인 세계 연방'도 이와 비슷한 사상에서 나온 것이다.

샴발라(Shambhala)
시륜(時輪) 만다라 등에 소개된 샴발라 왕국은 불교에 깊이 귀의한 사람들이 살고 있는 지하 왕국으로, 덕이 많은 국왕이 다스린다는 불교의 이상향이다. 세계 속에 악덕이 만연하고 세계적 규모의 대전쟁이 일어나면 샴발라 국왕이 그의 군대를 지상에 파견한다. 그들은 전쟁을 승리로 이끌고 그뒤로는 영원한 황금시대가 온다.
이 전설이 최초로 서양 사회에 전해진 것은 17세기에 예수회 전도사가 포교 보고를 하면서였다. 그러나 샴발라의 이름이 유명해진 건 19세기의 유명한 마술사 블라바츠키(1831~91)의 공헌이 컸다. 그녀는 티베트에서 샴발라의 현자 마하트마의 가르침을 받고 신지학 운동을 세계 각지에서 전개했다. 20세기에 들어서자 마찬가지로 러시아의 신비 사상가 뢰리치 (Nikolai K. Rerikh, 1874~1947)가 샴발라 사상을 전개하고, 심령적인 세계 연방 수립을 목표로 활동했다. 그 결과 샴발라는 '이상향'이란 이미지를 갖게 됐다. 덧붙여 이상향과 같은 의미인 '샹그리라(Shangrila)'란 말은 J. 힐턴(James Hilton, 1900~1954)의 소설 「잃어버린 지평선」에서 나온 것으로, 샴발라를 모델로 이미지화한 것이다.

소를 나누는 사람들, 꾸벅꾸벅 졸고 있는 사람도 있었다. 시골티가 나는 마을의 모습을 보고서야 켄은 마음을 놓았다. 현인들이 사는 이상향은 어떤 곳일까 하고 긴장했던 것이다. 그러나 나나는 달랐다.

'마음속을 읽을 수 없어.'

나나는 불안한 듯이 켄의 마음에 속삭였다.

'어떻게 된 거지?'

'너무 복잡한 걸까? 아님 어린애처럼 단순해서 그런 걸까? 이유는 알 수 없지만 이곳 사람들 마음이 내겐 보이질 않아.'

사자(使者)는 켄 일행을 성채 중앙에 위치한 건물로 안내했다.

"자, 우리의 지도자, 롭산 림포체를 소개하죠."

방 안에 앉아 있는 사람은 다름 아닌 롭산 사부였다. 그는 웃으면서 말했다.

"놀라게 한 것 같군요. 샴발라 왕이라 해서 백발에 학처럼 야윈 노인을 상상했습니까? 여기선 왕 노릇을 돌아가면서 하는데 지금 제가 그 역할을 하는 것뿐이죠."

◆—제3의 눈

켄과 나나는 자초지종을 상세히 설명했다. 롭산 사부는 고개를 끄덕이며 말했다.

"알겠습니다. 우리도 어둠의 군대가 저지르는 악행에 대해 마음 아프게 생각합니다. 당신들에게 전폭적으로 협력하겠소. 그건 그렇고 켄, 당신 능력은 무척 뛰어나지만 더 강력해지도록 우리 라마교에서 전해지는 비술을 전수받으면 어떻겠소? '제3의 눈'이라고 하는데 몸에 상처를 내야 합니다. 괜찮겠소?"

켄이 흔쾌히 승낙하자 즉시 의식이 준비됐다. 먼저 켄의 이마 중앙에 약초를 발랐다. 몇 시간이 지나 한밤중이 되자 라마승들의 독경 속에서 '비술'이 시작됐다. 마치 외과 수술을 진행하는 듯한 풍경이 펼쳐졌다. 머리를 고정시킨 켄 앞에 의학승이 앉은 다음 동철로 만든 송곳으로 이마 중앙에 자그마한 구멍을 냈다. 마취는 일절 해선 안 된다고 했다. 날카로운 아픔이 엄습했다. 머릿속으로 하얀 불꽃이 날아들었다. 롭산 사부의 주문이 멀리서 들려오는 것을 느낀 순간 켄은 의식을 잃었다.

켄은 시술 후 사흘 동안 컴컴한 방에서 잠을 잤다. 나흘째 아침, 이마를 감

제3의 눈

1951년 티베트는 중국에 의해 '해방' 되고, 많은 티베트 난민들은 인도를 비롯한 전 세계로 흩어졌다. 그런 시대에 영국에서 한 권의 책이 출판됐다. 『제3의 눈』이란 이 책은 순식간에 베스트셀러가 됐다. 여기에는 신비에 싸여 있는 티베트 귀족이나 라마교도의 생활이 생생하게 소개돼 있었다. 그러나 사람들이 주목했던 부분은 망명한 티베트인 저자가 여덟 살 때 사원에서 받았다고 하는 신비한 수술이었다. 그는 초능력을 얻기 위해 이마 중앙에 드릴로 구멍을 뚫고 '제3의 눈'을 획득했다는 것이다.

그 결과 그는 뛰어난 통찰력을 갖게 됐고, 뿐만 아니라 초기억력, 공중비행, 텔레파시 등의 힘을 얻었다고 한다.

폭발적인 반응이 일자 매스컴에선 저자를 찾으려고 했다. 가까스로 밝혀낸 인물은 세상을 다시 한 번 놀라게 만들었다. 저자는 망명한 티베트인이 아니라 영국 태생의 시릴 호스킨(1910 ~?)이란 인물이었던 것이다. 그는 이렇게 고백했다.

"나는 전생에 롭산 람바라는 티베트인이었다. 정원에서 쓰러졌을 때 잃어버린 전생의 기억이 되살아났다."

이 말은 당시 영국 사회에선 도저히 받아들일

고 있던 붕대가 벗겨졌다. 거기엔 눈이라기보단 상처 같은 자국 하나가 세로 2센티미터 정도 길이로 나 있었다. 켄이 눈을 뜨자 나나의 걱정스런 얼굴이 앞에 있었다. 그런데 기묘하게도 나나의 몸이 금빛 화염에 휩싸여 있는 것처럼 보였다. 롭산 사부의 몸도 마찬가지였다.

"롭산 사부, 당신 몸이 불타는 것처럼 보입니다."

사부는 미소를 띠며 대답했다.

"시술이 성공한 것 같군요. 당신이 보고 있는 건 인간의 영기, 즉 아우라

수 없는 것이었지만, 그가 저술한 티베트인의 생활이나 라마 사원 이야기는 학자들에 의해서 정확한 것으로 판명됐다. 따라서 신비한 '제3의 눈'도 티베트 불교의 비의(秘儀)라고 여기는 게 타당할 것이다. 참고로, 현대 중국에는 이마에 종이를 대고 그 내용을 읽을 수 있는 '초능력' 아이들이 존재한다.

아우라(Aura)

제3의 눈에 의해 얻은 투시력은 이른바 서양 사회에서 '아우라'라고 부른다. 아우라는 인체에서 발산되는 영적 방사체(放射體)다. 온몸을 둘러싼 빛의 구름과 같은 존재로, 두께는 몇 센티미터에서 1미터 정도라고 한다. 일반적으론 초능력자만 볼 수 있으나, 구소련의 전기 기사 키를리안(Kirlian) 부부는 저감도 필름으로 촬영하는 데 성공했다.

연구 결과, 모든 생명체는 아우라를 발산하지만 인간의 경우엔 건강 상태, 정신력 등에 따라 색채나 강도가 변화하는 것으로 밝혀졌다. 성인(聖人)은 짙은 청자색, 그리스도 같은 존재는 빛나는 별빛, 성실한 사람은 녹색과 청색, 이기적인 사람은 잿빛 아우라를 갖는다고 한다. 『제3의 눈』에도, 승려는 푸른 아우라를 발산하며 화가 나서 불끈하면 거기에 붉은 반점이 섞인다고 나와 있다. 참고로, 티베트를 '해방'시킨 중국 사절 단원의 아우라는 검붉은 색이 섞인 황백색이었다고 한다.

(aura)라고 하는 겁니다. 일반적으로 덕망 있는 사람의 아우라는 빛이 나고, 부정한 사람의 것은 줄무늬 모양이나 이상한 빛으로 보이지요. 제3의 눈이 가진 힘은 그것만이 아닙니다. 덮여 있는 책의 내용이나 지워진 문자까지 보입니다. 또 제3의 눈으로 목적지를 상상하면 바로 그 순간 이동할 수도 있습니다. 다시 말해 당신의 잠재능력을 이끌어낸 겁니다. 인간은 본래 제3의 눈을 갖고 있었습니다. 하지만 세상이 사악한 마음으로 가득 차자 신이 이 눈을 봉해버렸지요. 그러니 조심하세요. 제3의 눈을 개인적인 목적으로 사용하는 건 엄금합니다. 신의 의지를 배반하는 일이기 때문입니다. 반드시 세계의 안녕을 위해서만 이 능력을 활용하도록 하세요."

켄은 이해할 수 있었다. 롭산 사부에 의하면 태어나면서부터 제3의 눈을 갖는 사람도 간혹 있다고 한다. 초인이나 성인 같은 사람들이다. 그들과 동등한 능력을 가지게 된 켄은 망설여졌다. 자신이 '성인'이라 불릴 만한 사람이 아니란 걸 잘 알기 때문이었다. 그러자 옆에 있던 나나가 켄의 불안감을 달래줬다.

"괜찮아, 켄. 어둠의 군대와 싸우는 넌 성인이나 다름없어. 게다가 이 싸움이 끝난 뒤에 네가 살아남는다면 반드시 제3의 눈은 다시 닫히게 될 거야. 그렇게 되면 넌 평범한 고등학생으로 돌아가는 거지. 어디에나 있는 고등학생 말이야."

◆──투라 마술

날이 저물자 켄의 이마에 있는 눈은 작은 상처처럼 되어 신경 쓰이지 않게 됐다. 켄과 나나는 다시 동쪽을 향해 여행을 계속하기로 했다. 출발 전날 밤 롭산 사부는 티베트의 전통 점술을 알려줬다. 투라점이라고 하는 것이었다. 사부는 라마승 중에서도 가장 뛰어난 투라파(투라 점술사)였던 것이다.

투라점은 환영을 만들어 거기에 표현되는 다양한 것들로부터 미래를 예지하는 점술이다. 일반적으론 잘 닦은 거울이나 호수 표면 등을 이용하지만 롭산 사부는 엄지손가락 부분을 사용했다. 사부는 먼저 엄지손가락을 붉게 칠한 다음 밀랍에 담갔다. 그리고 빛을 차단하고 버터램프[17]에 불을 붙였다. 사부가 의식을 집중하고 주문을 외우기 시작했다. 이윽고 그의 의식이 혼탁해지면서 망아(忘我) 상태가 됐다. 롭산 사부는 엄지손가락을 켄 일행에게 내밀었다. 비전이 나타났다. 산수화 같은 배경의 중앙에 정자가 있고 백발의 노인이 보였다. 그는 방대한 서적에 둘러싸인 채 앉아서 붓으로 작은 나무판에 문자를 쓰고 있었다. 뒤에는 거대한 용[18]이 똬리를 튼 채 웅크리고 있었다. 노인은 얼굴을 들더니 켄에게 손짓했다.

의식이 돌아오자 롭산 사부는 비전에 대해 설명했다.

용은 중국에서 왕의 상징으로 여겨지는 동물이다. 서적은 고대부터 전해져 내려온 지혜의 상징이고 작은 나무판은 복숭아나무[19]로 중국의 전통 부적을 의미한다. 또 백발의 노인, 즉 지혜의 전승자가 이쪽을 보고 손짓했다는 것은 켄이 중국의 전통 비술을 습득할 필요가 있다는 뜻이다.

"이상하군요. 보통 비전은 이렇게까지 선명하게 나오진 않습니다. 마치 저쪽에서 이쪽을 보고 있는 듯한 느낌이 드는군요. 혹시 그 노인은 실재 인물로 이쪽 비전에 끼어든 건지도 모르겠습니다. 만약 그렇다면 굉장한 수행을 한 술사겠죠."

나나가 걱정스런 목소리로 말했다.

"혹시 저 노인이 '어둠의 군대' 편일 가능성은 없을까요?"

---

17 **버터램프** 카슈미르나 네팔 등지의 고지에 사는 소과의 포유류 야크의 우유에서 채취한 버터를 연료로 해서 램프를 만든다.
18 **용** 중국문화권에서 알려진 전설상의 동물. 현자나 왕의 상징이며 물과 관련 있는 영수(靈獸).
19 **복숭아나무** 마력이 있는 것으로 알려져 부적 등으로 사용된다.

"그런 우려는 없습니다. 용은 현자만이 기를 수 있기 때문이죠. 만약 저 노인의 마음에 사악함이 숨어 있었다면 용이 그 사악한 기를 느끼고 어디론가 날아가버렸을 겁니다."

켄이 도중에 끼어들었다.

"용은 민감한 생물이죠."

"그렇습니다. 켄, 당신은 대단한 능력을 지니고 있다는 걸 잊지 마세요. 제3의 눈을 믿어야 합니다."

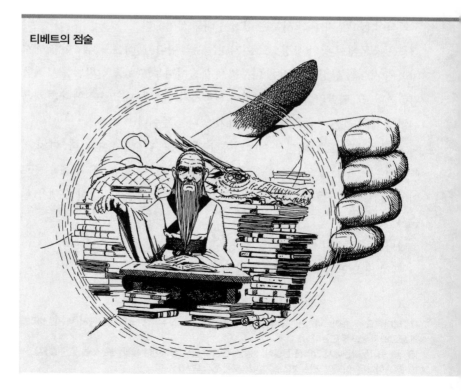

티베트의 점술

"말씀하신 대롭니다. 전 제게 주어진 힘을 믿어요. 제3의 눈이 저에게 최선의 안내자란 것을……."

"신뢰는 위대한 힘입니다. 당신이 자신의 힘을 믿는 것이야말로 자신의 에너지를 발산하는 원동력이 됩니다."

본서에 등장하는 롭산 사부의 점술은 투라점이라고 하는 것이다. 점술사는 투라파라고 불리며, 정신을 집중시키기 위해 상념이나 이미지를 배제하고 특정 신을 대상으로 한 만트라(Mantra, 진언)를 외운다. 이윽고 망아 상태가 되고 이것이 깊어짐에 따라 비전이 출현한다. 이때의 스크린은 잘 닦인 거울이나 조용한 수면, 맑게 갠 하늘 등이다. 물론 롭산 사부처럼 엄지손가락 연결 부분을 사용하는 일도 드물지 않다.

출현하는 비전은 인간, 자연 풍경, 문자 등의 구체적인 것으로 일반인도 볼 수 있다. 투라파는 사람들의 질문에 응해 이 비전의 상징적 의미를 해석한다. 해석이 의심스럽거나 부정확하면 투라파는 다시 비전을 출현시키기도 하는데, 이는 세 번까지만 가능하다고 한다.

티베트에서 투라점은 절대적 신용을 얻고 있다. 13대 달라이 라마가 사망한 뒤 그의 환생인 현재의 달라이 라마(14대)를 찾을 때도 이 투라점을 사용했을 정도다.

투라점 외에도 티베트엔 여러 종류의 점술이 있다. 대개는 불교가 들어오기 이전부터 존재했을 것이라 여겨진다.

투라점	승려에 의해 행해지는 점술. 거울 등으로 비전을 비춰 그것으로 미래의 일이나 길조를 읽어낸다.
다모점	화살 두 개를 사용한 점술. 액체 속에 화살을 세우고 그 움직이는 방향으로 판단한다.
덴와점	염주를 사용하는 점.
쇼모점	주사위를 사용해 나타나는 숫자로 길조를 판단한다.
마루메타구바	버터램프를 사용해 불꽃의 움직임이나 타는 방향으로 점을 친다.
챠로그키케 타그파	새점의 일종. 새의 행동을 관찰해 미래를 예지한다.

SCENE 17

중국 신선도

◆─선인

켄은 출발 시간이 되자 제3의 눈의 힘을 시험해보기로 했다. 먼저 롭산 사부의 투라점에 출현했던 백발 노인의 모습을 떠올렸다. 그러고는 노인 앞에 있는 자신과 나나를 상상했다. 그러자 두 사람의 몸이 땅 위로 살짝 떠오르는 것처럼 느껴지더니 곧 엄청난 속도로 미끄러지듯 움직이기 시작했다. 틀림없이 보통 사람 눈에는 자그마한 회오리처럼 보였을 것이다. 몇 분 뒤, 켄과 나나는 장대한 궁전 앞에 서 있었다. 주위엔 중국인과 외국인이 많이 있었다. 깃발을 든 가이드가 그룹을 선도하는 중이었다.

"여긴 북경에 있는 고궁이야. 혁명 전까진 역대 황제의 궁전이었고, 지금은 박물관이 된 곳이지."

나나의 말에 켄은 고개를 끄덕였다. 그건 그렇고 어째서 이런 장소로 와 버렸을까? 제3의 눈을 제대로 컨트롤하지 못한 걸까? 켄은 약간 걱정이 됐다. 그러나 한 건물의 문을 여는 순간 자신의 공중비행이 정확했음을 알 수 있었다.

비전에서 본 대로 노인이 어두운 실내에 있었던 것이다. 주위엔 오래된 책들이 산처럼 쌓여 있었다. 그리고 노인의 몸을 흰색 아우라가 눈부시게 뒤덮고 있었다. 아우라가 보이지 않았다면 그저 평범한 노인으로 생각했을 것이다. 그러나 흰색 아우라는 대단히 뛰어난 선인(仙人)이 아니면 나타나지 않는 것. 평범한 사람들 속에야말로 뛰어난 선인이 있다는 얘길 들은 적이 있었다. 겉만 봐선 알 수 없는 것이다.

"오, 드디어 왔군. 히말라야는 추웠을 테지? 우선 앉게나. 따뜻한 차라도 들겠나?"

차분한 눈길로 마치 구면인 것처럼 행동하는 노인을 보고 켄과 나나는 경

신선도(神仙道)

신선 사상은 전국시대(기원전 5세기~3세기경)에 중국에서 탄생한 '초인' 사상이다. 신선이란 생사를 초월한 신에 가까운 존재가 된 인간을 가리킨다. 불로불사나 공중비행은 물론 귀신을 이용하거나 국가의 길흉을 예지하는 등 마술의 최고봉에 위치한 능력을 가진 존재다. 신선, 즉 선인 사상은 '동해상에 위치한 봉래산이란 섬에는 초인들이 살고 있다'는 당시 산둥 반도의 전설이 그 기원이다. 그리고 방사(方士 : 마술사 겸 연금술사)들이 당시의 권력자에게 접근해 적극적으로 그 존재를 선전한 것을 계기로 대중에게 받아들여지게 됐다.

진(秦)의 시황제(기원전 3세기경)는 봉래산을 조사하기 위해 서복이란 방사를 파견했고, 한(漢)의 무제(기원전 156~87) 또한 선인 탐색에 열을 올렸으며 궁정에선 뛰어난 방사를 후대했다. 당시 국내에서 수만 명이나 되는 방사가 활약했다고 한다.

한편 선인이란 선천적으로 소질을 갖고 태어난 사람이 선인이 살고 있다는 산 속으로 들어가 제사를 지냄으로써 성취된다고 여겨졌다. 선인은 인간의 모습이 아니라 반인반수, 즉 동물과 인간이 합체한 모습으로 이미지화됐다. 그리고 선인의 초능력의 비밀인 단약(선약)을 입수해 복용하면 불로불사가 될 수 있다고 믿어졌다. 그런데 도교 사상이 퍼지자 선인상은 대중적인 것으로 변모해갔다. 선인은 흰 수염을 길게 늘어뜨린 노인의 모습이며, 구름을 타고, 인가에서 떨어진 신산에서 단약을 찾고, 때로 인간계에 나타나서는 영험함을 보인다고 여겨졌던 것이다. 동시에 선인이 되는 방법도 변모했다. 욕망을 다스리고 선인이 바라는 인간상에 다가서기 위한 각종 수행을 거듭함으로써 선인의 은혜를 받을 수 있다고 생각하게 됐다. 고귀한 출생과는 아무 관계없이 서민 출신이라도 선인이 될 수 있는 것이다.

중국의 선인 사상, 도교의 신들, 선인과 선술에 대해서는 『도교의 신들』에 상세하게 소개되어 있다. 흥미가 있는 분들은 한번 읽어볼 것을 권한다.

선인 전설

선인(仙人)을 둘러싼 에피소드는 수없이 많다. 『열선전列仙傳』, 『신선전神仙傳』이란 선인
전기를 읽어보면, 선인들의 행동 패턴을 알 수 있다. 그들은 자유를 좋아하고, 정의를 중요
시하며, 화려한 퍼포먼스를 연기해 보이는 장난기도 있다. 일반적으로 선인은 세 종류로 나
눌 수 있는데 '천선(天仙)', '지선(地仙)', '수선(水仙)'이 그것이다. 천선은 천상계에 오른 선
인이고, 당연히 공중비행을 거뜬히 해낸다. 지선은 이보다 조금 낮은 랭킹에 있는 선인으로,
천상계엔 오르지 못하고 지상에서 사는 선인이다. 수선은 호수나 하천에서 사는 선인이다.
도교의 교전 『운급칠첨雲笈七籤』에선 더 상세히 분류하고 있다. 선술의 능력에 따라 위에
서부터 상선(上仙), 고선(高仙), 현선(玄仙), 천선(天仙), 진선(眞仙), 신선(神仙), 운선(雲仙),
지선(至仙)으로 되어 있다. 다음은 선인에 대한 몇 가지 에피소드다.

동방삭

한나라 무제(기원전 156~87)를 섬기던 동방삭(東方朔)은 매우 박식하여 모르는
것이 없었다고 한다. 무제의 동방 여행 때 함곡관 부근에 괴물이 나타나 일행의 갈
길을 막은 사건이 있었다. 그때 동방삭이 앞으로 나서서 괴물에게 술을 끼얹었다.
그러자 괴물은 순식간에 사라져버렸다. 놀란 무제에게 그는 이렇게 설명했다.
"이 괴물은 환(患)이라고 해서, 인간의 우울함이 만들어낸 겁니다. 이 땅은 진 시대
의 감옥이었던 걸로 사료됩니다. 그래서 우울함이 응축돼 있는 게지요. 술은 우울
함을 풀어주는 묘약이기 때문에 괴물이 사라진 겁니다."
무제의 궁정에 선계의 왕녀인 서왕모(西王母)가 내려온 적이 있었다. 무제와 신하
들이 동석했는데, 동방삭은 살금살금 숨어버렸다. 그것을 보고 서왕모는 웃으면서 말했다.
"저자는 내 천도복숭아를 3개나 훔쳐먹은 장난꾸러기네."
천도복숭아는 선계의 열매로 불로불사를 가져오는 과일이다. 이 말을 들은 무제는 동방삭이 선계의 주
민인 것을 확신했다.

좌자

양자강 북안 출신인 좌자(左慈)는 점성술, 변신술, 연금술의 달인으로 알려져 있었다. 삼국지에도 등장하
는 위(魏)의 창립자 조조(155~220)는 그를 궁전으로 초대했다. 좌자는 사시에다 한쪽 다리를 절며 추레
한 행색으로 조조 앞에 나타났다. 조조는 그의 능력을 의심해 돌로 만든 방에 가두고 감시하면서 음식을

일절 주지 않았다. 1년 후 좌자를 꺼냈는데, 안색도 좋고 매우 건강했다. 놀
란 조조는 마술의 비법을 말하라고 다그쳤지만 그는 입을 열지 않았다. 조
조는 분노한 나머지 가혹한 고문을 가했다. 그러나 좌자는 태연히 대답했
다.
"나는 10년간 마시지 않고 먹지 않아도 아무런 문제가 없다. 하루에 1천 마
리의 소를 먹어도 배가 부르지 않다."
어느 날 조조가 연회를 열고 있는데 좌자가 감옥에서 빠져나와 내객들 앞
에서 마술을 펼쳐보였다. 그 계절엔 절대 나지 않는 음식으로 이뤄진 산해
진미와 용의 간 등을 내놓은 것이다. 좌자는 잔에 술을 따라 조조에게 내밀
었다. 그러나 겁을 먹은 조조는 그것을 받아 마시지 않았다. 그러자 좌자는
술잔을 공중에 던졌다. 그 순간 술잔은 백조로 변해 궁정을 날아다녔다. 사
람들이 놀라서 엉덩방아를 찧는 동안 좌자는 사라져버렸다고 한다.

계심을 풀었다.

"이 방에 관광객은 들어오지 않을 테니 안심하게. 어쨌거나 그들에겐 입구가 보이지 않으니까. ……난 자네를 계속해서 관찰해왔네. 이집트에서 영국, 아프리카, 그리스, 그리고 인도와 티베트에서 수행한 것도 알고 있지. 또 제법 마술을 익힌 것도. 그러나 어둠의 군대는 교활하고 악랄한 술법에 뛰어난 자들이네. 이대로 자네가 어둠의 군대와 정면으로 부딪친다면 솔직히 승산이 없네. 자네에겐 아직 부족한 부분이 있기 때문이지. 자네 마음엔 자연과 동화되어 그 흐름에 몸을 맡긴다는 의지가 희박하거든. 우리 도교의 창시자 노자께선 '무위자연(無爲自然)'이라 말씀하셨네. 무릇 육체가 있는 건 모두 생성소멸(生成消滅)하는 법, 이것이 자연의 이치일세. 때문에 자연의 이치를 이해하고 거기에 거스르지 않는 삶의 방식, 즉 도(방법)를 터득하라고 말씀하신 게지. 사람은 자연의 이법에 따라 살아야 한다는 말일세. 그리면 저절로 도는 열리게 된다네. 이것이 도교의 가르침일세. 나는 그걸 전수할 생각인데, 어떤가, 날 따라오겠는가?"

무심코 켄은 고개를 끄덕였다. 강풍을 거스르는 거목보다도 바람에 몸을 맡기는 버드나무의 작은 가지가 오히려 더 강한 채찍이란 건 과거 전쟁 속에서 체험한 바였다. 도를 터득한다는 건 바로 눈앞의 노인처럼 온화한 눈길을 갖는 것이다, 라고 켄은 생각했다. 박자(朴子)란 이름의 이 노인은 도교의 이론가 갈홍(葛洪)의 흐름을 이어받았다. 그리고 나중에 알게 됐지만 '상선(上仙)'이라는, 선인 중에서도 최고 자리에 오른 인물이었다.

◆──나탁태자 · 이매망량

켄은 나나를 북경에 남겨둔 채 박자와 함께 태산으로 들어갔다. 이 산은 중국 오악(五岳)의 하나로 선인 수행의 장으로 알려져 있다. 박자의 암자에 도

이매망량
산이나 하천 등에 사는 도깨비의 총칭. 이(魑)는 호랑이와 닮은 요괴, 매(魅)는 돼지머리에 사람의 몸을 한 요괴, 망량(魍魎)은 물이나 하천, 바위 등의 정령을 일컫는다.

착한 켄은 주위에 사악한 영기가 가득 차 있음을 느꼈다. 물론 박자도 이상한 분위기를 알아챘다. 아니나 다를까 숲 속에서 괴상한 모습을 한 요괴들이 모습을 드러냈다.

"켄, 이 녀석들은 산도깨비로 이매망량(魑魅魍魎)이라 하는 것들이네. 사악한 무리니 조심하게."

켄은 박자를 방어하면서 아그라의 검을 빼들었다. 그리고 기합을 넣으며 휘두르자 굉음과 함께 몇 마리의 요괴가 절단났다. 켄이 두 번째 공격을 가하자 그들은 완전히 자취를 감췄다.

"별것 아니군."

이렇게 말하며 박자를 돌아다본 켄은 어린애 하나가 박자 앞에 서 있는 걸 발견했다. 박자는 그 어린애를 엄하게 쳐다보고 있었다.

나탁태자
은의 주왕(紂王, ?~1027)을 섬긴 용맹스런 무장, 이정(李靖)의 아들로 태어났다고 한다. 그러나 여기에는 배경이 있다. 당시 지상에서 많은 마신들이 사악한 일을 행하자 이를 걱정한 하늘의 신들이 마신 퇴치를 위해 대라선(大羅仙)이란 전투 신을 보낼 계책을 세웠다. 나탁태자는 바로 이 대라선이 환생한 인물이었다. 따라서 평소 나탁태자는 아이의 모습을 하고 있지만 일단 화가 나면 신장 20미터, 3개의 머리, 9개의 눈알, 8개의 팔을 가진 무시무시한 대라선으로 변신한다. 아이 모습의 나탁태자 또한 범상한 재능의 소유자로, 일곱 살때 풍화차(風火車)란 전차를 발명하고 전장에선 연전연승의 무용을 자랑했다. 그는 중국 전설의 인기 캐릭터로, 손오공이 활약하는 『서유기』나 귀신들이 총출연한 소설 『봉신연의封神演義』에도 등장한다. 또한 13세기에 북경을 건설할 때 물 부족으로 고민하던 건축가 앞에 나타나 우물을 팔 장소를 가르쳐주었다고도 전해진다.

"상선님, 저를 노려보지 마세요. 나쁜 애가 아니니까요."

"닥쳐라, 나탁! 네가 노리는 건 내 제자 켄이렷다!"

"알고 계시는군요. 전 이 젊은일 쓰러뜨리려고 왔습니다. 상선께는 폐를 끼치지 않을 테니 그냥 내버려두시죠."

아이는 켄을 향해 돌아서서 말했다.

"이봐, 너. 나와 팔뚝 비교해보지 않을래?"

어린애가 이렇게 말하는 걸 듣고 켄은 쓴웃음을 지을 수밖에 없었다. 그러나 박자가 켄에게 주의를 줬다.

"켄, 함정에 빠지면 안 되네. 그는 나탁태자(哪托太子)라는, 중국에서 다섯 손가락 안에 드는 전사일세. 변신하면 엄청나게 거대해지는데다 손을 쓸 수 없을 정도로 흉포한 성격을 가진 자야. 아무래도 어둠의 군대와 한패가 된 듯하군."

돌연 아이의 모습이 변했다. 키가 20미터에 3개의 머리와 8개의 팔, 그리고 한 손엔 예리한 흉기가 들려 있었다. 본능적으로 켄은 칼로 일격을 가했다. 그러나 나탁태자는 간단히 피해버리더니 화살과 같은 빠르기로 공격해왔다. 켄

중국의 환수

중국의 전설 신화에 등장하는 환수(幻獸)는 '신성을 가진 괴물'이란 뜻이며, 그 대표격으로 사수(四獸)를 들 수 있다. 고대 중국의 천문학에선 우주를 네 방향으로 나누고 각각의 방향을 수호하는 영수(靈獸, 환수)를 정했다. 동에는 청룡, 서에는 백호, 남에는 주작(봉황), 북에는 현무(거북이와 뱀을 합친 짐승)를 배치했던 것이다. 그 중 가장 유명한 것은 청룡이다. 용은 중국인의 상징적 존재로, 역대 황제나 현인을 용의 화신이라 말하며, 모든 한민족(漢民族)은 용의 자손이란 사상이 있다. 민간 전설에서 용은 바다, 하천 등 물과 관련된 수호신으로 비나 홍수, 가뭄 등을 관장하는 신인 동시에 사람들의 신앙 대상이었다. 기린 또한 영수로, 성인이 이 세상에 나타나기 전에 출현한다고 한다. 참고로 기(麒)는 수컷, 린(麟)은 암컷이다.

은 마술을 차례차례 펼치며 필사적으로 공격했다. 그러나 나탁태자는 모조리 피하며 검을 내리쳤다. 켄은 제3의 눈을 사용하기로 마음먹었다. 나탁태자의 심장을 향해 제3의 눈에서 강력한 염(念)을 쏘아보냈다. 다행히 이번엔 나탁태자도 휘청거리며 무릎을 꿇었다. 눈에서 발하던 흉포한 빛도 사라졌다. 그러곤 순식간에 원래의 어린애 모습으로 되돌아갔다.

"그만두지. 내가 이길 것 같지 않은걸. 넌 보기완 달리 강한데그래. 감탄했어. 이제부턴 너랑 한편이 되어볼까?"

나탁태자는 나타날 때와 마찬가지로 스윽 사라져버렸다. 켄은 예상치 못한 칭찬에 김이 빠졌지만 당면한 위기를 모면할 수 있어 천만다행이었다.

SCENE 18

선인 수행

◆─ 기를 기르다

수행이 시작됐다. 모든 게 처음 하는 것이어서 켄은 당황스러울 때가 많았다.

"알겠나, 만물은 모두 음과 양이라는 두 개의 기(氣)로 성립되어 있네. 따라서 기를 키우는 것이야말로 수행인 게지. 먼저 고치(叩齒)와 연진(嚥津), 오금희(五禽戲)부터 시작하겠네. 다음엔 우보(禹步), 벽곡(辟穀), 조식(調息)을 전수하지."

'기'란 우주에 충만한 생명 에너지와 같은 것이다. 인간의 성격이나 행·불행, 나아가 사회의 변화 등은 모두 음과 양의 기가 섞인 데에서 발생한다고 한다. 따라서 선인의 수행은 무엇보다도 기의 질을 높이고 나아가 자유자재로 컨트롤하는 것이 목적이다.

'고치'란 것은 간단히 말하면 이를 맞부딪치는 것이다. 또 '연진'은 타액을 삼키는 방법이다. 몸속의 기를 충만케 하기 위해 고대부터 내려온 테크닉이라고 한다.

'오금희'는 2세기 후반의 의사 화타(華陀)가 만든 양생법이다. 호랑이나 사슴, 곰 등 야생동물의 움직임을 참고해 만든 것으로 동작 하나하나가 켄의 몸에 정기를 부여해줬다.

'우보'는 적의 마술을 방어하기 위한 특수한 보행법으로 고도의 테크닉이 필요하다.

'벽곡'은 '선인은 이슬을 먹는다'는 전설의 근원이 되기도 한 식사법. 오곡을 끊고 신체의 세 군데에 있는 '단전'을 활성화시키는 작용을 갖는다고 한다.

그리고 '조식'이란 것은 외부의 기를 체내에 받아들이기 위한 호흡법이라 할 수 있을 것이다.

◆─ 복숭아 부적

선인에게 있어서 기본이라고도 할 수 있는 여섯 가지 수행을 마스터한 켄에게 박자는 중국의 전통인 복숭아 부적을 설명하기 시작했다.

"알겠나, 복숭아는 예로부터 사악한 기운을 퇴치하기 위해 도삭산[20]이란 사자(死者)들의 산에 심어졌다네. 이 피사(사악한 기를 멀리한다)의 효과를 더

---

20 度朔山 동방의 해상에 있다고 여겨진 사자(死者)의 섬.

기를 키우다

일반인이 단약을 마신다거나 선인에게 호감을 사서 선인이 되는 방법이 있긴 하지만, 이는 지나치게 우연에 의존하는 방법이다. 도교의 교의에는 수행을 거듭해 선인이 되거나 혹은 다가서는 방법이 몇 가지 기록돼 있다. 다음에 소개하는 건 기(생명 에너지)를 키우는 중국의 독자적 사상을 실천하는 것으로, 일상적인 건강법인 동시에 선인수행과도 관련 있다.

고치와 연진

고치란 이를 맞부딪치는 것이다. 연진은 침을 삼키는 것. 둘 다 장수하기 위한 건강법인 동시에 악귀를 퇴치하거나 주문의 효과를 높인다. 아침에 일어나면 곧바로 소리가 나게 이를 3백 회 맞부딪치고 입 속에 고인 침을 삼킨다. 침은 체내의 '기'를 포함하고 있기 때문에 되도록 외부로 내보내지 않도록 한다. 덧붙여 왼쪽 어금니를 맞부딪치는 걸 타천종(打天鐘)이라 하고, 오른쪽은 퇴천경(槌天磬), 앞니는 명천고(鳴天鼓)라고 한다. 운 나쁜 사건이 일어났을 때, 타천종을 36회 행하면 사악함이 제거된다고 한다.

오금희

2세기 후반부터 3세기에 걸쳐 활약했던 명의 화타가 고안한 양생법(건강법)이다. 화타 자신도 이 방법을 생활에 적용한 결과 백 살이 넘어서도 20대로 보였다고 한다. 오금희란 건 말하자면 동물의 움직임을 흉내내는 체조다.

호희(虎戲) : 엎드려 앞으로 3번, 뒤로 1번 뛰고 허리를 편다. 고개를 젖혀 위를 보고 같은 동작을 반복한다. 이것을 하루에 7번 한다.

녹희(鹿戲) : 엎드린 채 목을 뻣뻣이 세우고 왼쪽으로 3번, 오른쪽으로 2번 돌린다. 그리고 좌우의 발을 3번씩 오무렸다 폈다 한다.

웅희(熊戲) : 고개를 위로 젖히고 양손으로 무릎을 감싼다. 머리를 위아래로 7번 움직이고, 일어나서 웅크리고 앉는다. 좌우의 손을 교대로 바닥에 대며 체중을 지탱한다.

원희(猿戲) : 철봉에 매달려 턱걸이를 17번 하고 좌우 다리를 교대로 7번씩 거꾸로 매달린다. 다음엔 양발로 거꾸로 매달려 머리를 위아래로 7번 움직인다.

조희(鳥戲) : 양손을 똑바로 밑으로 뻗은 채 한쪽 다리를 새 꼬리처럼 뒤로 올린다. 그 다음엔 양손을 눈앞으로 힘껏 뻗는다. 이것을 7번 반복한다. 앉아서 다리를 펴고, 손으로 발꿈치를 잡아당긴다. 다음에 양 팔꿈치를 굽혔다 펴기를 7번 한다.

우보

하(夏)왕조의 시조인 황제 우(禹)가 고안한 발 스텝이다. 마(魔)를 쫓는 효과 외에 수행을 위해 산에 들어갈 때 행해야 하는 동작이다. 여러 종류가 전해지지만 하나만 소개하도록 하겠다. 양발을 모았다가 왼발을 반보 앞으로 내딛는다. 다음 오른발을 일보 앞으로 디디고 왼발을 모은다. 다음에는 오른발부터 순서대로 같은 동작을 하고, 다시 처음 동작으로 되돌아간다. 이것이 한 동작이다. 우보의 효과는 절대적이라 알려져 일본에서도 온묘도(陰陽道)의 비술로 도입되었다.

벽곡

도교 사상에서 인간의 신체는 3가지로 나뉜다. 머리 · 팔, 가슴, 복부 · 발이다. 여기에는 각각 사령실이 있는데, 이것을 단전(丹田)이라고 부른다. 상단전은 뇌 속에, 중단전은 심장 옆에, 하단전은 배꼽 아래에 위치한다. 단전에는 각각 신이 살고 있어 악령이나 악귀로부터 인간의 몸을 보호하는 반면, 그 근처엔 사람의 몸에 유해한 생물이 살고 있다고 한다. 삼척(三尸) 또는 삼충(三蟲)이라 불리는 이것은 단전을 공격해 노쇠와 사망의 원인을 만든다고 한다. 삼척은 인간이 범한 죄를 천계에 보고할 의무를 가지며, 그 결과 인간의 생명이 단축되길 바란다. 육체에서 빨리 해방되고 싶어서다. 선인 수행을 위해서는 이 삼척을 절멸시킬 필요가 있다. 이것이 벽곡의 목적이다. 삼척의 영양분인 오곡을 먹지 않고, 동시에 단전에 살고 있는 신들이 싫어하는 마늘, 양파, 피를 끊는다. 이 수행은 오랜 세월이 필요하며 대추나 솔방울, 국화꽃 등이 바람직한 식사다.

조식

이것은 대기 중에 있는 '기'를 체내에 받아들이는 방법이다. 일반적인 호흡법은 외기를 들이마실 뿐 체내를 돌게 하는 것이 불가능하다. 중요한 건 폐기(閉氣)라는 기를 체내에 머물게 하는 것이다. 여기엔 태식(胎息)이라는 태아의 호흡법이 도입되었다. 이 방법을 터득하면 굶주림과 목마름을 참을 수 있고, 사기(邪氣)를 내쫓으며, 물 속에서도 생활할 수 있게 된다고 한다. 먼저 '악고(握固)'라고 해서 태아처럼 주먹을 쥔다. 엄지손가락을 손바닥으로 감싸는 방식이다. 그리고 정신 통일을 한 뒤 천천히 코로 숨을 들이켜 가슴에 넣고 머무르게 한다. 그리고 심장 고동을 120회 세고 나서 천천히 실을 당기듯이 숨을 내뿜는다. 들숨은 많게 날숨은 적게 하도록 훈련한다. 이 호흡법은 오전 중에 할 필요가 있다. 이 시간대엔 외기가 생명 에너지로 가득 차 있기 때문이다. 숙달되면 육체의 젊음을 되찾을 수 있고, 10년간 계속하면 천계에서 선녀가 나타나 시중을 들게 된다고 한다.

욱 높이기 위해 우린 특수한 문자를 쓰네. 문자란 본래 사물의 정확한 모습을 표현하는 것으로, 문자를 씀으로써 그 기를 담을 수 있지.”

박자는 여러 가지 부적에 대해 기초적인 것부터 가르쳐주었다.

중국의 부적

한자를 탄생시킨 나라답게 중국의 부적은 대부분 문자가 쓰여 있다. 통상적으로 읽을 수 있는 문자와 함께 부적 전용으로 만들어진 문자도 다수 사용된다. 하나의 문자 속에 많은 의미가 있으며, 나아가 주술적 효과를 높이기 위해 도사(도교의 수행자)가 고안한 문자로서 일반인들은 읽을 수 없다. 특징적인 것은 고대사회 이래로 복숭아가 특별한 주술력을 발휘한다고 알려진 점이다. 전설에 의하면 죽은 자가 방문하는 도삭산이란 섬이 동해상에 있고 그 주위를 거대한 복숭아나무가 둘러싸고 있다고 한다. 동북쪽에 면한 장소는 죽은 자들이 지나가는 곳으로, 여기엔 유난히 복숭아나무 가지들이 울창하게 얽힌 문이 있다. 그리고 문지기 신으로 불리는 신이 망을 보고 있어서 사악한 마음을 가진 사자는 들어갈 수 없다고 한다. 사자의 나라 도삭산은 이렇게 평화가 유지된다. 이런 전설로 인해 복숭아는 사악한 기를 쫓는 특별한 식물로 인정받아, 복숭아나무로 관을 만들거나 악령을 쫓는 데 복숭아나무 삶은 물을 사용하게 됐다.

청대(淸代, 1616~1912)에는 복숭아나무 가지로 집 입구를 장식하거나 주술력 있는 부적을 복숭아나무로 만들기도 했으며, 복숭아나무 화살을 악령을 쫓는 데 사용했다.

바람을 일으키는 부적
도교 교의의 집대성인 『도장道藏』에는 이런 부적들이 소개되어 있다. 길조인 바람을 일으켜서 자신의 행운을 기원하는 목적으로 사용된다.

탄현동자(彈弦童子) 부적
청대의 협서성(陝西省)에서 유행했던, 행운과 재산을 부르는 부적. 복숭아 모양을 한 두발과 구름 모양의 의복 등 길조의 상징이 온통 들어가 있다. 집의 응접실 등 눈에 띄는 장소에 붙인다.

더불어 부수(符水)라는 테크닉도 가르쳐주었다. 이것은 종이에 주력(呪力) 있는 문자를 쓴 다음 불에 태우고, 그 재를 물에 타서 마심으로써 사악함을 막는 힘을 만드는 것이다.

◆─수중 보행술

수행이 계속되던 어느 날 박자에게 마을사람이 찾아왔다. 듣자니 마을에서 좀 떨어진 호수에 요괴가 출몰하여 마을사람들을 괴롭힌다는 것이었다.

"켄, 솜씨를 시험해볼 좋은 기회네. 자네가 요괴를 처치하게."

마을사람의 호소를 들은 박자가 켄에게 말했다.

켄이 마을로 떠나기 전에 박자는 비보(秘寶)로 알려진 '수중 보행' 도구를 주었다. 동물의 뿔을 물고기 모양으로 조각한 것으로 길이 10센티미터 정도 되는 물건이었다.

"이건 통천서(通天犀)라는 무소의 뿔로 만든 거네. 이걸 입에 물고 물 속에 들어가면 주위의 물이 저절로 물러나게 되지. 따라서 호흡도 가능하고 의복도 젖지 않게 만드는 진귀한 물건이라네. 자, 갖고 가게나."

마을사람의 안내로 호수에 도착한 켄은 즉시 통천서 뿔을 입에 물고 물 속으로 들어갔다. 뿔은 놀랄 만한 효과를 나타냈다. 켄의 주위로 약 1미터쯤 완전한 공간이 생겼던 것이다. 투명한 공 속에 켄이 들어가 있고 그 공이 물 속을 둥실둥실 떠다니고 있는, 기분 좋은 느낌이었다. 이윽고 호수 바닥을 탐색하던 켄은 거대한 도마뱀 같은 동물을 발견했다.

"하아, 이게 박자 선생님이 말씀하신 이무기로군. 독무(毒霧)를 뿜어낸다니 조심해야지."

켄은 이무기의 심장을 향해서 아그라의 검으로 일격을 가했다. 그러자 이무기는 몹시 난폭해졌다. 괴로운 듯 요동을 치며 입에서는 자줏빛 독무를 토해냈다.

"큰일이군, 저런 동물은 심장이 멈춰도 간단히 죽진 않나본데."

이무기의 공격을 피하면서 켄은 신중하게 이무기 머리를 향해 칼을 내리쳤다. 정확하게 머리를 얻어맞은 이무기는 숨이 끊어졌다. 그리고 입에선 독무 대신 엄청난 양의 피가 흘러나와 호수를 자줏빛으로 물들였다.

◆─ 뇌기에 의한 악령 격퇴술

켄의 수행이 일단락되자 박자는 켄을 위해 새로운 마술을 전수해주었다. 천둥 에너지를 이용해 악령에 대한 방어망을 만드는 것이었다. 박자는 간단한 제단을 만들고 희생 제물로 몇 마리의 닭을 바쳤다. 그런 다음 제단을 향해 머리를 조아린 후 낭랑하게 주문을 외웠다.

"뇌공(雷公)의 기(旡), 뇌모(雷母)의 위성(威聲)을 받아 이로써 몸속의 만병을 없애고, 백성과 마찬가지로 이로써 형태를 이룰 수 있다. 내가 오행(五行)의 장수, 육갑(六甲)의 병사를 이용해 온갖 사악함을 처단하고 모든 악령을 구축(驅逐)할 수 있도록. 급급여율령(急急如律令)!"

이무기

뱀과 닮았고, 뿔과 4개의 다리를 가진 상상의 동물. 입에서 독을 뿜어 사람을 공격한다고 한다.

박자에 이어 켄도 같은 주문을 외웠다. 그러자 하늘 저편에서 천둥소리가 들려왔다. 천둥의 정령이 응답한 것이었다. 이것을 듣고 박자는 다음 동작을 취했다. 코로 뇌기(雷尢 : 천둥이 가진 에너지)를 아홉 번 들이켜고 침을 같은 수만큼 삼켰다. 박자의 설명에 의하면, 이런 동작을 함으로써 뇌신(雷神)에 속해 있는 천계의 무장들을 자신의 편으로 만들면, 악령에게 습격당할 때 그들이 도와준다고 했다.

악령 격퇴술

앞서 소개한 악령 격퇴법에 관해 보충 설명을 하겠다. 이 마술은 본래 새해가 되고 나서 최초로 천둥이 울렸을 때 제단을 준비해 행하면 강력한 효과를 얻을 수 있다고 한다. 기(尢)는 기(氣)와 같은 의미이며, '백사(百邪)', '만정(万精)'이란 사악한 생물이나 악한 정령을 가리키는 말이다. 또 '오행(五行)의 장(將), 육갑(六甲)의 병(兵)'이란 천계에서 뇌신을 섬기는 군대를 뜻한다. 그리고 '급급여율령(急急如律令)'이란 주문 말미에 외우는 문구로, 본래는 공문서에 이용됐다. '율령에서 정해진 대로 조속히 실시하시오'란 의미다.

왼손에 의한 천둥 에너지 취득법

악령 격퇴법은 천둥이 갖는 팽대한 에너지를 제 것으로 만드는 테크닉인데, 동일한 마술을 소개하겠다. 연초에 천둥소리가 들려오면 오른쪽 그림에 나타난 것처럼 왼쪽 손가락의 각 관절에 표시된 위치를 '오(午)→미(未)→오(午)→옥(玉)→축(丑)→자(子)→술(戌)'의 순서로 왼쪽 엄지손가락으로 누르면서 '뇌위진동편경인(雷威震動便驚人)'이라는 주문을 외우는 것이다.

◆── 점풍술 · 망기술

마침내 수행이 끝나갈 즈음, 한 사자(使者)가 박자를 찾아왔다. 박자는 곤란한 얼굴로 잠시 생각하더니 켄에게 말했다.

"켄, 우리가 여기서 느긋하게 있어선 안 될 것 같네. 어둠의 군대와 결전할 날이 임박했어. 이제부터 실전에 도움이 될 비술을 알려주겠네."

박자가 가르쳐준 건 '점풍술(占風術)'과 '망기술(望氣術)'이었다. 점풍술은 10미터쯤 되는 막대기 끝에 꿩 깃털 5개를 붙이고 바람의 움직임을 자세히 관찰하는 것에서 시작됐다.

"점풍술이란 5천 년 전부터 전해져온 비술로, 바람의 방향과 세기로 전쟁의 결과를 예지할 수 있다네. 예를 들어 오늘처럼 바람이 아군의 후방에서 불어와 군기(軍旗)가 펄럭이는 경우는 승리의 징조지. 또 적이 가까이 와서 적진의 대장 목소리가 들릴 정도가 되면 그 소리를 잘 관찰해야 하네. 그렇게 함으로써 적장이 병사들에게 신뢰를 얻고 있는지, 즉 적군의 사기가 어느 정도 높은지를 알아낼 수 있는 게지."

계속해서 박자가 설명했다.

"망기술이란 전장에서 구름이 출현하는 장소나 형태, 색 등으로 적군의 위치나 군사력, 전쟁의 결과 등을 예지하는 걸세. 중국의 전쟁에선 이 점풍술과 망기술, 그리고 점성술을 빠트릴 수 없다네. 즉 바람도 구름도 별도 모두 우주의 '기'의 표출이지. 기의 변화가 별의 운행이나 바람의 소리, 구름의 형태로 나타나는 법일세."

"하지만 우리 편이 불리하단 징조가 나오면 어떻게 하죠?"

켄의 질문에 박자는 간단히 대답했다.

"별수 없지. 공격을 피하고 진영을 다시 세우든가, 아군에게 유리한 상황으로 바뀔 때까지 기다리는 수밖에."

점풍술

고대 중국에선 풍향이나 풍속으로 농작물의 상태를 관측하는 방법이 예로부터 행해져왔다. 처음엔 농민의 경험에서 생겨난 격언과 같은 것이 점차 체계화된 것이라 생각된다. 즉 '가을, 겨울에 동남풍이 불면 비가 오지 않는다' 등의 내용이다. 그뒤로 바람을 읽어 길흉을 점치는 방법은 전쟁의 행방을 좌우하며 재해를 예지하고, 나아가 관료의 인사에도 영향을 주는 중요한 점술이 됐다. 또한 병과 연관지은 경우도 적지 않았다.

중국인에게 바람이란 하늘과 땅 사이에 흐르는 기(氣)이며, 만물 공유의 속성인 음양(陰陽)의 영향을 받아 생겨난 것이다. 관측기구도 옛날부터 발달해 전장에선 간단한 일이었는데, 보통은 풍견계(風見鷄)와 같은 풍향계를 이용했다.

『오자吳子』에는 '전장에서 적과 마주쳤을 때 바람의 방향을 상세히 관측하지 않으면 안 된다. 순풍이라면 병사들에게 공격 명령을 내리고, 역풍의 경우엔 진지를 단단히 지키면서 풍향이 바뀌길 기다려야 한다'는 말이 적혀 있다.

진대(秦代, 기원전 8세기) 이후엔 특히 풍향이 중시되어 '팔풍(八風)'으로 구분되고 각각의 호칭을 갖게 되었다.

[팔풍의 명칭]

출전 풍향	『여씨춘추 呂氏春秋』	『회남자 淮南子』	『사기 史記』
동북(東北)	염풍(炎風) 또는 융풍(融風)	조풍(條風) 또는 융풍	조풍
동(東)	도풍(滔風) 또는 명서풍(明庶風)	명서풍	명서풍
동남(東南)	훈풍(薰風) 또는 청명풍(淸明風)	청명풍	청명풍
남(南)	거풍(巨風) 또는 개풍(凱風)	경풍(景風)	경풍
서남(西南)	처풍(凄風) 또는 양풍(涼風)	양풍	양풍
서(西)	유풍(飂風) 또는 창합풍(閶闔風)	창합풍	창합풍
서북(西北)	여풍(厲風) 또는 불주풍(不周風)	불주풍	불주풍
북(北)	한풍(寒風) 또는 광막풍(廣莫風)	광막풍	광막풍

망기술

망기술(望氣術)이란 구름의 형태를 관측해 길흉을 점치는 기술로 운기점(雲氣占)이라고도 부른다. 전술한 점풍술과 함께 고대 중국에서 발전한 방법이다. 구름도 하늘과 땅 사이에 있고, 땅의 미묘한 기의 움직임이 형상화되어 나타나는 것으로 여긴다. 물론 지상 사람들의 기도 구름에 반영된다고 한다. 『사기』에는 다음과 같이 기록돼 있다.

"짐승 형태를 하고 있는 구름이 상공에 있으면 그 밑의 군대는 승리한다. ……노동자의 상공에 있는 구름은 하얗고, 토목 공사가 벌어진 장소의 구름은 노란색이며…… 기병의 상공에 뻗어 있는 구름은 낮고 길며, 일반 병사의 구름은 둥근 형태를 하고 있다. ……장군이 용감하면 구름은 청백색으로 보이지만, 병사들이 두려워하고 있으면 구름이 흔들려 보인다."

이처럼 구름을 상세하게 관측했음을 알 수 있다. 구름의 모양은 물론이거니와 색깔, 광택, 둥근 정도, 밀도도 중요하다. 또 이 책은 망기술의 명인으로서 왕삭(王朔)을 소개하고 있는데, 그는 태양에 가까운 것으로 판단했다고 한다. 태양에 가까운 구름은 황제의 운기를 나타내는 것이며, 국가의 길흉을 점칠 때 반드시 필요하다고 생각했던 것이다. 또한 옛 전쟁터나 폐허가 된 도시의 유적, 지하에 매장된 금 등의 상공에는 특유의 기가 떠돌며, 그것은 구름 형태를 관측함으로써 알아낼 수 있다고 한다.

◆─선약

수행이 끝난 날 밤, 박자 선생은 켄을 위해 북경에 있던 나나를 불러 소박한 연회를 베풀었다. 그 자리에서 선생은 켄에게 말했다.

"자네는 선약(仙藥)이란 걸 알고 있나? 중국에서 동단술(煉丹術)의 시조인 갈홍(葛洪) 선생이 『포박자』에 기록한 걸 보면 단사(丹砂), 웅황(雄黃), 석류황(石硫黃), 증청(曾靑), 예석(礜石), 태을여량(太乙余粮)을 원료로 하여 만든 것을 '선약'이라고 한다네. 간단히 말해 선인(仙人)이 될 수 있는 묘약이지. 그런데 태을여량의 경우는 중국에선 좀처럼 구하기가 힘든 물건일세. 평생 찾아다녀도 발견하지 못하는 경우도 있지. 그렇지만 일본에선 손쉽게 찾을 수 있다는 소문을 들은 적이 있네. ……해서, 나도 자네들과 같이 일본으로 가려고 하는데, 어떤가?"

마술서 『포박자』
중국 최고의 마술서인 『포박자』는 갈홍(284~363)이 지은 것으로 알려져 있다. 산동성의 호족 가문 출신인 갈홍은 젊을 때부터 동단술(불로불사의 영약을 만드는 비술)의 연구가로 알려졌으며 그 사상을 집대성한 『포박자』나 『신선전神仙傳』은 후세 사람들에게 큰 영향을 줬다. 『포박자』는 '내편(內篇)'과 '외편(外篇)'으로 나뉘며, '내편'은 신선 사상의 집대성이라고도 할 수 있는데 정신 양생법, 육체 양생법, 생리적 양생법, 금단(金丹 : 불로불사 약) 제조법 등이 기록되어 있다. 앞서 소개한 '수중 보행술'이나 '통천서'도 이 책에 기록되어 있는 것이다. 갈홍 본인도 척해선(尺解仙 : 주위 사람들에게 죽은 것처럼 보이고 선인이 되는 것)이 되었다고 한다. 불로불사나 신선 사상에 흥미가 있다면 번역본으로 출간된 것을 한번 읽어보는 것도 좋겠다.

동단술과 선약
동단술(鍊丹術)이란 중국에서의 동금술(鍊金術)이며, '단'이란 글자에서도 알 수 있듯이 단사(丹砂 : 수은과 유황의 화합물(유화수은)을 주재료로 한 선약), 즉 불로불사의 묘약을 만드는 것이다. 그 제조법은 화학적 실험과 비교(秘敎)적 의식이 섞여 대단히 복잡하게 되어 있다. 한(漢) 무제를 섬기던 방사(方士) 이소군(李少君, 기원전 390년경~?)은 "귀신을 부려서 단사를 황금으로 바꾸고, 그 황금제 식기를 이용해 먹고 마시면 장수할 수 있다"고 말했다. 훌륭한 단약은 활활 타는 불에 놔두면 황금으로 변한다고 여겨졌다. 단사를 가열하면 수은으로 변한다. 그리고 수은과 유황을 화합하면 단사로 되돌아간다. 이것을 '환단(還丹)'이라 칭했다. 이 공정을 여러 번 되풀이하면 양질의 단약이 된다고 한다.
동단술을 상세히 기술해놓은 『포박자』에 의하면, 약이란 셋으로 분류할 수 있다고 한다.
상약(上藥) : 수명을 연장시키고, 공중비행이나 귀신을 부릴 수 있는 약.
중약(中藥) : 인간의 건강을 증진시키는, 즉 병을 예방하는 효과가 있는 약.
하약(下藥) : 병의 치료만을 목적으로 한 대증요법(對症療法)용 약.
단약은 당연히 상약으로 분류되며, 그 중에서도 가장 양질의 약을 금단이라 칭했다. 그리고 단사만을 재료로 하는 것보다 여러 종류의 광물을 섞고 가열함으로써 양질의 선약을 만드는 방법을 몇 가지 소개했다. 실례를 들면 '단화(丹華)'라는 선약은 웅황수(雄黃水 : 황화비소 용액), 반석수(礬石水), 융염(戎鹽 : 단맛 암염), 노염(鹵鹽 : 쓴맛 소금), 각석(埆石 : 비소를 포함한 돌), 모려(牡蠣 : 굴 껍데기 분말), 적석지(赤石脂 : 풍화된 돌의 수지), 활석(滑石), 호분(胡粉)을 반죽해 36일간 불을 가하면 완성된다. 이 약을 7일간 계속해서 먹으면 선인이 될 수 있다고 한다. 또한 이것을 현고(玄膏 : 검은 기름)로 둥글게 만들어 강력한 불에 구우면 금세 황금으로 변한다고 한다.
원래 수은 화합물은 상당 부분 독성이 있어서, 동단술이 가장 유행했던 당나라 시대엔 6명의 황제가 수은 중독으로 사망했다. 그러므로 독자 여러분은 결코 흉내내지 마시길 바란다. 덧붙여 단약을 먹은 도사는 약의 독성을 줄이기 위해 걸어다녔다고 하는데 바로 이것이 '산책'의 어원이 됐다.

켄은 제자를 걱정하는 박자가 몹시 고마웠다.

"하지만 선생님, 제가 일본으로 향할 거라 생각하십니까?"

"물론일세. 자네는 동쪽으로 간다고 말했네. 게다가 지난밤 청백의 빛을 발하는 유성이 동쪽 하늘로 떨어졌어. 그건 자네의 운명이나 다름없네. 아니, 그 유성은 분명 자네의 운명이네. 동쪽으로 서둘러 가라는 지시였어."

"알겠습니다. 선생님과 동행할 수 있어서 영광입니다."

다음날 아침에 켄과 나나, 그리고 박자 세 사람은 일본으로 출발했다.

7장

동쪽 끝에 있는 나라 일본. 슈겐도의 겐리키와 온묘지의 마력, 나아
가 밀교 전통의 다양한 대마술. 영산을 무대로 악령들과 사투를 되
풀이한다.

슈겐도, 엔노교쟈, 노죠 태자, 소쿠신부츠, 온묘지, 아베노 세이메이,
쓰치구모, 이즈나법, 마리지천비밀성취, 신통력, 밀교 미술, 인상, 구
문지법, 공작명왕 주법, 실담 문자······.

SCENE 19
영이 가득한 산

◆──슈겐도

야마가타 현 쓰루오카 시에서 동쪽으로 향하면 해발 436미터의 하구로 산이 있다. 이 산은 갓 산, 유도노 산과 함께 데와산잔(出羽三山)이라 불리며, 슈겐도(修驗道)의 거점 중 하나로 번성한 곳이다. 켄과 나나 그리고 상선 박자는 이 산 계곡의 풀숲을 열심히 뒤지는 중이었다.

"찾았네! 이거야!"

박자가 기쁜 듯이 소리쳤다. 그가 손에 들고 있는 건 10센티미터 정도의 갈색 돌로, 흔드니까 샥샥 하는 소리가 났다.

"이게 태을여량입니까? 돌 속에 뭔가가 들어 있는 것 같군요."

태을여량
하구로 산에서 찾아낸 '오하구로이시'라 불리는 돌이 그 정체다. 다갈색 돌로, 흔들면 샥샥 소리가 난다. 쪼개보면 안은 비어 있고, 점토 상태의 물질과 액체가 들어 있다. 돌 외부는 갈철광(褐鐵鑛)이며, 내부 물질은 여러 가지 색채의 점토인데, 붉은색과 자주색을 띤 것이 태을여량(太乙余粮)이라 불리는 돌이다. 노란색 수분을 포함한 것은 매우 진귀해 석중황자(石中黃子)라 칭해진다. 하구로 산 주변은 물론 일본 각지에서 이런 유의 돌들이 채취되며, 영석(鈴石), 명석(鳴石), 호석(壺石) 등의 명칭이 붙어 있다. 이 돌은 철분을 다량으로 함유하고 있기 때문에 고대 제철과 연관시키는 학자도 있고, 주술에 관계된 '방울'의 기원으로 생각되기도 한다. 또 쇼쿠라인의 공물 가운데 태을여량이 포함돼 있었다고 한다. 일본에도 선약이 수입되어 시험 삼아 음용해본 사람도 있었으리라 추정된다.

엔노오즈누

엔노오즈누(役小角)는 '엔노교자(役の行者)', '엔노우바소쿠〔役優婆塞 : 반승반속(半僧半俗)이란 뜻〕'라고도 불리며, 7세기 말 나라의 가츠라기 산에서 수행을 쌓은 주술자다. 후에 슈겐도를 창시해 슈겐자들의 신앙을 모았다. 『일본영이기日本靈異記』에 의하면 그는 태어나면서부터 박학다식해 '하늘을 날며 선인과 사귀고 싶다' 는 소망을 가졌다고 한다. 그래서 산 속의 바위굴에 들어가 엄격한 수행을 거듭한 끝에 귀신(사령(死靈))을 사역해 물을 퍼올리거나 땔나무를 주워오게 하는 능력을 익혔다. 어느 날, 그는 귀신들에게 명령해 가츠라기 산과 요시노의 긴푸 산 사이에 다리를 놓도록 했다. 이에 가츠라기 산의 신 히토고토누시노카미(一言主神)는 분노했다. 그는 조정에 '엔노오즈누가 모반을 꾸미고 있다' 고 알렸다. 곧바로 조정 병사가 엔노오즈누를 체포하러 왔으나 주술을 사용하는 터라 잡을 수 없었다. 병사는 대신 엔노오즈누의 어머니를 인질로 체포했다. 어머니의 건강을 염려한 엔노오즈누는 할 수 없이 자수를 하고 '이즈' 로 유배됐다. 『속일본기續日本記』에 의하면 696년에 있었던 일이다. 그러나 그의 수행을 향한 정열이 약해진 건 아니었다. 낮에는 이즈의 섬에 있었지만, 밤이 되면 후지 산에 올라가 수행을 거듭한 끝에 공중비행을 터득했던 것이다. 그뒤 그는 모친과 함께 어디론가 떠났다고 한다. 1백 년 뒤 불교 유학을 위해 중국으로 떠난 도조(道照)라는 승려가 도중에 신라(한국)의 산 속에서 사람들에게 법화경을 강의하려 할 때 누군가가 일본어로 질문을 했다. 이름을 물으니 그는 엔노우바소쿠(엔노교자)라고 대답하곤 자취를 감춰버렸다. 아마 엔노오즈누는 불로불사의 경지에 달했던 듯하다. 덧붙이자면, 그를 고소했던 히토고토누시노카미는 그의 주력에 묶여 아직도 풀려나지 못했다고 한다.

일본 최고의 마술사

엔노오즈누의 뛰어난 마술력은 불로불사, 공중비행, 수중 보행, 귀신 사역 등을 가능하게 한 '공작명왕 주법' 이라고 불리는, 인도에서 전래된 비술을 수행한 결과라고 한다. 구체적으로 그의 마술에 대해 소개하면 이렇다. 조정의 군대 3천 명이 가츠라기 산을 포위하고 그를 체포하려 하자 두둥실 공중으로 떠올랐다. 그래서 활을 쏘려고 했더니 화살이 활시위에서 떠나지 않았고, 칼을 빼려고 하자 칼이 칼집에서 빠지지 않았다. 병사들의 말처럼 엔노오즈누가 그들을 농락했던 것이다.

자수한 뒤에도 그는 몇 번이나 마술을 펼쳐보였다. 유배지로 가는 도중, 해상에서 태풍을 만나 배가 난파되려고 하자 그는 바다를 향해 주문을 외웠다. 그러자 갑자기 풍랑이 잔잔해지고 하늘에 공작명왕이 출현했다고 한다. 또 유배지에서 밤이 되면 그의 모습이 보이지 않는 것을 눈치챈 간수가 뒤를 쫓아가본 적이 있었는데, 해안으로 나간 엔노오즈누가 새가 나는 것처럼 빠르게 바다 위를 걸어갔다고 한다.

또 한번은 그가 여러 사람들에게 자신의 주력을 피력한 적이 있었다. 거대한 돌을 향해 주문을 외우자 몇 개의 거석들이 공중으로 떠올라 서로 부딪치면서 어지러이 춤을 추기 시작했다. 1시간 뒤 그가 주문을 끝내자 거석들은 조용히 땅 위로 되돌아갔다고 한다.

엔노오즈누 상은 각지에 남아 있다. 법의를 입고 굽이 높은 나막신을 신고 긴 장대를 거머쥔 채 바위 위에 앉아 있는 모습이다. 그리고 도끼를 가진 센키(前鬼)와 봉을 가진 고키(後鬼)를 거느리고 있다. 이것도 그의 초능력을 보여주는 한 부분이다. 일설에 의하면 엔노오즈누는 두 귀신이 아니라 다섯 귀신을 늘 거느리고 다녔다고 한다. 일본 최고의 마술사임에 틀림없는 인물이다.

켄이 말했다. 단약 중에서도 가장 귀중하다고 알려진 이 돌은 근처에선 '오하구로이시(お羽黒石)'로 알려져 있었다.

"누구냐! 누가 신성한 산을 망치고 있느냐?"

성난 목소리가 들리면서 한 야마부시(山伏 : '산에서 절하는 사람'이란 의미)가 풀숲에서 나타났다.

"이거 참, 미안하게 됐소이다. 난 박자라고 하는 늙은이요. 아득히 먼 당나라에서 이 돌을 찾기 위해 왔소."

야마부시는 갑자기 태도를 바꾸더니 무릎을 꿇고 예를 갖추며 말했다.

"박자님이십니까? 실례했습니다. 존함은 알고 있습니다. 우선 저희들의 벳토(別堂)께 안내해드리죠."

켄도 나나도 놀랄 수밖에 없었다. 일본에, 그것도 이런 깊은 산중까지 박자의 이름이 알려져 있으리라곤 생각 못했기 때문이었다. 박자는 태연한 모습이었다. 켄은 야마부시가 나왔던 풀숲을 향해 제3의 눈을 열었다. 밟혀서 난 길이 계속되더니 그 끝에 솟아오른 절벽이 있었다. 수십 명의 야마부시들이 마치 암벽 등반을 하듯이 그 절벽을 올라가고 있었다. 정상에 있는 몇 명은 몸을 낭떠러지로 내민 채 일사불란하게 경을 외우고 있었다. 조금만 잘못돼도 목숨을 잃을 것 같은 엄한 수행이었다. 야마부시, 즉 슈겐도의 행자들은 이런 방법으로 산의 영력을 받아들이는 것이다.

세 사람은 벳토의 집으로 안내됐다.

벳토란 슈겐도 조직의 수령이라 할 수 있는 요직으로, 슈겐쟈(修験者)들의 리더격인 존재였다. 안내하는 야마부시의 말에 따르면, 이 산의 벳토는 '노토'라는 자로 슈겐도의 시조로 알려진 엔노교쟈(役の行者)의 본거지 구마노에서 수행했다고 한다. 그뒤 이 지역 데와산잔에서 슈겐도를 발흥한 노죠 태자(能除太子)의 마술을 연구, 터득한 인물이었다. 즉, 2대 영산의 시조의 가

슈겐도

〈기원과 발전〉

야요이 시대(기원전 5세기~4세기) 이후 농경에 종사하게 된 고대 일본인에게 산악은 농경에 필요한 물을 공급해주는 신의 거주지로서 신성시됐다. 또한 인간은 산악신에게 생명을 얻고 죽으면 영혼이 산으로 되돌아간다고 여겼다. 이런 생각에서 산은 일반인이 들어갈 수 없는 영지로 받들고, 사람들은 산기슭에 사당을 지어 신에게 기도를 올렸다. 슈겐도는 이런 산악 신앙이 도교·신도(神道)·민간 신앙 등과 혼합되고, 특히 불교(밀교)의 영향을 강하게 받아 헤이안 시대 말기에 체계를 정비한 종교다.

헤이안 시대(791~1185)에 중국에서 밀교를 들여온 승려들인 사이초(最澄), 구카이(空海)는 산악 불교를 제창했다. 이에 산은 밀교 수행의 장이 됐고, 산으로 들어가는 승려들이 늘어나면서 그들을 슈겐쟈라 부르게 됐다. 산에 숨어서 수행했기 때문에 야마부시(山伏)라고도 불렀다.

가마쿠라 시대(1185~1336)가 되자 각지의 영산에서 슈겐을 전문으로 하는 종교인이 늘어났고, 독립된 집단을 형성하게 됐다. 긴푸 산이 거점인 '도잔파', 구마노가 거점인 '혼잔파', 그밖에 하구로 산의 '하구로파', 히코 산의 '히코산파' 등의 교단이 성립된 것이다. 일본의 대표적인 영산은 지도를 참고하기 바란다.

〈숭배 대상〉

슈겐도는 '산악 종교'이기 때문에 특정한 교주나 교의를 갖고 있지 않다. 대신 산악 수행을 통해 초자연적인 힘을 획득하고 그 힘을 주술에 응용한다는 것인데, 불교의 확장과 더불어 밀교 사상이 도입되면서 대일여래(大日如來), 장왕권현(藏王權現), 부동명왕(不動明王) 등의 밀교계 부처들이 숭배의 대상이 됐다. 그리고 산악은 불교의 세계관인 만다라 그 자체라고 생각해 가이호(回峰 : 여러 산들을 돌아다님) 수행이 큰 의미를 갖게 됐다.

수행법 슈겐도에선 미네이리(峰入) 수행이 널리 행해지고 있다. 이것은 '뉴부(入峰)'라고도 불리는데, 몸을 깨끗이 하고 의복을 단정히 갖춘 뒤 리더를 따라 산에 들어간 다음 도중의 사당이나 계곡, 바위, 폭포, 호수 등을 순서대로 돌며 정해진 수행을 한 뒤에 하산하는 것이다. 수행 중에는 '십계수행(十界修行)'이라 불리는 것이 있다. 이것은 사람이 죽고 나서 지옥에 떨어져 부처가 될 때까지의 십계(지옥·아귀·축생계 등) 과정을 유사 체험하는 것이다. 이는 엄격하고 늘 위험이 따라다니는 고행이다.

실례를 소개하면 이렇다. 매년 8월 말부터 9일간 하구로 산에서 개최되는 '가을 미네이리'에서 슈겐쟈는 먼저 '오이카라가키(笈からがき)'라는 유사 장례식을 거행하고, 다음날 '본텐(梵天 : 슈겐도의 제례 때 쓰는 큰 신장대─옮긴이) 던지기'라는 수태 의식을 행하며, 그뒤엔 산 속을 모태로 가정해 성장 과정을 체험한다. 이 동안엔 물을 포함한 모든 음식을 단식하고 수면 부족 상태에서 험한 산 속을 돌아다닌다. 또한 '남만(南蠻) 모깃불'이라고 하는 고추 연기에 휩싸이는 고행도 겪는다. 산을 내려올 때는 '데나리(出成)'라고 해서 산성(産聲)을 내면서 산도(産道)로 가정한 길을 뛰어내려온다.

육체적으로도 한계에 다다른 상황에서의 이런 산행은 이를테면 생사의 경계에서 거행되는 '죽음과 재생'의 여행이라고도 할 수 있을 것이다.

겐리키 슈겐쟈는 미네이리 등의 고행 끝에 '겐리키'라는 초능력을 얻게 된다. 이 초능력은 제사를 지낼 때 등 '겐쥬츠(驗術)', '겐쿠라베(驗競べ)'로 사람들에게 알려져 있다. 화생삼매(火生三昧 : 불씨 위를 맨발로 걸어감)나 검도법(劍渡法 : 칼 위를 걸어감), 은행(隱行 : 몸을 감춤), 비행술 등이 있다.

슈겐쟈의 임무는 겐리키로 사람들을 구제한다는 슈겐도의 사상에 입각해 난치병이나 불행한 일을 당한 사람들의 의뢰를 받아들이고 그 원인을 찾아내 제거하는 것이다. 슈겐쟈가 최초로 하는 일은 '무슨 이유에서 어떤 종류의 악령에게 씌었는가'를 조사하기 위한 점을 보는 것이다. 역술이나 점성술 등을 포함해 가마솥점(물을 팔팔 끓인 가마솥에 쌀을 넣고 가마에서 나는 소리로 점을 침), 쟁반점(쟁반 위에 씻은 쌀을 뿌리고 그 형태로 점을 침), 염주점(염주를 굴리며 그 수를 헤아리는 점술) 등 독특한 점술이 있다.

이런 점술을 행하여 빙의(憑依)된 영(사신(邪神), 동물령(動物靈), 생령(生靈), 원령(怨靈) 등)의 정체가 판명되면 다음엔 이를 제거하기 위한 의식을 거행한다. 그 대표적인 게 '가지기도(加持祈禱)'라 불리는 의식이다. '기도'는 행자가 부처와 일체가 되기 위해 '유목(乳木)을 태우는' 의식을 행하는 것이다. 이는 고대 인도에서 전승된 술법으로 나무 조각을 태워 인간의 번뇌를 없애고 본래의 불성(佛性)을 되찾는 것이 그 목적이다. '가지'는 기도 후에 부처의 힘이 행자에게 이전되고 그것으로 사악한 것을 퇴치하거나 소원을 이루기 위해 가호를 비는 걸 말한다. 미네이리를 끝낸 수행자는 특히 겐리키가 높아져 있어 그들로부터 가지를 받으면 건강해진다고 하는 신앙이 민간에 널리 퍼져 있다. 그밖에도 '조복(調伏)', '요리기토(憑祈禱)' 등의 구제 의식이 있다.

일본의 영산

일본 각지에는 신앙의 대상이 되는 영산(靈山)이 있는데, 여기서는 슈겐쟈가 미네이리(수행)의 장으로 삼은 산들을 소개하겠다.

1 구리코마(栗駒) 산 2 데와산잔(出羽三山) 3 아사히다케(朝日岳) 4 이이데(飯豊) 산
5 반다이(磐梯) · 아즈마(吾妻) 산 6 료젠(靈山) 7 닛코(日光) 산
8 다이센(大山) · 하치칸 산(八菅山) 9 이이즈나(飯綱) · 묘코(妙高) · 도가쿠시(戶隱) 산
10 다테야마(立山) 11 온타케(御嶽) 산 12 하쿠 산(白山) 13 긴푸 산(金峰山) 14 후지(富士) 산
15 이부키(伊吹) 산 16 긴푸센(金峯山) 17 오오미네(大峯) 산 18 구마노산잔(熊野三山)
19 후쿠치야마(福智山) 20 호만잔(寶滿山) 21 구보테야마(求菩提山) 22 히코 산(英彦山)
23 후타고 산(兩子山) 24 아소 산(阿蘇山) 25 우시오 산(牛尾山)

233

르침을 계승한 노토 벳토는 '겐리키〔험력(驗力)〕'라는 마술 능력에 있어서 엔노교쟈나 노죠 태자에 필적하는 힘을 갖추고 있다는 것이었다.

켄은 엔노교쟈란 이름은 들은 적이 있지만 노죠 태자란 인물에 대해선 전

노죠 태자

하구로 산은 야마가타 현 북서부에 있는 해발 436미터의 산이다. 갓 산, 유도노 산과 함께 데와산잔이라 불리는, 슈겐도(하구로슈겐)의 거점으로 알려져 있다. 이곳을 연 사람은 노죠 태자〔能除太子, 별칭은 미네코 태자(蜂子太子)〕다. 그는 스슌 천황(崇峻天皇, 재위 587~592)의 제1황자 또는 제3황자라고도 전해지는데, 그의 생애는 수수께끼에 싸여 있다.

그는 피부가 매우 검고, 얼굴 길이가 30센티미터에 아래로 처진 코가 10센티미터쯤 됐으며, 입은 귀 근처까지 찢어졌고, 눈은 이상할 정도로 매서웠다. 도저히 인간이라곤 생각할 수 없을 정도로 너무나 추한 모습 때문에 그는 왕위를 잇지 못하고 수행 길에 나섰다가 하구로 산에 도착했다. 그러나 산이 깊어서 헤치고 들어갈 수가 없었다. 그때 날개를 펼치면 5미터는 될 것 같은 거대한 새가 날아왔다. 다리가 셋인 그 새를 쫓아서 태자는 가까스로 산에 들어갈 수 있었다. 이상하게 생각한 그가 나무 밑동 근처의 잎을 헤쳐보니 관음보살이 나타났다고 한다. 그때부터 태자는 나뭇잎으로 만든 옷을 입고 나무 열매만을 먹는 등 엄격한 수행을 하기 시작했다.

그의 수행을 눈여겨본 사냥꾼은 이 정도 성인이라면 마을의 중환자를 치료할 수 있을 것이라 생각해 그를 마을로 초대했다. 태자가 산을 내려가기 시작했을 때 마을에선 중환자의 집에 돌연 불이 났다. 그러자 누워만 있던 환자가 자기도 모르게 밖으로 뛰쳐나왔다. 이를 계기로 환자의 불치병은 깨끗이 나아버렸다. 한편 태자가 환자의 집에 도착했을 땐 이미 대화재로 전소됐어야 할 집이 원래 상태로 돌아가 있었다고 한다.

그늘의 황자

전설이 사실이라면 노죠 태자는 쇼토쿠(聖德) 태자와 사촌지간이다. 이 양자를 비교하면 흥미로운 사실이 눈에 띈다. 쇼토쿠 태자(574~622)는 스이코(推古) 천황의 섭정이자, 불교 진흥에 힘을 쏟은 것으로 잘 알려져 있다. 그러나 노죠 태자는 아버지 스슌이 학살된 뒤 중앙에서 쫓겨나 어쩔 수 없이 여러 나라를 떠돌아다니게 되었다. 쇼토쿠 태자가 미남인 반면에 노죠 태자는 지독한 추남이었다. 태어나면서부터 천재적인 능력을 지닌 쇼토쿠 태자와 달리 노죠 태자 쪽은 '본디 무지해 불법(佛法)을 모른다'는 평가를 받았다. 사촌지간이면서도 두 사람은 '빛의 태자'와 '그늘의 태자' 같은 존재였다. 이것은 슈겐도가 처한 입장을 말하는 것이기도 했다. 당시 사회의 중심은 어디까지나 불교였다. 슈겐도라는 주술적 종교는 '그늘', 즉 반체제이며 주변 사상이었던 것이다.

혀 알지 못했다.

마침내 한 채의 집에 도착했다.

노토는 박자에게 정중히 인사했다.

"상선님, 전부터 고명하신 존함은 듣고 있었습니다. 말씀해주셨으면 모시러 나갔을 텐데요."

"아닙니다. 내가 온 건 이 두 사람을 소개하기 위해섭니다."

그렇게 말하고 박자는 켄과 나나를 노토에게 소개했다. 또 그들이 아흐리만이 이끄는 어둠의 군대를 저지하기 위해 여행하고 있음을 얘기했다.

"그렇습니까? 그래서 이 부근에서도 이변이 일어나고 있는 거로군요. ……실은 제 예측으론 구마노에서 대규모의 전쟁이 일어날 것 같습니다."

켄은 내심 놀랐다. 지금 노토 벳토가 '예측'이라고 한 건 그리스의 피티아(무녀)와 마찬가지로 미래 예지술일 것이다. 그러고 보니 이집트의 다시몬이 '일본에도 공중비행술을 구사하는 마술사가 있다'고 말했었다. 여기까지 안내해준 야마부시의 말을 믿지 않았던 건 아니지만, 자신이 살고 있는 나라에도 마술의 전통이 면면히 이어져 내려왔다고 생각하니 조금 놀라웠다.

"켄, 전혀 놀랄 것 없네. 이런 술법은 전 세계에서 행해지고 있다네. 단지 자네가 몰랐을 뿐이지. 알다시피 공중비행에 능숙하고 귀신을 자유자재로 조종했던 엔노교쟈는 뛰어난 슈겐쟈였네. 구마노에선 엔노교쟈로부터 직접 전해진 수행법이 아직도 이어져오고 있지. 공작명왕 술법이란 게 중심이 되어서 말이야. 노죠 태자에 관해선 들어본 적이 없다 해도 어쩔 수 없네. 역사의 정면에 등장한 적이 없으니까. '그늘의 황자(皇子)'란 별명이 있을 정도라네. 그러나 여기 하구로에는 태자의 뛰어난 겐리키에 관한 전설들이 남아 있지. 엔노교쟈와 쌍벽을 이루는 뛰어난 마술사였다네.

……그나저나, 자네 여행도 구마노가 마지막이 될걸세. 요괴, 악령과의 결

슈겐도의 조직
각파에 따라 조직 형태가 다른데, 오래된 형태를 유지하고 있다는 하구로슈겐(羽黑修驗)의 경우를 보면 다음과 같다.

벳토(別堂)–다이센다츠(大先達)–고기(小木)–아카(關伽)–가리(駈)–교닝(行人)

위의 교닝에는 승려의 지위를 가진 자나 속인이나 모두 포함된다. 그 속에는 세교닝(世行人)이 포함되어 있다. 잇세교닝(一世行人)은 가장 엄격한 수행을 한 청승(淸僧)으로, 오곡을 먹지 않고 천일행(千日行) 등을 행한다. 이들 중에서 유도노 산에서 소쿠신부츠(卽身佛), 즉 미라가 되는 자가 나온다.

슈겐도의 용어

오이구(笈)	야마부시의 도구 중 하나. 미네이리 수행을 할 때 필요한 도구를 넣어 짊어지고 다니는 궤.
가스미(霞)	슈겐쟈의 세력권을 뜻하는 말로 혼산파가 사용한다.
게사스지(袈裟筋)	도산파의 사제 관계를 가리킴.
겐쿠라베(驗競べ)	슈겐쟈가 좌우로 나뉘어 겐리키를 경쟁하는 의식. 제사 때 행해졌다.
고노하코로모(木葉衣)	당산파의 승려인 교치(行智)가 1832년에 저술한 슈겐도의 입문서.
자오곤겐(藏王權現)	슈겐쟈의 본존(本尊) 보살. 엔노오즈누가 긴푸 산에서 수행할 때 화염을 짊어진 분노상(화로 가득 찬 형상)으로 나타났다고 하며 훗날 슈겐쟈의 본존이 됐다.
십계(十界)	지옥계 · 아귀계 · 축생계 · 수라계 · 인간계 · 천상계라는 사자의 망집 6계(六界)와 성문계 · 녹각계 · 보살계 · 불계라는 깨달음의 4계(四界)를 총칭한 것.
센다츠(先達)	원래는 종교상 선배라는 의미였으나, 슈겐도에서는 미네이리 수행자들의 인솔자를 뜻함.
조복(調伏)	슈겐쟈가 영력을 얻어 악령 등 인간에게 적의를 가진 자를 항복시키는 의식.
후도묘오(不動明王)	자오곤겐에 견줄 만한 슈겐쟈의 주존(主尊). 십계를 체득한 부처로서 '십계수행'의 본존이라고 한다.
요리기토(憑祈禱)	일종의 강령술로 어린아이나 여자를 매개로 신격을 빙의시켜 운세나 풍흉(豊凶) 등의 신탁을 얻었다.

야마부시의 16도구
슈겐쟈의 의복, 법구의 총칭. 1 한가이(斑蓋)=삿갓 2 도킨(두건)
3 스즈카케(鈴懸)=상의와 하카마 4 유이게사(結袈裟) 5 법라(法螺)
6 이라타카넨쥬(最多角念珠)=염주의 일종 7 석장(錫杖) 8 가타바코(肩箱)
9 오이(笈)=법구에 포함 10 금강장(金剛杖) 11 힛시키(引敷)=엉덩이 깔개 12 각반(脚絆)
13 히오우기(檜扇) 14 시타(柴打) 15 하시리나와(走繩) 16 야츠메와라지(八目草鞋)

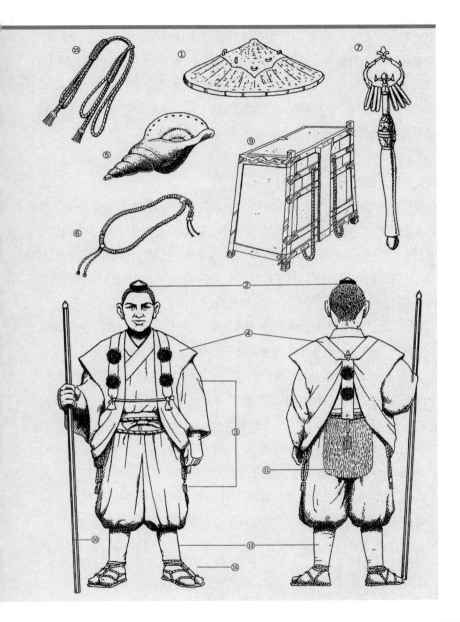

전이 7일 후에 있을 게야. 나도 일본에서 뛰어난 술사들에게 연락해 구마노로 집결해달라고 하겠네. 우리가 받드는 슈겐도는 예로부터 일본에 있던 영산 (靈山) 신앙과 밀교가 결합된 거지만, 밀교 본류의 마술을 터득한 승려나 중국의 마술 계보를 이어받은 온묘지(陰陽師) 등도 와줄걸세. 알겠는가, 자네 술법도 잘 연마해두게나."

◆ 소쿠신부츠 · 소란키

켄과 나나, 박자 그리고 노토와 그의 제자 일행은 천천히 걸어서 구마노 쪽으로 향했다. 그들은 유도노 산의 센닌자와(仙人澤) 주변을 지나다가 기묘한 일행과 마주쳤다. 승려의 모습을 하곤 있으나 수척한 몸은 갈색이고 눈에서만 이상한 광채가 나는 무리였다. 더구나 몸에 감고 있는 가사는 너덜너덜 찢어져 있었다. 순간 노토의 얼굴빛이 변했다.

"음, 이건 소쿠신부츠(卽神佛)에 실패한 교닝(行人)들의 영이다. 켄, 유도노 산은 예로부터 소쿠신부츠가 성행했던 곳이네. 잇세교닝(一世行人)이라 불리는 수행자는 오곡[21]을 끊고 천일행, 이천일행이란 엄격한 수행을 함으로써 소쿠신죠부츠(卽身成佛)를 하고자 했지. 수행을 끝낸 후에 정식으로 소쿠신부츠가 될 자격이 주어지지만, 너무 엄격한 수행이라 도중에 죽은 자들도 적지 않아. 그렇게 죽은 자들은 이 센닌자와에 매장하는 관례가 있네. 필시 악령이 그들의 원념(怨念)을 부추겼을 게야. 좋아, 내 겐리키를 보여주지."

그러더니 노토는 기도에 몰두하기 시작했다. 미라가 되지 못한 사자(死者)들은 순간 당황스런 표정을 보이며 뒤를 돌아다봤다. 그러자 신장 20미터가 넘는 거대한 요괴가 모습을 나타냈다. 머리가 셋, 팔은 여섯 개나 있고 추악한

---

21 일반적으로 먹는 곡물의 총칭. 쌀, 보리, 콩, 조, 기장 또는 피.

소쿠신부츠

슈겐도에서는 슈겐자에게 부처가 빙의해 예언·신탁하는 것을 '소쿠신죠부츠(卽身成佛)'라고 하는데, 죽은 후에도 이 힘을 지속시키는 것을 소쿠신부츠(卽神佛)라고 한다. 즉, 소쿠신부츠 수행을 끝냄으로써 한 단계 위의 소쿠신부츠가 되는 길이 열리는 것이다. 보통은 수행자가 죽고 나면 그 육체는 미라화되어 남는다. 유도노 산에는 세 구의 미라가 있다.

소란키

교운(慶雲) 연간(704~708) 말기에 무츠(陸奧 : 아오모리 현과 이와테 현의 일부)와 데와(出羽 : 야마가타 현과 아키타 현) 지역에서 신장 24미터에 삼면육비(三面六臂 : 3개의 머리와 6개의 팔)를 가진 악귀 '소란키'가 출현했다는 전승이 남아 있다. 이 요괴는 무수한 권속들을 데리고 검은 구름 속에서 내려와 불을 뿜으며 주변 산의 정상에 충만했다. 그리고 악취와 함께 독성 있는 비를 내려 수만 명을 죽음으로 내몰았다고 한다. 그러자 사람들은 하구로 산에서 공물을 바치며 기도를 드렸는데, 이때 신이 빙의한 7살짜리 여자아이가 '귀신 형태의 인형을 만들어 태워라. 그렇게 하면 악귀들을 물리칠 수 있다'고 알려줬다. 사람들이 그대로 시행하자 곧바로 악귀들이 도망쳤다고 한다. 수령인 소란키는 주술에 의해 붙잡혀 갓 산에 봉인됐다. 이곳은 훗날 다이텐바쿠(大天縛)라고 명명됐다. 현재, 매년 섣달 그믐날에서 정월 초하루에 걸쳐 하구로 산에서 행해지는 제사 '쇼레이사이(松例祭)'는 이 전설을 재현한 것이다.

얼굴에 예리한 어금니를 드러내고 있었다.

"역시, 교닝들을 명계(冥界)에서 끌어낸 건 소란키(騷亂鬼)였나……. 켄, 이 요괴가 내뿜는 숨을 조심하게. 들이마시면 병에 걸리게 되네. 이 소란키는 옛날 우리 선조가 주술로 결박해 갓 산에 가뒀던 놈일세. 좋아, 다시 한 번 다이텐바쿠(大天縛)에 봉인시켜주겠다. 켄, 잘 봐두게. 겐리키란 건 '기도로 살리고, 기도로 죽인다'고 말해지곤 하지. 즉, 사자를 이 세계에 재생시키는 것도 생자를 죽이는 것도 기도만으로 가능하단 말일세."

그렇게 말하더니 노토는 더욱 높은 소리로 주문을 외웠다. 그리고 주문이 최고조에 달하자 고함을 쳤다.

"할(喝)!"

순간 소란키와 사자들은 지면으로 빨려 들어가듯 사라졌다. 이를 본 켄은 슈겐자의 겐리키가 얼마나 무시무시한지를 통감할 수 있었다.

SCENE 20
일본의 마술사들

◆─온묘지

일행은 와카야마(和歌山) 현의 산 속이자, 나라(奈良) 현의 근처인 구마노다이샤[22]를 진지로 삼았다. 켄 일행이 구마노에 도착했을 땐 이미 여러 마술사들이 모여 있었다. 대개는 산짐승 같은 모습의 슈겐쟈들이었지만, 그 중엔 삿갓 차림을 한 사람이나 갑옷과 투구를 입은 무사, 승려도 있었다. 삿갓을 쓴 한 남자가 켄에게 말을 걸어왔다.

"자네가 켄인가? 세계의 마술을 수행하고 왔다 들었네. 나에 대해선 모르겠지. 난 아베 다카마로(安倍多寡麿)라고 온묘도(陰陽道)의 수행을 하는 사람이네."

온묘도란 중국에서 전해진 음양오행설에 기초하여 일본에서 독자적으로 발전한 마술이다. 나라 시대 이후, 정부의 정식 관리직으로서 온묘료(陰陽寮)가 설치되는 등 온묘료의 수행자는 공식적인 마술사로서의 역할을 했으며,

---

22 **熊野 大社** 와카야마 현 구마노 지방에 있는 신사들인 혼구(本宮), 신구(新宮), 나치(那智)의 총칭. 구마노는 고대부터 '영혼이 깃든 땅'으로 여겨져 신비한 전승도 많다. 10세기에는 '구마노에서 사자의 영을 만난다'와 같은 구마노 신앙이 귀족에서 서민까지 퍼져서 구마노 참배가 대유행했다. 오늘날에도 구마노는 일본의 대표적인 슈겐도의 메카 중 하나다.

온묘도

온묘도는 고대 중국의 음양오행설을 기초로 해서 만들어진 일본 고유의 점술·마술 체계다. '음양(陰陽)'이란 만물을 새로 만들어내는 요소인 '기'의 총칭으로서, 지구상의 모든 것이 음과 양으로 나뉘어 각각 배합·대립하고 순환하는 속성을 갖는다는 것이다. 오행설은 자연계를 수(水), 화(火), 목(木), 금(金), 토(土)로 분할하고 서로 연관짓는 사상이다. 이음양오행설에 10간(干), 12지(支) 등을 더해 우주의 동향을 이해하고, 나아가선 미래 예지, 길흉 등을 판단해 이것에 대응하는 주술 작법을 행하는 것이 온묘도의 사상이다.

10세기 후반, 아베노 세이메이(安倍晴明)의 등장에 의해 온묘도는 커다란 전기를 맞이한다. 그때까지는 주술성이 적은 편이었는데, 그의 활약을 계기로 고도의 주술성과 신비성을 갖게 됐다. 또한 '시키신(式神)'이란 존재가 주목을 받게 됐다. 시키신이란 온묘지가 점술이나 기도 등을 행할 때의 수호신이며 사역신으로 알려진 귀신(정령)이다. 귀신은 사람을 저주해 죽이거나 재난을 당하게 하는 안 좋은 존재지만, 이것을 부리는데 성공하기만 하면 바람을 이룰 수도 있고 행복을 불러올 수도 있다. 악의를 품은 온묘지는 시키신을 자객으로 사역하기도 하는데, 이 경우엔 상대방도 온묘지를 고용해 대항한다. 이런 일들은 귀족 사회에서 행해졌으며, 온묘지는 점차 공격적인 마술사로서의 입장을 취하게 됐다.

온묘지

온묘도에 종사하는 사람을 온묘지 혹은 방사(方士), 방술사(方術士)라고 불렀다. 그들은 다이카 대신(大化改新, 645) 이후의 율령 체제 아래서 국가의 지지를 받고, 덴무 천황(天武天皇, 재위 673~686) 시대에는 관직으로서 인정받았다. 나카쓰사쇼(中務省)에 소속된 온묘료(陰陽寮)에는 6명이 근무했고 각지방에도 온묘지가 배치됐다. 처음엔 천황이나 황족, 귀족들의 생활에 큰 영향을 주다가 점차 서민 계급까지 침투해갔다. 국가에서 그들이 하는 일은 행사의 날짜를 결정하기 위한 역법술(曆法術)이나 도시건설 때 재난이 일어나지 않도록 방위술을 구사하는 것이었다. 헤이조쿄(平城京)는 그들의 방위학에 따라 건설되었다.

방위 바꾸기

온묘도의 사상은 현대 생활에도 뿌리를 내리고 있다. 예를 들면 집을 지을 때나 여행할 때 '방위가 나쁘다'는 말을 하곤 하는데, 이런 사고방식은 온묘도에서 나온 것이다. 헤이안 시대, 귀족들의 일상생활을 지배한 것도 '가타치가에(방위 바꿈)'라는 사상이다. 목적지를 향해 자신의 집에서 떠날 때 날짜나 방위가 흉이라고 판단됐을 경우 일단 길한 방위로 바꿔 향한 뒤 거기서 하룻밤 묵고 나서 다음 목적지로 향하는 것을 '가타치가에'라고 한다. 동북 방위가 귀문(鬼門)이라 여겨지는 것도 이 방위가 12지의 축인(丑寅)에 해당하고 8괘에서 대흉(大凶)이라 되어 있기 때문이다.

온묘도의 용어

깃쿄(吉凶)	만물이 갖는 기인 음양이 잘 배합된 경우를 길, 상극하는 경우를 흉이라고 한다. 인간의 성질, 연월일시, 방위에 이르기까지 길흉이 있다고 한다.
헨바이(反閇)	사악한 기를 제거하기 위해 주문을 외우고 땅 위를 독특한 스텝으로 걷는 방법. 중국의 '우보'가 도입된 것이다.
미가타메(身固め)	일신의 안전을 위해 행하는 주술 작법. 천황이 미가타메(몸차림)를 하는 경우 그 의복을 온묘지에게 주고 거기에 주술을 시행한다. 밀교에서 말하는 수호의 일종이다.
나데모노(撫物) 가타시로(形代)	몸에 붙은 부정함이나 죄를 없애기 위한 의식. 인형을 준비하고 의뢰자의 더러운 곳을 쓰다듬어 인형에 옮긴 다음 주문을 외우고 나서 강에 흘려보낸다.
덴츄치후사이(天冑地府祭)	다이잔후쿤사이(泰山府君祭), 기키사이(鬼氣祭), 도코사이(土公祭) 등 50가지 정도의 온묘도 제사 중에서 중요한 제사다. 다이잔후쿤(명계의 신)을 중심으로 하며 관계된 12명의 신들에게 금은화폐(화폐를 흉내낸 물건), 생명주(무늬 없는 비단), 안장 얹은 말을 바치는 의식이다.
쓰이나(追儺)	다이나(大儺), 오니야라이(鬼遺)라고도 한다. 악귀를 쫓고 신년을 맞이하는 의식으로, 섣달 그믐날에 행해졌다.
도죠(都状)	제사 때 올려지는 제문. 공물의 목록이나 바라는 일, 대상이 되는 신들 따위가 기록되어 있다.
모노이미(物忌)	나쁜 꿈을 꿨을 때나 악령에 사로잡혔을 때 일정 기간 동안 집에서 나가지 않고 근신하는 것.

이들을 일컬어 온묘지(陰陽師)라고 했다. 켄은 온묘지 뒤에 어린애 크기의 남자 둘이 서 있는 걸 눈치챘다.

"호오, 자네에겐 시키신(式神)이 보이는가 보군. 수행을 많이 쌓은 사람에게만 녀석들의 모습이 보이는데."

온묘지는 뒤에 대기하고 있던 두 명의 귀(鬼)에게 말했다.

"너희들, 인사해라."

추한 얼굴을 한 두 명의 시키신은 켄에게 고개를 끄덕여 가볍게 인사했다.

아베노 세이메이

아베노 세이메이(安倍晴明, 921~1005)는 헤이안 시대 중기에 활약했던 온묘도의 일인자다. 당시의 고명한 온묘지였던 가모 타다유키(加茂忠行)·야스노리(保憲) 부자로부터 천문학과 온묘도를 배우고, 천문 밀주(천문의 변화를 보고 길흉을 점쳐서 천황에게 보고하는 것)를 비롯해 제사에서 지도적인 역할을 맡았다. 그의 후예들은 가마쿠라 막부에 중용되어 전국 각지의 온묘지를 통관했다. 무로마치 시대에는 쇠퇴했다가, 에도 시대에 이르러 온묘도의 명문으로서 쓰치고몬(土御門=安倍) 집안이 부활했다.

〈시키신을 자유자재로 사역하다〉

세이메이의 뛰어난 주술은 널리 전승되었고, 문학 작품에도 등장한다. 간파쿠(關白) 후지와라 미치나가(藤原道長, 966~1027)가 호조지(法成寺)의 건축 현장을 찾았을 때, 애견이 미치나가의 앞길을 가로막았다. 이상하게 생각한 미치나가가 세이메이에게 점을 치게 하니 '저주하는 자가 있습니다' 라고 단정한 뒤 범인을 찾아냈다고 한다. 또한 세이메이는 시키신을 자유롭게 사역하는 마술에 뛰어났다. 일반인에겐 시키신의 모습이 보이지 않지만 뛰어난 온묘지에겐 잘 보였다. 어떤 승려가 시키신을 데리고 세이메이의 실력을 탐색하러 방문한 일이 있었다. 세이메이는 그 의도를 알고서 승려의 시키신을 숨겨버렸다. 당황한 승려는 세이메이에게 사과하고 시키신을 되돌려 받았다 한다.

또 한 번은 연회석상에서 귀족들이 세이메이에게 물었다.

"당신은 시키신을 사용해 무슨 일이든 할 수 있다고 들었는데, 저 뜰의 개구리를 죽일 수도 있습니까?"

"죄짓는 일은 별로 하고 싶지 않으나 오늘은 보여드리죠."

세이메이는 그렇게 대답한 뒤 풀잎을 주워 주문을 걸고 나서 개구리 쪽으로 던졌다. 그러자 개구리는 납작하게 으깨져 죽고 말았다고 한다.

"이 녀석들은 내게 복종하는 자들이니 신경 쓸 것 없네. 신변의 잡다한 일들을 시키고 있지."

온묘지가 자랑스럽게 말했다. 그런데 갑자기 시키신들의 움직임이 묘하게 부산스러워졌다. 눈앞의 지면을 가리키며 소리를 질러대기 시작했다.

"뭐냐? 소란스럽다! ……그렇군, 요괴의 기색을 느꼈어."

그렇게 말하더니 온묘지는 우보와 비슷한 스텝을 밟으며 품속에서 뭔가를 꺼냈다. 그것은 일본 종이로 사람의 형태를 본뜬 것이었다.

"이건 가타시로(形代)라고 하는데, 내 선조인 아베노 세이메이님에게서 전해진 비술이네. 켄, 잘 보도록 하게."

온묘지는 가타시로를 천천히 쓰다듬었다. 그러자 켄 일행 눈앞의 지면이 갑자기 솟아오르더니 코끼리만큼 큰 거미가 출현했다. 주변에 있던 다른 마술사들이 긴장한 빛을 나타내며 검을 빼거나 주문을 외우기 시작했다. 그러나 온묘지는 침착한 목소리로 설명했다.

"자, 잘들 보시오. 이놈은 쓰치구모(土蜘蛛)란 요괴입니다. 뭐, 염려 말고 내게 맡기시오. 지금 바로 처치해드릴 테니."

쓰치구모는 입에서 점액질의 실을 내뿜으면서 온묘지에게 덤벼들었다. 온묘지는 신중한 표정으로 공격을 피했다. 몇 번의 공격을 피하다가 그는 재빨리 거미의 이마에 가타시로를 붙였다. 그러자 쓰치구모는 쓰러졌다 일어났다

쓰치구모
『풍토기風土記』, 『일본서기日本書紀』 등에 기록돼 있는데, 고대 야마토 조정에 복종하지 않았던 토착인들을 의미했다. 훗날 거대한 거미 요괴를 가리키게 됐으며 이것이 노(能 : 일본의 대표적인 가면 음악극-옮긴이), 나가우타(長唄 : 에도 시대에 유행한 긴 속요-옮긴이) 등에 등장하게 됐다. 노의 하나인 『쓰치구모土蜘蛛』는 미나모토 요리미츠(源賴光 : 헤이안 중기의 무장. ?~1021)가 병석에 누워 있을 때 승려 모습의 쓰치구모가 나타나 공격을 하지만 오히려 궁지에 몰려 요리미츠에게 퇴치당한다는 이야기다.

를 반복하며 몹시 괴로워했다. 거대한 몸집에 부딪치고 뭉개져서 주위의 큰 나무들이 우지직 하고 부러졌다. 몇 분쯤 흘렀을까, 쓰치구모는 검붉은 배를 드러낸 채 꼼짝도 하지 않게 됐다.

온묘지는 여유로운 표정으로 켄에게 말했다.

"보통 쓰치구모는 이런 장소엔 출현하지 않는데, 아마 어둠의 군대 척후병으로 왔나 보군. 여기도 그리 안전하다곤 볼 수 없으니, 조심하게."

◆ 이즈나(飯網)법 · 다키니(茶吉尼)법

아베 다카마로는 모여 있는 마술사 중에서 중심이 되는 몇 사람을 켄에게 소개했다. 가장 처음 인사한 사람은 아주 평범한 풍채의 남자였다.

"켄, 이 남자는 '이즈나츠카이'라고 하는 술사네. 무가(武家)에서 인기 높았던 술법의 전승자지."

그 남자는 미소를 지으며 대나무통을 꺼냈다. 뚜껑을 열자, 안에서 작은 동물이 얼굴을 내밀었다.

"어머나, 귀여워라."

나나가 말했다. 생쥐보다 작은 동물은 여우(기츠네) 같은 얼굴을 하고 있었다. 남자가 설명했다

"이건 구다기츠네(管狐)란 생물입니다. 꼬리가 둘로 나누어져 있어서 '미사키기츠네(尾裂狐)'라고도 불리죠. 사육한 지 벌써 10년이나 됐군요. 이 녀석은 내가 바라는 건 뭐든 들어준답니다."

온묘지의 설명에 의하면, 이즈나츠카이는 이 '구다기츠네'를 조종해 다양한 마술을 행사한다고 했다. 구다기츠네는 발견하는 것도 길들이는 것도 매우 어려운데, 일단 길들이고 나면 그 영력을 자신의 것으로 만들 수 있다는 것이었다. 죽은 자의 영에게 말을 시키거나 미래를 예지하는 일, 또 악령을 없애

거나 부를 가져오게 하거나 적을 저주하는 일 따위도 구다기츠네에게 부탁하면 모두 가능하다고 했다.

온묘지는 옆에 있던 또 다른 남자를 소개했다.

"저 사람도 기츠네(여우)와 관계 있는 마술사로 '다키니법'을 행사하네. 우리 온묘지가 쓰는 '가타시로'도 사용하지."

다키니법을 구사한다는 남자가 입을 열었다.

"뭐, 우리 술법은 멀리 인도에서 전래된 마술이네. 여우에게 빙의한 다키니

이즈나법

1233년 시나노(信濃)의 하기와라(萩原) 성주인 이토 효부다유(伊藤兵部太夫)가 이이즈나 산(나가노 현 북부, 해발 1917미터)에 곤겐(權現 : 부처의 임시 방편으로 나타난 모습)을 기원하고, 단식 수행의 결과로서 신통력을 얻었던 게 그 시초이다. 그후 이이즈나 산의 슈겐쟈를 중심으로 이 마술이 전해졌다. 특징은 **'구다기츠네'**를 사용하는 것. '미사키기츠네'라는 별명을 가진 이 영수(靈獸)는 생쥐 정도의 크기로 꼬리가 둘로 갈라져 있다. 대단히 날래서 길들이기가 어렵지만 친숙해지면 주인의 명령을 잘 듣는다고 한다. 이즈나츠카이는 이 동물에게 미래 예지를 시키거나 사람에게 빙의시켜 저주로 죽이거나 부를 가져오게 한다고 한다. 그러나 이 동물을 잃어버리면 이즈나츠카이의 마술 능력도 사라져버린다고 한다.

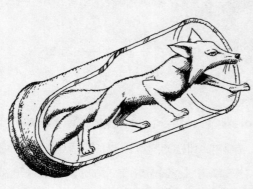

이즈나 곤겐은 무사 계급의 신앙을 모았으며, 다케다 신겐(武田信玄), 마쓰나가 히사히데(松永久秀), 호소카와 마사모토(細川政元) 등 유력 무사가 귀의했다. 그 중에서도 호소카와 마사모토(무로마치 막부의 관령, 1466~1507)는 이즈나츠카이로서도 유명했는데 공중비행이나 부유를 자유롭게 행했다고 한다. 이 수법은 슈겐도에서 파생한 것으로 밀교계의 마술이다.

신이 우리에게 비술을 전수해준 거지. 그 나름대로의 보답은 준비해야 되지만……."

"그 보답이란 게 자신이 죽은 뒤에 심장을 다키니 신에게 바친다는 계약이라네."

온묘지가 끼어들었다. 그러자 남자가 말을 이었다.

"그대로네. 하지만 후회는 없어. 신통력을 전수받았고, 내 비술인 '아비샤(阿尾捨)법'을 구사하면 사람에게 신령을 씌워 미래 예지나 길흉 판단, 장래의

다키니법
다키니는 산스크리트어의 음역으로, 본래 힌두교 여신 칼리의 시녀. 일본에선 다키니의 정체가 여우라고 알려져, 천녀가 여우에 타고 있는 형상이 있다. 다키니는 자유자재의 신통력을 갖고 있으며, 사람의 죽음을 미리 알고는 그 심장을 먹는다고 한다. 다키니에 대한 신앙을 맹세한 사람에겐 신통력을 주지만, 대신 사후에 자신의 심장을 바친다는 약속이 필요하다고 한다. 다키니법은 신령을 특정 인간에게 빙의시켜 미래의 길흉이나 승패 등의 신탁을 받는 방법, 병자를 위해 그 악령을 요리시로(憑代 : 신령이 나타날 때 매체가 되는 것, 보통은 인형을 사용한다)에 들리게 해 주술로 속박한 뒤 병을 제거하는 방법 등이 있다.
다키니법 수행에는 진언을 10만 번 외우는 등의 고행이 있고, 이것이 성취되면 공중비행을 비롯한 모든 마술이 가능해진다고 한다. 참고로 간파쿠인 후지와라 다다자네(藤原忠實, 1078~1162)는 이 방법으로 영달을 누렸으며, 다이라 기요모리(平淸盛 : 일본의 독재자)도 이 마술을 수행했다고 한다. 밀교계 마술이다.

아비샤(阿尾捨)법
다키니법의 또 다른 호칭. 다키니는 산스크리트어로 '신들리다', 즉 빙의한다는 의미가 있다.

영달, 병의 치유 등 모든 걸 생각대로 할 수 있는걸. 아베님이 말한 대로 가타시로도 사용하지만……"

켄은 그 자리에서 일본의 모든 마술을 알게 되었다. 여기에 모인 마술사들은 모두 각각의 마술법의 대표자들이었던 것이다. 켄은 그들의 네트워크가 대단히 잘돼 있다는 점에 놀랐다. 박자가 슈겐도의 노토 벳토에게 한마디 얘기한 것만으로, 며칠도 안 되어 일본의 방방곡곡에서 도의 지도자들이 달려와 한자리에 모였던 것이다.

◆ 마리지천비밀성취법

다음으로 갑옷과 투구로 무장한 옛날 무사와 같은 용모의 노인이 소개됐다.

"켄, 이 노인은 마리지천비밀성취법(摩利支天秘密成就法)을 터득하신 분이다."

노인은 켄을 향해 정중히 인사한 다음 말했다.

"자넨 어린데도 상당한 수행을 쌓았다고 들었네. 내, 전진에서 도움이 될 술법을 하나 더 전수해주지."

노인이 가르쳐준 건 '마리지천비밀일인음형대법(摩利支天秘密一印陰形大法)'이란 것으로, 양손으로 대금강인(大金剛印)이란 '인'을 결인하고 다음과 같은 진언을 외우는 것이었다.

'옴 마리 세이 소하 카.'

이 진언을 일곱 번 반복하면 천마(天魔)나 악귀 따위가 얼씬거리지 못하고, 수행자의 모습도 보이지 않는다고 했다. 또 가장 간단한 '마리지천병법구자비밀법(摩利支天兵法九字秘密法)'이란 것도 가르쳐주었다. 이것은 무사가 적진에 임하기 전에 반드시 실행해야 하는 이른바 마음의 준비 주문이었다. 일반적으론 '구자(九字)를 끊는다'고 말한다. 도인(刀印)이라고 해서, 오른손의 검지와 중지를 세워 가로 · 세로를 반복해서 아홉 번 긋는 동작을 하면서 각 각 '임(臨), 병(兵), 투(鬪), 자(者), 개(皆), 진(陳), 열(列), 재(在), 전(前)'이라고 암송하는 것이다. 이는 무사의 용기를 북돋고, 상처를 입지 않고 공을 세우게끔 해주는 주문이다.

켄은 '인'이란 것에 관심이 갔다.

마리지천비밀성취법

마리지천은 산스크리트어 '마리치'의 사음(寫音)이다. 태양 광선이란 뜻이며, 한역으론 '아지랑이'란 의미다. 천녀와 비슷한 모습으로 나타나는데, 3개의 머리와 6개(혹은 8개)의 팔을 가진 형상으로 돼지를 타고 있다. '이 신은 태양이나 달 앞으로 가기 때문에 모습이 안 보이고 붙잡을 수도 없으며 해를 끼치는 일도 없다'고 일컬어지는 점에서, 마리지천을 믿으면 모든 위험과 재난으로부터 몸을 지키고 모습을 감추는 마술도 터득할 수 있다고 여겨져 무사들의 수호신적 존재가 됐다.

마리지천의 주법은 여러 가지인데, '마리지천병법구자비밀법', 이른바 '구자(九字)의 법'은 무사가 적진에 임하기 전에 반드시 행했다고 한다. '구'라는 문자는 진언의 교의에 있는 '금강계의 구회(九會)', '태장계(胎藏界)의 구존(九尊)'에 따른 것이다.

이밖에 '마리지천비밀일인은형대법'이란, '대금강인'이라는 인을 결인하면서 '옴 마리 셰이 소하 카'라는 주문을 7번 외우고, 은형인(隱形印)을 결인해 같은 주문을 108번 외우는 것이다. 이렇게 하면 악령으로부터 몸을 지키고 행자의 모습도 보이지 않게 된다고 한다.

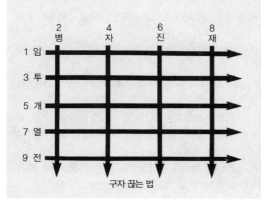

구자 끊는 법

도인(오른손)

"바르게는 '인상(印相)'이라고 하지. 본래는 밀교의 여러 불상들이 나타내고 있는 손가락 형상을 말하네. 불상과 같은 인을 결인함으로써, 그 부처나 보살의 영력을 자신의 것으로 만들 수 있지."

노인은 켄에게 친절하게 설명해주었다.

인상(印相)

산스크리트어의 무드라(Mudra : 봉인, 인장)를 번역한 것. 인계(印契), 밀인(密印) 또는 간단히 인(印)이라고도 한다. 고대 인도의 종교의식에 사용됐던 손가락 끼워 맞추기법에서 유래했으며, 불교에선 부처나 보살의 깨달음, 서원의 내용을 나타내는 것으로 되어 있다. 불상이나 보살상도 각각의 인상을 나타내고 있다. 진언종에서는 수행자가 부처와 같은 인상을 하면 부처의 깨달음의 경지를 공유하고 부처와 일체가 될 수 있다고 해서 중요시한다.

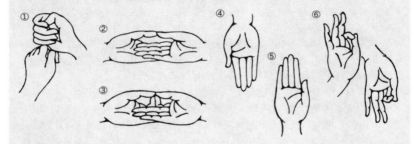

① 지권인(智拳印) : 왼손 집게손가락을 수직으로 세우고 그것을 오른손으로 감싸쥐는 형태이다.
② 법계정인(法界定印) : 좌우 손가락을 펴서, 왼손의 손가락 위에 오른손의 손가락을 놓고 양쪽 엄지손가락 끝을 붙인다.
③ 미타안인(彌陀安印) : 법계정인의 형태를 한 뒤 집게손가락을 구부려 각각의 엄지손가락 끝에 붙인다.
④ 여원인(與願印) : 오른손 손바닥은 상대를 향하고 모든 손가락을 아래쪽 방향으로 뻗는다.
⑤ 시무외인(施無畏印) : 오른손 손바닥을 상대에게 향하고 모든 손가락을 위쪽 방향으로 뻗는다.
⑥ 안위인(安慰印) : 오른손 손바닥을 상대에게 향하고 엄지와 검지로 원 모양을 만든 뒤 다른 손가락은 위를 향해 뻗는다. 왼손도 마찬가지로 해서 아래를 향한다.

◆ 신통력 · 밀교 마술

"그런데 켄, 자네는 신통력(神通力)이란 걸 아는가?"

온묘지의 질문에 켄은 쑥스러워하면서 대답했다.

"신과 같은 능력을 갖는다는 것 아닐까요?"

"맞긴 하네만, 좀더 정확히 가르쳐주지. 신통력엔 '육신통(六神通)'이란 게 있네. 첫 번째로 신족통(神足通)은 어떤 장소에서도 즉시 이동할 수 있는 능력을 의미하네. 또 천안통(天眼通)은 모든 것, 즉 삼라만상을 훤히 볼 수 있는 능력을 말하지. 천이통(天耳通)은 아무리 작은 소리든 또는 먼 소리든 들을 수 있는 능력일세. 타심통(他心通)은 타인의 마음을 간파할 수 있는 능력, 즉 자네 친구와 같은 힘을 말하지. 또 숙명통(宿命通)이란 게 있네. 과거, 미래의 일이 손에 잡힐 듯이 보이는 능력이네. 그리고 마지막으로 누진통(漏盡通)이란 것은 번뇌에서 벗어나 해탈한 것을 확인할 수 있는 능력일세. 난 이 누진통이야말로 가장 중요한 신통력이라고 생각하네. 어때, 이해가 되나?"

켄은 조금은 알 것 같은 기분이 들었다. 그때 한 노인이 켄에게 다가왔다. 주위의 마술사들은 모두 노승에게 정중히 인사했다. 좀 더러운 듯한 가사를 몸에 걸친 노승은 마술사들에게 가볍게 고개를 끄덕이면서 걸어왔다. 온묘지가 켄에게 작은 소리로 말했다.

"저 분은 엔소(円窓) 대사라고, 밀교 마술의 달인이네. 일본의 마술사들은 많든 적든 모두 저 분의 지도를 받고 있네. 이른바 중진이지. 실례 없도록 하게."

엔소 대사가 켄 앞으로 왔다. 켄은 긴장하며 인사를 한 다음 나나를 소개했다.

"자, 그렇게 긴장하지 않아도 되네. 만나고 싶었네, 켄. 자네에 관해선 이전부터 알고 있었네. 이집트와 영국, 그리스, 그리고 우리 밀교의 고향 인도 등에서 상당한 수행을 쌓았다고? 그래 그래, 박자님의 지도도 받았다던가?

"……난 대단한 힘은 없지만 가능한 한 도와주려 생각하고 있네."

대사는 켄을 작은 방으로 안내한 뒤 다른 사람들을 물러가게 했다.

"자네, 백귀야행(百鬼夜行)[23]이란 걸 알고 있나? 온갖 종류의 요괴와 짐승들이 떼를 지어 찾아오는 게지. 오늘밤쯤 필시 그게 보일걸세. 대부분의 사람들은 한 번 보는 것만으로도 기겁하고 마는데, 자네는 괜찮을지……. 밀교의 가르침 중에서 자네에게 도움이 될 만한 걸 가르쳐주겠네. 허공장구문지법(虛空藏求聞持法)이란 술법이네. 이건 구카이(고보 대사)님께서 학승 시대에 수행하셨던 게야. 보통은 1백 일간 수행해서 완성한다네. 이걸 수행하면 발군의 기억력을 갖게 되지. 경문을 닫은 상태에서도 내용을 이해할 수 있고, 보고 들은 건 절대로 잊어버리는 일이 없네. 게다가 신통력까지 자신의 것으로 만들 수 있다고 하는 진기한 수행일세. 자넨 이미 많은 술법을 수행한 몸이고 나도 힘을 보탤 테니 즉시 해보도록 함세."

엔소 대사의 제자들이 제단을 준비했다. 허공장보살상 앞에서 진언을 외우는 데만 몇 시간이 걸렸다. 이걸 단시간에 행하려면 엄청난 집중력이 요구됐다. 켄은 필사적으로 버텼다. 그리고 마침내 기력이 다해 졸도하고 말았다. 켄은 꿈을 꿨다. ……별이 가득한 하늘이었다. 이 세상 것이라곤 생각할 수 없을 정도로 아름다운 밤하늘을 올려다보고 있는데 하늘에 있어야 할 별들이 하나씩 켄을 향해 내려오기 시작했다. 공포감은 없었다. 오히려 별의 에너지가 몸속으로 스며드는 듯한 황홀감이 들었다.

켄이 눈을 뜨자 대사가 물었다.

"그래, 꿈을 꿨는가?"

---

23 밤중에 귀 등의 요괴가 행렬을 이루며 걷는 것. 해질녘부터 새벽녘까지가 요괴의 활동 시간이라고 한다.

오륜탑

진언종의 사원 등에서 보이는 석탑 '오륜탑(五輪塔)'은 밀교의 교의를 구상화한 중요한 의미를 담고 있다. 우주(대일여래)의 상징임과 동시에 '관법(觀法 : 불법의 진리를 마음속에서 터득하는 수행법)'의 대상이기도 하다. 오륜탑의 각각의 돌 형태는 우주를 구성하는 요소인 오대(五大 : 空, 風, 火, 水, 地)를 의미하며 각각 다섯 개의 실담 문자가 적혀져 있다. 이것은 수행자의 두상, 미간, 가슴, 배꼽, 요도에 해당하는 것으로, 수행자는 이 오륜탑을 몸 전체로 의식한다는 관법(五大觀)에 의해 우주적 존재가 될 수 있다고 한다.

아

산스크리트어의 첫 번째 문자인 '아(阿)'는 밀교에선 매우 중요한 말이다. 이 세상에 존재하는 모든 것의 근원이라는 의미를 가지며 대일여래와 동일시됐다.
'아자관(阿字觀)'이라는 밀교의 수행법이 있다. 이것은 행자의 눈앞 1미터쯤 되는 곳에 검은 바탕에 만월을 의미하는 하얀 원을 그린 천을 놓고 원 중앙에 실담 문자로 '阿' 자를 쓰는 것이다. 만월은 수행자 본인 속에 있는 청정한 마음('불성')을 눈뜨게 하며, '아'는 대일여래, 즉 우주 생명 그 자체와의 합일을 도모하는 수행법이다.

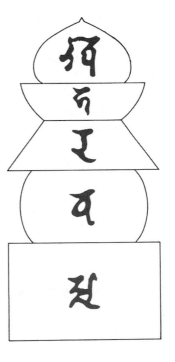

켄은 꿈의 내용을 상세히 말했다. 대사는 만족스럽게 고개를 끄덕였다.

"그래 그래, 성공했군. 대단한 젊은일세그려."

계속해서 대사는 켄에게 말했다.

"또 하나 가르쳐주겠네. 이건 지금 당장은 할 수 없지만 기회가 있으면 시험해보게. 결코 쓸모없지는 않을 테니."

그것은 '공작명왕 주법'이란 것이었다. 이 수법은 밀교 4개 대법 중 하나로, 천재지변을 진압하고 병마를 퇴치하거나 공중비행을 가능케 하는 등 전지전능한 마술로도 불린다. 소정의 작법에 따라 공작명왕을 알현하고 공작경(孔雀經)을 외우는 방법으로 얻을 수 있다고 한다.

밀교 〈고대 인도의 주술을 전승〉

불교 흐름의 하나로서, 널리 대중에게 교의를 개방하는 것을 취지로 하는 현교(顯敎)에 반해, 비밀 교의와 의례가 있으며 스승이 제자에게 오의를 전승하는 불교를 밀교라 한다. 고대 인도에 있던 주술이 불교에 흡수돼 점차 체계화된 것이라는 표현도 가능하다. 7세기 후반에 이 사상은 단편적으로 일본에 들어와, 나라 시대에는 '잡밀(雜密)'이라 불리는 밀교가 전성기를 맞았다. 잡밀은 주문에 의해 여러 가지 마술적 효과를 얻으려는 것으로 주술적 경향이 매우 강했다. 그러나 804년에 입당(入唐)한 사이초〔시호는 덴교대사(傳敎大師)로 천태종의 시조이다. 767~822〕와 구카이〔시호는 고보대사(弘法大師)로 진언종의 시조이다. 774~835〕에 의해 체계적으로 밀교가 전해졌다. 두 승려 가운데 특히 구카이는 독자적인 진언 밀교를 완성시켜 정력적인 포교 활동을 펼쳤다. 고야(高野) 산을 열어 수행 도장으로 삼고, 교토의 도지(東寺)를 '진언종'의 근본 도장으로 정했으며 각지에 거점을 만드는 등 일본 문화 자체를 크게 발전시킨 인물이다. 가마쿠라 시대가 되자 관동 일대에까지 퍼졌다.

구카이가 일으킨 진언종의 교의는 역사상의 석가모니를 넘어 우주 그 자체를 부처로 보며, 그 상징적인 모습인 대일여래를 본존으로 하고 『대일경大日經』, 『금강정경金剛頂經』 등을 주요 교설로 삼았다. 이 세계에서 일어나는 모든 현상을 다 우주라는 커다란 생명의 의지로 여긴 것이다. '즉신성불'이란 것은 사후의 세계를 목적으로 한 수행 등이 아니라 생신인 인간의 육체 그대로 이 세계의 진실한 모습에 눈뜬다고 하는, 밀교에서 가장 중요시되는 사상이다. 밀교의 기본적인 수행법은 '삼밀(三密)'이라 불린다. 수행자는 손에 '인상(印相)'을 하고 입으로는 '진언', '다라니(陀羅尼)'를 외움으로써 마음을 '삼마지(三摩地)'의 경지에 들어가게 할 수 있는 것이다.

허공장구문지법

정식으로는 '허공장보살구문지법(虛空藏菩薩求聞持法)'이라고 한다. 이것은 인간의 기억력을 수백 배로 높이고 마술 능력까지 증강시킨다는 밀교의 수행법이다. 허공장보살은 '허공이 어떤 것에 의해서도 파괴하는 일이 없을' 만큼 우위에 있다는 점에서, 우주의 모든 지혜와 복과 덕의 소유자이고 사람들에게 행복을 주는 능력을 가졌다고 한다. 구문지법은 이 허공장보살을 본존으로 하며 1백 일 동안 자지도 쉬지도 않고 주문을 외움으로써 성취한다고 되어 있다. 중요한 것은 1백 일째 되는 날 아침이다. 천체의 모든 별이 수행자를 향해 쏟아지고 명성(금성)이 입 안으로 들어오는 체험을 얻게 되면 이 수행이 성취됐다는 증거다. 진언종의 시조 구카이도 무로토(室戶)의 곶에서 이 수행을 한 결과 책을 눈앞에 둔 것만으로도 그 내용을 이해할 수 있게 됐다고 한다.

그럼 이 수행법에 대해 간단히 소개하겠다. 조용하고 동·남·서의 세 방위가 열린 장소를 골라 흰 천에 지름 50센티미터 정도의 원을 그리고 그 속에 허공장보살상을 그려넣는다. 이 천을 서쪽이나 동쪽 방향에 걸고 수행자는 동쪽을 향해 앉는다. 수행을 실시할 땐 황색 옷을 입고 수정이나 호박으로 된 염주를 지닌다. 또한 술이나 소금은 엄금이며 냄새 강한 식물을 입에 대서는 안 된다. 그리고 진언을 1백 일 동안 1백만 번 외운다.

진언은 '남모(南牟) 아가사(阿迦捨) 게파야(揭婆耶) 암아리가(唵阿唎迦) 마리(摩唎) 모리(慕唎) 사파가(娑婆訶)'이다(발음은 노보 아캬샤 갸라바야 온아리캬 마리 보리 소와카).

공작명왕(孔雀明王)

공작왕모보살(孔雀王母菩薩), 공작불모(孔雀佛母)라고도 한다. 원래 인도의 신으로, 독사를 잡아먹는 공작이 신격화된 것이다. 일반적으론 팔이 4개이고 공작을 탄 모습으로 표현된다. 밀교에서는 이 신을 염불하며 다라니(陀羅尼 : 진언, 경전에 기록되어 있는 주문)를 외우면 절대적인 마술 효과가 발휘된다고 하여 '공작명왕 주법'이라 칭했다. 열병, 동통을 완화시키고 액막이나 퇴마, 나아가서는 천재지변을 진압하고 공중비행을 가능하게 한다고 알려졌다. 엔노교자(役行者)는 이 마술의 권위자였다고 한다.

강우술의 달인, 구카이

진언종의 시조인 구카이는 초능력에 관해 많은 전설을 남긴 인물이다. 그 중에서 그의 명성을 드높이는 계기가 됐던 강우술에 관한 에피소드를 소개하겠다.

824년 천황이 강우 기도를 구카이에게 명했는데, 당시 구카이의 라이벌이었던 승려 슈빈(守敏)이 '먼저 기도하게 해달라'고 천황에게 청했다. 그리하여 슈빈은 7일 동안 강우 기도를 했는데 결과는 실패로 끝났다. 아주 조금 비가 내렸을 뿐이었던 것이다. 다음으로 구카이의 차례가 돌아왔다. 그도 마찬가지로 7일 동안 기도했는데 웬일인지 비가 내릴 기미조차 안 보였다. 구카이는 마음의 눈으로 천계를 응시했다. 아니나 다를까 강우를 주관하는 용신이 물병에 갇혀 있는 것이 아닌가. 라이벌 슈빈이 자신의 실패를 숨기기 위해 술수를 사용했던 것이다. 다시 잘 살펴본 구카이는 선녀용왕(善女龍王)이란 용만이 슈빈의 주술을 피한 걸 깨달았다. 그래서 구카이는 다시 이틀간의 유예를 얻어 선녀용왕에게 기도를 했다. 그 결과, 세찬 비가 대지를 적시기 시작했다.

이 마술에 성공한 후 구카이와 제자들은 강우 마술의 최고 권위자란 평가를 받게 됐다.

실담 문자

실담이란 산스크리트라는 의미로, 일본에선 실담 문자를 범자(梵字) 서체라고 한다. 모음(摩多 : 마−타−)이 16자, 자음(體文 : ?비얀쟈나)이 35자로, 이 문자는 4~5세기의 인도에서 사용됐던 굽타(Gupta) 문자 계통에 속한다. 진언 밀교에서는 특히 문자와 그 발음에 영적 의미가 있다고 여겨 중요하게 취급됐으며 교의의 상징적 존재가 됐다. 물론 실담 문자 그 자체가 영력 있는 부적이기도 하다.

실담	로마자	중국음 읽기	실담	로마자	중국음 읽기	실담	로마자	중국음 읽기
	a	아		kha	캬		dha	다
	ā	아−		ga	가		na	나우
	i	이		gha	갸		pa	하
	ī	이−		na	갸우		pha	하
	u	우		ca	샤		ba	바
	ū	우−		cha	샤		bha	바
	e	웨이		ja	샤		ma	마우
	ai	아이		jha	쟈		ya	야
	o	오우		ña	쟈우		ra	라
	au	오우		ṭa	타		la	라
	aṃ	암		ṭha	타		va	바
	aḥ	아크		ḍa	다		śa	샤
	ṛ	리		ḍha	다		ṣa	샤
	ṝ	리		ṇa	다우		sa	사
	ḷ	료		ta	타		ha	캬
	ḹ	료		tha	타		llaṃ	람
	ka	캬		da	다		kṣa	크샤

대사는 켄의 이마에 있는 제3의 눈 상부에 이상한 문자 하나를 먹으로 까맣게 그렸다.

　　"이건 실담(悉曇) 문자라고, 밀교에선 아주 효력 있는 부적이지. 아(阿)라고 읽네."

SCENE 21
최후의 결전

◆── 류와의 재회

밤이 됐다. 만월이 산봉우리를 비추고 있어 서로의 얼굴도 알아볼 수 있을 정도로 밝았다.

"마침내 놈들이 공격해오는가 보군."

박자가 말했다. 밀교의 엔소 대사를 비롯해 온묘지인 아베 다카마로, 슈겐도의 노토 벳토, 이즈나츠카이 등 여러 마술사들이 긴장한 얼굴로 북쪽 상공을 노려보고 있다. 나나가 작은 소리로 켄에게 속삭였다.

"나타났어, 요기(妖氣)가 느껴져. 열이나 스물 정도가 아냐, 엄청나게 많은 악령들이 이쪽을 향해 오고 있어."

바람에 비린내가 배어 있었다. 문득 켄이 기색을 느끼고 뒤를 돌아보니 이집트의 다시몬이 동료들을 데리고 와 있었다. 그뿐 아니라 영국의 왓슨 도사와 거인족, 난쟁이족, 게다가 샴발라 왕국의 롭산 사부도 와 있었다. 모두 이 전투를 위해 일부러 찾아온 것이었다.

인사할 틈도 없이 전투가 시작됐다. 방금 전까지 조용하던 밤하늘에 정체를 알 수 없는 마물들이 가득 모여들었다. 천둥번개가 치고 켄 일행의 머리 위로 폭풍이 거칠게 불어닥치기 시작했다. 공중의 마물들이 단숨에 급강하를 시작하자 이에 뒤질세라 아군이 비상하며 응전했다. 전투는 단번에 전면 공격의 양상이 되어 적과 아군이 뒤섞인 채 치열한 공방전을 펼쳤다.

티폰을 포위하고 공격하는 거인족의 몸이 몹시 작게 보였다.

런던의 마술무기 관리인 오트는 여러 종류의 무기를 몸에 달고서 맹렬한 기세로 분투하고 있다. 주위의 마물들이 차례차례 쓰러져갔다. 쓰치구모가 난쟁이족의 팀워크가 흔들린 순간을 틈타 몇 명인가를 잡아먹고 있다. 박자는 마수 아스모데우스와 서로 노려보며 미동도 하지 않고 있다.

라크샤사 무리를 상대로 하고 있는 건 다시몬 일족이었다. 또 온묘지의 아베 다카마로가 귀신들에게 명령을 내리고 있다. 엔소 대사의 비술 공격을 정면으로 받은 카반다는 직격탄을 맞은 것처럼 뿔뿔이 흩어져 도망쳤다. 노토 벳토는 공중의 악마새들을 겨냥해 겐리키를 써서 차례차례 떨어트리고 있다.

몇 마리의 마수를 쓰러뜨린 켄 앞에 그리운 얼굴이 막아섰다. 창백한 얼굴이긴 하지만 틀림없이 류였다. 켄은 죽었다고 생각한 류와 이런 곳에서 만날 수 있으리란 생각은 한 번도 해본 적이 없었다.

"류, 살아 있었구나! 정말 기뻐! 난 틀림없이 네가 죽었을 거라 생각했는데."

손을 내밀려고 하는 켄을 향해 갑자기 류가 장검을 휘둘렀다. 칼끝이 켄의 왼쪽 팔에 상처를 입혔다.

"기다려! 나야, 류! 적이 아니라고!"

그러나 류는 아무 소리도 들리지 않는 듯 허공만을 바라본 채 켄을 공격해 왔다. 마치 기계 장치가 된 인형처럼 딱딱하고 어색한 움직임이었다. 투쟁심만이 류의 몸속에 숨쉬는 듯했다. 집요한 공격에 켄은 금세 궁지에 몰렸다. 그때 롭산 사부가 류의 이마를 향해 염주를 던졌다. 류는 그 자리에서 졸도했다. 당황하는 켄의 마음속에 나나의 음성이 들려왔다.

'켄, 그는 아흐리만에게 마음을 뺏긴 거야. 아흐리만을 쓰러뜨리기만 하면

다시 예전의 류로 돌아올 거야.'

그러고 나서, 나나는 필사적으로 류의 마음에 대고 호소했다.

나나의 말에 냉정함을 되찾은 켄은 아흐리만을 찾았다. 전장의 가운데에 날개가 달린 젊은 남자가 서 있었다. 그 여성적인 얼굴 생김새는 잔인무도한 패거리와 같은 편이라곤 생각하기 힘들 정도로 부드러웠다. 그러나 켄을 바라보는 그의 시선은 얼어붙을 것처럼 냉혹했다. 그것을 느낀 순간 켄은 저 남자야말로 '어둠의 군대'의 총사령관 아흐리만임에 틀림없다고 확신했다. 즉시 켄은 자신이 수행한 모든 마술을 동원해 남자에게 공격을 퍼부었다.

몇 시간이나 싸웠을까. 켄은 몇 군데나 상처를 입었다. 그나마 이 정도로 버틸 수 있는 건 지금까지 쌓아온 마술 수행의 성과 덕분이었다. 게다가 엔소 대사가 이마에 써준 부적이나 왓슨 도사가 만들어준 마법진이 영향을 끼쳤음에 틀림없다. 그렇지 않다면 벌써 죽고 말았을 것이다. 켄은 그들에게 감사했다. 한편 아흐리만도 켄만큼은 아니지만 상처를 입은 상태였다.

느닷없이 박자가 불러온 점술사가 고함을 질렀다.

"바람이 변했다! 아군에게 길조가 보였다! 이 전투는 이길 겁니다. 괜찮습니까, 여러분? 공격을 멈춰선 안 됩니다. 우리 군은 지금 승리를 향해가고 있소!"

이 목소리가 아군에게 용기를 주었다. 한 치의 물러섬도 없는 공방전이라 언제 끝날지도 모를 수렁의 전쟁 같았는데, 마침내 광명이 보였던 것이다. 신기하게도 켄은 납덩이 같던 피로감이 없어지는 걸 깨달았다. 켄의 공격이 빨라졌다. 아흐리만은 비틀거리며 뱀 같은 눈으로 켄을 바라보고 중얼거렸다.

"제기랄, 내 계획이 너 같은 녀석에게 저지당할 줄이야……. 알겠나, 이것이 끝은 아니다! 반드시 진영을 다시 세워 찾아오겠다!"

아흐리만이 입을 모아 피리 같은 음을 냈다. 낮게, 땅 끝까지 울리는 그 소리에 악령들이 반응했다. 넘칠 듯한 살기가 점차 옅어지더니 그들의 눈에서 빛이 사라졌다. 마치 호수가 끌어들이는 것처럼 악마들이 없어졌다.

검은 구름이 사라지고 바람도 부드러워졌다. 만월이 다시 모습을 나타냈다. ……밤하늘은 원래의 고요함을 되찾았다.

켄의 가슴에 안긴 류의 표정에 핏기가 돌아왔다.

"야, 켄! 오랜만이야."

긴 잠에서 깬 듯한 어조였다.

"아아……."

켄은 말이 나오지 않았다.

"그런데 우리 여행은 이제 끝난 건가?"

"그래. 끝난 것 같아, 아마도……."

마술사들이 조용히 철수하기 시작했다. 박자가 켄의 어깨를 쳤다.

"다음에 또 보세나."

나나가 켄의 볼에 가볍게 입 맞추며 속삭였다.

"난 네 용기를 아주 자랑스럽게 생각해. 다음에 만날 땐 세상이 좀더 평화로웠으면 좋겠어. 그때까지 잘 지내."

나나의 눈이 젖어 있었다.

켄은 류를 부축해주면서 산길을 내려왔다. 그리고 이미 떠나버린 나나에게 중얼거렸다.

"나나, 꼭 다시 만나. 난 다시 평범한 고등학생으로 돌아갈 거야. 마술 같은 건 전혀 알지 못하는 보통 학생으로 말야. 하지만 너와는 꼭 다시 만나게 될 거야. 그런 예감이 들어."

긴 밤이 지나고 마침내 날이 밝아왔다. 동쪽 하늘에 태양이 떠오른다.

"자, 집으로 돌아가자. 틀림없이 걱정하고 계실 거야."

켄은 류에게 말하듯이 자신을 향해 말했다.

맺음말

이 책에는 '세계관'이나 '우주관'이란 말이 여러 군데 등장하는데, 이 자리를 빌어 약간 설명하고 싶습니다.

세계관, 혹은 우주관이란 '세계의 내력이나 조직에 관한 분명한 도면'이라 할 수 있습니다. 따라서 세계관이나 우주관을 갖게 되면 그 속에 살아 있는 우리의 장소를 분명히 알 수 있습니다. 이른바 좌표축을 부여받는 것입니다. 망망대해의 한복판에 내던져졌을 때 밤하늘에 빛나는 북두칠성이나 남십자성처럼 자신이 나아갈 방향을 보여줍니다. 다시 말해 나 자신을 위한 나침반이라 할 수 있지요. 사상이나 종교도 그런 목적을 가집니다. 신흥 종교나 오컬트가 붐을 이루는 것도 이런 이유에서라고 생각합니다. 게다가 기성 사상이나 종교처럼 손때 묻지 않은 신선한 세계관이며, 지금까지 없었던 미지의 가능성을 숨기고 있습니다. 그러므로 젊은이들이 관심을 보이는 건 당연한 일입니다.

뛰어난 마술사는 모두 훌륭한 세계관의 소유자라고 생각합니다. 대부분의 사람들이 보기에 그저 마이너리티(소수파)이며 과학적 논리도 애매하고 더 나아가 황당무계한 경우도 있는 그들의 세계관은 차별받고 냉소받는 가운데 갈고 닦아졌을 것입니다. 그런 압력에 견디면서 강인한 정신력을 기르고 그것이 마술 수행에 도움이 되었던 거지요.

현대엔 개성을 갖는 게 중요하다고 합니다. 개성이란 모습과 형태의 특징이나 사물의 기호를 가리키는 말이 아닙니다. 자기 나름대로의 사고방식을 뜻합니다. 세계관이라 해도 좋을 것입니다. 그것은 배우는 게 아니라 자기 자신의 눈과 귀, 머리로 구성하는 겁니다. 그러므로 다른 사람과 똑같은 개성을 가진다는 것은 있을 수도 없고, 또 유행에 영향을 받지도 않게 됩니다.

어쩌면 이 책은 보다 개성적인 자기 자신의 세계관을 갖게 된 뒤에야 비로소 도움이 될지 모르겠습니다. 여기에 소개하는 마술은 모두 유니크한 세계관이 뒷받침됐으며, 마술사들은 편견을 두려워하지 않고 자신의 세계관을 관철했기 때문입니다. 타인에게 비웃음을 당한다 해도 자신의 입장을 굳게 지키는 자세, 그런 용기야말로 소중하다고 생각합니다. ……이야기가 좀 딱딱해졌으나, 아무튼 이 책을 읽으시는 독자 여러분을 응원하고 싶은 마음입니다. 무엇보다 호기심에 충실하시기를.

마노 다카야

참고문헌

〔사전류〕

세계종교대사전(世界宗教大事典, 平凡社)

이미지 · 상징사전(イメージ · シンボル事典, 大修館書店), アド · ド · フリース 저

신화 · 전승사전(神話 · 傳承事典, 大修館書店), バーバラ · ウオーカー 저

동물상징사전(動物シンボル事典, 大修館書店), J. P. クレベール 저

중국상징사전(中國象徵辭典, 天津敎育出版社)

일본불교어사전(日本佛敎語辭典, 平凡社), 岩本裕 저

세계신비학사전(世界神秘學事典, 平河出版社), 荒俣宏 저

중국신화전설사전(中國神話傳說辭典, 上海辭書出版社)

신비의 오컬트 소사전(神秘のオカルト小辭典, たま書房), B. W. マーチン 저

종교사전(宗敎辭典, 上海辭書出版社)

〔마술 관련서〕

신탁(神託, 河出書房新社), P. フアンデンベルグ 저

환 · 밀 · 마(幻 · 密 · 魔, 三一書房), 鈴木一郎 저

중국의 주법(中國の呪法, 平河出版社), 澤田瑞穗 저

악마사전(惡魔の事典, 靑土社), フレッド · ゲテイングズ 저

마법 그 역사와 정체(魔法 その歷史と正體, 人文書院), K. セグリマン 저, 平田寬 역

장미십자회의 신지학(薔薇十字會の神智學, 平河出版社), R. シュタイナー 저, 西川隆範 역

중국 고대의 점법(中國古代の占法, 硏文出版), 坂出祥伸 저

세계의 점성술과 오컬티스트들(世界の占星術とオカルチストたち, 自由國民社), 山內雅夫 저

비밀의식 입문의 길(秘儀參入の道, 平河出版社), R. シュタイナー 저

마법수행(魔法修行, 平河出版社), W. E. バトラー 저

파리의 메스머(パリのメスマー, 平凡社), ロバート · ダントン 저

오컬트(オカルト, 平河出版社), コリン・ウィルソン 저

마술백과사전과 마법사들(Encyclopedia of Magic & Magicians, 學研)

미지로의 사전(未知への事典, 平河出版社), コリン・ウィルソン 외 저

요정세계(妖精世界, コスモ・テン・パブリケーション), G. ホドソン 저

대지예술(アースワークス, 筑摩書房), ライアル・ワトソン 저

조로아스터교의 악마 퇴치(ゾロアスター教の惡魔拂い, 平河出版社), 岡田明憲 저

요정과 그 동료들(妖精とその仲間たち, 河出書房新社), 井村君江 저

구문지총명법비전(求聞持聰明法秘傳, 平河出版社), 桐山靖雄 저

사이킥 애니멀즈(サイキック・アニマルズ, 草思社), デニス・バーデンス 저

샴발라로 가는 길(シャンバラへの道, 日本教文社), エドウィン・バーンバウム 저

점과 신탁(占いと神託, 海鳴社), M. ローウェ 외 편

마의 세계(魔の世界, 新潮社), 那谷敏郎 저

사시(邪視, リブロポート), F. T. エルワージ 저

도교의 신비와 마술(道教の神秘と魔術, ABC出版), ジョン・ブロフェルド 저

마술(魔術, 平凡社), フランシス・キング 저

흑마술 수첩(黑魔術の手帳, 河出書房新社), 澁澤龍彦 저

고대의 밀의(古代の密議, 人文書院), M. P. ホール 저

비밀 박물지(秘密の博物誌, 人文書院), M. P. ホール 저

마법수행(魔法修行, 平河出版社), W. E. バトラー 저

마녀사냥(魔女狩り, 岩波書店), 森島恒雄 저

요술사·비술사·연금술사의 박물관(妖術師·秘術師·錬金術師の博物館, 法政大學出
版局), グリヨ・ド・ジヴリ 저

수신기(搜神記, 平凡社), 干寶 저

포박자(抱朴子, 平凡社), 葛洪 저

파라켈수스의 세계(パラケルススの世界, 靑土社), 種村季弘 저

밀교주술입문(密教呪術入門, 祥傳社), 中岡俊哉 저

집시의 마술과 점(ジプシーの魔術と占, 國文社), C. G. リーランド 저

요술(妖術, 白水社), ジャン・パルー 저

주술(呪術, 白水社), J. A. ロニー 저

에피소드 마술의 역사(エピソード魔術の歷史, 社會思想社), G. ジェニングス 저

마술의 역사(魔術の歷史, 筑摩書房), J. B. ラッセル 저

마녀(魔女, 現代思想社), ミシュレ 저

르네상스의 오컬트학(ルネサンスのオカルト學, 平凡社), ウェイン・シューメイカー 저

마술사(魔術師, 未來社), M. マーヴィック 저
황금의 새벽단(黃金の夜明け, 國書刊行會), 江口之隆 외 저
고대 이집트의 마법(古代エジプトの魔法, 平河出版社), E. A. ウォリス 저

〔신화 · 전설〕
아서 왕 전설(アーサ王傳說, 晶文社), リチャード · キャヴェンディッシュ 저
신화 계보학(神話の系譜學, 平凡社), P. M. シュール 외 저
켈트 신화(ケルト神話, 靑土社), ブロインシアス · マッカーナ 저
시귀 25가지 이야기(屍鬼二十五話, 平凡社), ソーマデーヴァ 저
그리스 신화(ギリシャ神話, 新潮社), 吳茂一 저
에다와 사가(エッダとサガ, 新潮社), 谷口幸男 저
세계의 신화 전설(世界の神話傳說, 自由國民社)
켈트 신화(ケルトの神話, 筑摩書房), 井村君江 저
세계에서 가장 오래된 이야기(世界最古の物語, 社會思想社), H. ガスダー 저
도원향과 유토피아(桃園鄕とユートピア, 平凡社), 杉田英明 편
인도 신화(インド神話, 靑土社), ヴェロニカ · イオンズ 저
여신들의 인도(女神たちのインド, せりか書房), 立川武藏 저

〔그 외의 참고문헌〕
두꺼비 독에서 LSD까지(ガマの油からLSDまで, 第三書館), 石川元助 저
미궁환상(迷宮幻想, 日本ブリタニカ), 岡本太郎 편
중국의 요괴(中國の妖怪, 岩波書店), 中野美代子 저
도교(道敎, 平河出版社), 福井庚順 외 감수
도교백화(道敎白話, 講談社), 窪德忠 저
도교의 신들(道敎の神々, 日本放送出版協會), 窪德忠 저
중국 도교사(中國道敎史, 上海人民出版社)
태평광기(太平廣記, 中華書局)
유양잡조(酉陽雜俎, 平凡社), 段成式 저
타오(タオ, 平凡社), フィリップ · ローソン 저
탄트라(タントラ, 平凡社), フィリップ · ローソン 저
귀의 일본사(鬼の日本史, 彩流社), 澤史生 저
밀교입문(密敎入門, 角川書店), 桐山靖雄 저
금지편(金枝篇, 岩波書店), J. フレイザー 저, 永橋卓介 역

266

불교경전의 세계(佛教經典の世界, 自由國民社)

밀교와 만다라(密教とマンダラ, 日本放送出版協會), 賴富本宏 저

지의 매트릭스(知のマトリクス, 平凡社), D. 파-리 외 저

90만년의 예지(90万年の叡智, 平河出版社), 荒俣宏 저

환수사전(幻獸辭典, 晶文社), ホルヘ・ルイス・ボルヘス 외 저

슈겐도의 정신 우주(修驗道の精神宇宙, 青弓社), 內藤正敏 저

세계종교사 1, 2, 3(世界宗教史 1, 2, 3, 筑摩書房), M. 엘리야-데 저

세계 최후의 수수께끼(世界最後の謎, リ-ダ-ズダイジェスト)

신비의 켈트(ミステリアス・ケルト, 平凡社), ジョン・シャ-キ- 저

공상동물원(空想動物園, 法政大學出版), A. S. マ-カタンテ 저

이인론서설(異人論序説, 筑摩書房), 赤坂憲雄 저

심벌의 탄생(シボルの誕生, 大修館書店), 山下主一郎 저

미스터리 존에 도전하다(ミステリ-ゾ-ンに挑む, リ-ダ-ズダイジェスト)

꿈(夢, 平凡社), D. コクスベッド, S. ヒラ- 저

수피(ス-フィ-, 平凡社), L. バフティヤル 저

이집트의 신비(エジプトの神秘, 平凡社), L. ラミ 저

아타르바 베다 찬가(アタルヴァ・ヴェ-タ讚歌, 岩波書店), 辻直四郎 역 저

산의 종교(山の宗教, 角川書店), 五來重 저

동서 불가사의한 이야기(東西不思議物語, 河出書房新社), 澁澤龍彦 저

인도 만다라 대륙(インド曼陀羅大陸, 新紀元社), 蔡丈夫 저(한국판 : 판타지 라이브러리
  23『인도 만다라 대륙』, 들녘 발간)

켈트 환상 이야기(ケルト幻想物語, 筑摩書房), W. B. イエイツ 저

카스트의 백성(カ-ストの民, 平凡社), J. A. デュボワ 저

요가의 사상(ヨ-ガの思想, 日本放送出版協會), 番場一雄 저

고대사상(古代思想, 春秋社), 中村元 저

원시 불교(原始佛教, 日本放送出版協會), 中村元 저

찾아보기